FURIE SUPRÊME

Le Livre de Megan
Tome 3

MELISSA HAAG

ISBN 978-1-943051-42-7 (édition eBook)
ISBN 978-1-943051-43-4 (édition de poche)

Couverture conçue par © 2019 Cover Art by Cora Graphics
© Depositphotos.com
Traduit de l'anglais (États-Unis) par Mylène Régnier pour Valentin Translation

Aux bonbons d'Halloween et à la crème glacée.
Merci d'avoir été là pour moi durant la phase de correction.

FURIE SUPRÊME

Alors qu'elle s'apprêtait à quitter Uttira après sa remise de diplôme, Megan découvre le *Livre des Furies*. Les réponses dont elle avait besoin sur son identité, le but de son existence et la nature de ses pouvoirs étaient là depuis le début, assorties d'une révélation fracassante. À présent, il ne s'agit plus uniquement de trouver la mère de Megan. Elle doit également retrouver les deux générations précédentes, car le livre est clair sur un point : il ne peut exister que trois furies.

CHAPITRE UN

Je baissai les yeux sur le *Livre des Furies* à la tranche fine que je serrais dans mes mains. Enfin, j'avais le livre contenant toutes les réponses que je cherchais. Pourtant, savoir qu'il était dans ma maison tout ce temps réveilla ma colère. J'avais envie de le balancer. De crier, de hurler. Au lieu de ça, je restai là, debout, tremblant de manière incontrôlable tandis que j'attendais Oanen.

Eliana dit quelque chose derrière moi, cependant le son de mon cœur qui tambourinait si fort à mes oreilles et mes propres pensées noyaient ses paroles. Ses bras se refermèrent autour de moi et un sentiment de vide paisible m'envahit.

— Comment vas-tu survivre là dehors sans moi ? demanda Eliana, posant sa tête contre mon dos. Ce n'est pas parce qu'un bouquin stupide dit que tu as besoin de tuer ton arrière-grand-mère que tu dois vraiment le faire. Tu as le choix. On a toujours le choix.

J'expirai bruyamment et posai ma main sur son avant-bras. Elle, plus que n'importe qui, connaissait la vérité de ces mots.

— Tu as raison. J'ai le choix. C'est si exaspérant, tu sais ? Tout ce temps, je cherchais des réponses, et elles étaient dans cette maison. Pourquoi ma mère n'a-t-elle pas laissé ce stupide bouquin sur la table ? Non, ça aurait été bien trop facile selon elle. Elle était probablement dans la cuisine à regarder autour d'elle et se demandant quel serait le seul endroit où il y avait peu de chances que je cherche.

Grâce au contact d'Eliana, toute rage que je voulais ressentir s'échappa de moi et mes paroles ne furent qu'un coup de gueule inoffensif.

Le crissement de pneus sur la neige annonça l'arrivée d'Oanen et Eliana me relâcha, me serrant une dernière fois.

— Tout ira bien, dit-elle alors qu'Oanen sortait de sa voiture.

J'ouvris la moustiquaire et me jetai sur lui avant qu'il n'ait pas fait plus de deux pas vers la maison. Il me rattrapa dans ses bas et m'étreignit fermement.

— Tu trembles. Que se passe-t-il ?

Enfouissant mon visage dans le creux de son cou, je ne dis rien pendant un moment. Le désespoir de ressentir ses bras autour de moi se dissipa tandis que ses doigts dessinaient de petits cercles dans mon dos.

— Je hais ma mère.

Sa main s'immobilisa.

— C'est la première fois que je t'entends le dire. Pourquoi maintenant ?

Je reculai et lui montrai le livre.

— Le Livre des Furies ?

Son regard croisa le mien.

— Où l'as-tu trouvé ?

— Ici. Dans la bibliothèque que je n'utilise jamais. Il y a tout dedans, Oanen. Toutes les conneries que j'ai dû supporter ces derniers mois... toute la peur... Rien de tout ça n'était nécessaire. Elle aurait pu simplement me filer ce satané bouquin et me dire de le lire.

Ignorant le livre, il me serra à nouveau dans ses bras et posa ses lèvres sur ma tempe.

— Je suis désolé de tout ce que tu as traversé. Ce qu'a fait ta mère n'était pas bien. Mais ne la déteste pas. Si tu avais eu toutes les réponses, aurais-tu eu besoin de venir ici ? Aurais-tu essayé de fuir ta maison la nuit où l'on s'est rencontrés ? Grâce à elle, je t'ai toi, Megan.

Je reculai et levai le nez vers ses beaux yeux bleus.

— Tu es vraiment doué pour faire fondre mon cœur, dis-je avant de balayer ses lèvres des miennes.

Sa prise sur moi se resserra tandis qu'il m'embrassait. Je reculai, à bout de souffle et souriant comme une idiote. Ses yeux à présent dorés m'examinèrent de près.

— J'aime quand ils font ça, dis-je, tendant le bras pour suivre doucement la peau près de son œil.

— Et j'aime quand les tiens brillent, ce qu'ils font depuis que tu as passé la porte. Ça me fait me demander si découvrir ce livre est vraiment la seule chose qui te contrarie.

Son regard se détourna brièvement vers quelque chose derrière moi.

Je pivotai pour voir Eliana, qui m'observait avec inquiétude et une pointe de noir dans ses yeux.

— Je sais ce qu'elle signifie pour toi, dit-il. Nous ne sommes pas obligés de partir aujourd'hui. Eliana et toi pouvez passer plus de temps ensemble.

Le serrant rapidement une dernière fois, je nouai mes doigts aux siens et secouai la tête.

— Elle me manquera, mais je sais que je reviendrai.

Je baissai les yeux sur le livre.

— Enfin, je suppose.

— C'est le livre qui la contrarie, Oanen, lança Eliana depuis la porte de derrière. Ce truc dit qu'elle doit tuer son arrière-grand-mère. Ça sent l'embrouille. Aucun bouquin ne devrait lui dicter sa conduite.

— « Ça sent l'embrouille » ? Wouah, Eliana. Je ne savais pas que tu avais de si forts sentiments à ce sujet.

J'affichai un grand sourire à Oanen et commençai à marcher vers la maison.

— La ferme, répliqua-t-elle avec un sourire.

Eliana ouvrit la porte pour nous et je frissonnai légèrement en entrant dans la chaleur. Depuis que j'avais relâché mon pouvoir sur la place la nuit précédente, mon thermomètre interne paraissait détraqué. Je n'avais plus jamais trop chaud. Au contraire, je ressentais chaque fraîcheur bien plus vite à présent. Non pas que ça me préoccupait, puisque je pouvais enfin toucher Oanen sans le brûler.

— Puis-je voir le livre ? demanda Oanen, retirant ses chaussures d'un coup de pied, un signe clair que nous resterions un moment.

— Bien sûr.

Je lui tendis et enlevai mes propres chaussures.

— Je vais y aller, lança Eliana avant que je puisse avancer vers la table.

— Pourquoi ?

— Être triste me donne faim, et vous êtes bien trop tentants pour que je parvienne à résister.

Je ne m'embêtai pas à lui dire que ça ne me dérangeait pas si elle prenait un peu de l'énergie qu'Oanen et moi renvoyions. Elle avait déjà fait savoir son point de vue sur cette question.

— Appelle-moi. Tous les jours, dit-elle, m'étreignant rapidement à nouveau. Je le pense vraiment. Sinon, je vais m'inquiéter.

— Oui, maman, la taquinai-je. Je serai rentrée avant que tu t'en rendes compte.

— Tu as intérêt. Ça va vite me pomper ici sans vous.

— Pomper ? Genre, dans quel sens ?

Elle ouvrit grand la bouche, avant de rougir en abondance.

— J'ai changé d'avis. Je suis contente que tu t'en ailles.

— Peu importe. Tu m'aimes et tu le sais. En plus, je t'aide. Chaque fois que tu déprimes, même un tout petit peu, tu penseras à ça. Ça te motivera pour rester occupée et heureuse sans que ton esprit erre là où tu ne veux pas qu'il aille.

— Tu es si tordue, dit-elle en secouant la tête.

— Je sais.

Malgré mon sourire, je regardai sinistrement Eliana s'en aller et refermer doucement la porte. Elle va carrément me manquer durant notre absence.

Me tournant vers Oanen, je le trouve fronçant les sourcils au-dessus du livre.

— La plupart des trucs au milieu sont chiants, dis-je. Va à la dernière page.

Il s'exécuta, et je vis ses yeux parcourir les mots.

— L'as-tu appelée ? demanda-t-il en levant la tête.

— L'appeler ?

Mon estomac bouillonna à cette pensée.

— Pour lui dire quoi ? « Salut, Paxton, tu te souviens de moi ? La gamine que tu as abandonnée il y a quelques mois. C'est quoi, cette saleté de note que tu as laissée dans le livre que tu as caché ? »

— Ouais. Dis exactement ça. Elle te doit des réponses et ce livre et ce message n'aident pas.

Je réfléchis un moment à ces paroles puis pris mon téléphone. Mon ventre continua de se tordre alors que je faisais les cent pas dans la cuisine tout en écoutant la sonnerie.

Ma mère décrocha à la deuxième.

— *Allô ?*

C'était difficile de l'entendre avec le lourd brouhaha de la circulation.

— Maman ? C'est Megan. Je peux à peine t'entendre. Où es-tu ?

— *New York. Attends. Je vais trouver un endroit plus calme.*

Je patientai quelques instants, et le bruit de fond devint plus étouffé.

— *C'est mieux*, dit-elle. *Alors, tu l'as enfin fait ?*

Après trois mois sans me voir, pas de « Est-ce que tu vas bien ? » ou quoi que ce soit d'autre d'attentionné.

— Qu'est-ce qui est fait ? demandai-je.

— *Ton arrière-grand-mère, Irene. J'ai laissé un message avec le livre. Tu ne l'as pas encore lu, Megan ?*

Son ton impatient titilla mon humeur.

— Puisque je ne savais pas qu'il existait il y a vingt minutes, non, je ne me suis pas encore précipitée pour tuer mon arrière-grand-mère.

— *Eh bien, maintenant, tu sais. Dépêche-toi d'en finir. Plus tu attends, plus tu en souffriras.*

— Comment ça ? Et pourquoi penses-tu qu'elle a besoin de mourir ? Et pourquoi dois-je le faire ?

Un silence accueillit mes questions. Je regardai le téléphone et vis que la communication avait été coupée. Avec un air renfrogné, je composai à nouveau le numéro. Il sonna cinq fois puis raccrocha sans me rediriger vers le répondeur.

Je jetai le portable sur la table et m'assis en face d'Oanen. Il tendit le bras pour prendre ma main.

— Tu as entendu le gros de la conversation ? demandai-je.

— Tout.

— Elle est à New York. C'est à... huit heures d'ici ?

— Ne t'attarde pas là-dessus, répondit-il. Tu ne peux pas changer ce qu'elle a fait, seulement ce que nous ferons à partir de maintenant. Que penses-tu qu'elle voulait dire en parlant du fait que tu souffrirais ?

— Qui peut savoir, avec elle ? Elle raconte probablement des conneries, sa manière de s'assurer que je fasse ce qu'elle veut.

— Je n'en sais rien. J'ai lu la partie sur l'appropriation de tes pouvoirs. Le livre semble dire que la seule façon de les acquérir est de les prendre à la furie la plus âgée encore vivante.

— N'importe quoi. Regarde ce qui est arrivé sur la plage. J'étais dans les airs et en feu. Je ne te brûle plus quand nous nous embrassons. J'ai déjà libéré mes pouvoirs.

Il y réfléchit un instant.

— Je ne veux juste pas que quelque chose t'arrive, dit-il enfin.

— Je sais. Je n'ai pas envie non plus que quoi que ce soit m'arrive. Puisque le Conseil souhaite que tu te rendes à New York de toute façon, on verra si on peut trouver ma chère maman et avoir des éclaircissements en même temps, d'accord ?

Il hocha la tête et je me levai.

— Tes bagages sont prêts ? demanda-t-il.

— Ouaip. Eliana a pris toute la nourriture saine et naze avec elle pour qu'elle ne pourrisse pas et empeste l'endroit. Tout le reste est comme je l'ai trouvé.

Je pris mon sac, qui contenait des vêtements et mon portefeuille. Oanen me le saisit des mains et transporta tout vers la porte. C'était bizarre de quitter enfin cet endroit qui m'avait gardée prisonnière si longtemps.

— Je croyais que tu serais plus heureuse maintenant, dit-il.

— J'étais en train d'y penser aussi, et je me suis rendu compte que ma seule motivation pour partir d'ici était d'obtenir des réponses.

Je soulevai le livre.

— Je les ai à présent. Et je me suis fait des amis ici. Il n'y a vraiment rien pour moi là dehors. À part peut-être de la pizza.

Je souris à cette pensée.

— Oh, oui. Je vais carrément m'empiffrer quand on sera à New York.

Il gloussa et ouvrit la porte de sa voiture de sport rouge. Je regardai la mienne, garé près de l'abri.

— Ne t'inquiète pas, tout ira bien. Fenris a promis de garder un œil sur elle, dit Oanen.

— Tu as parlé à Fenris ?

— Oui. Il a appelé pour s'excuser de son commentaire d'hier

soir. Il souhaitait simplement désamorcer la situation pour que tu ne mettes pas en colère contre qui que ce soit dans la foule.

— Et ?

— Et quoi ?

— Est-ce que ses excuses te satisfont ?

— Bien sûr. Je savais ce qu'il faisait sur le moment. Ça ne voulait pas dire que c'était plus facile à entendre.

Je fronçai légèrement les sourcils.

— Je ne comprends pas.

— Je fais de mon mieux pour ne pas être jaloux parce que tu n'aimes pas ça. Même si je te fais totalement confiance, je n'apprécie toujours pas que les autres hommes te regardent.

Il se pencha pour ranger mon sac à l'arrière, puis me regarda face à face.

— Tu es mienne, et je ne pourrais jamais partager.

Ses lèvres balayèrent les miennes dans un léger baiser. Je fermai les yeux et nouai mes doigts dans ses cheveux.

Trop rapidement, il s'éloigna et ferma la portière. Je le regardai faire le tour du capot et pris ces quelques instants pour rassembler mes pensées. Quand il ouvrit sa portière, j'étais prête.

— Alors, ta possessivité n'est pas qu'en rapport avec le lien ? demandai-je.

Il démarra la voiture et me jeta un regard qui déclencha un feu carbonisant mon ventre.

— Oh, c'est clairement en rapport avec le lien. Mais, puisque tu l'as demandé, je me tiendrai aussi bien que possible.

Il recula dans mon allée et je jetai un dernier regard à la maison. De la peinture s'effritait encore des planches, la faisant paraître ancienne, cependant les fenêtres propres et la couche blanche de neige sur l'herbe coupée lui donnaient un air moins délabré et plus entretenu.

— On reviendra, dit Oanen. Et au printemps, nous repeindrons cette chose.

Je souris et me retournai vers la route. Le chemin familier et sinueux jusqu'à la barrière ne prit que quelques minutes à traverser. Et lorsque nous atteignîmes l'étendue droite, aucun parfum de brûlé ne me chatouilla les narines. Cependant, un picotement me parcourut le corps tandis que nous quittions Uttira pour le monde réel.

Je tournai mon poignet pour regarder la marque de Mantirum.

— C'est étrange comme un petit tatouage peut faire une telle différence.

Oanen gloussa.

— C'est ce que j'ai pensé aussi, la première fois que j'ai volé à l'extérieur.

— Alors, qu'y a-t-il à New York ? Mis à part Paxton l'emmerdeuse ?

— La mort d'un troll. Le Conseil veut que j'enquête là-dessus.

— Pourquoi ?

— Pourquoi quoi ?

— Pourquoi toi ? Pourquoi la mort d'un troll est-elle si problématique ? Je veux dire, nous mourrons comme les humains, non ? Enfin, du moins pour les espèces qui n'ont pas de livres qui dit que la quatrième génération doit torcher ?

— Oui. La plupart des espèces ont la même espérance de vie. Les trolls en font partie. Un troll qui s'avère mort n'est pas problématique. La façon dont il est mort, si.

— Eh bien, ne me laisse pas dans un tel suspense. On l'a mangé ? Il a muté ? On l'a retourné de l'intérieur ? Quoi ?

— Tu dois arrêter de regarder autant la télévision. Le troll est mort en souriant.

Je dévisageai Oanen un moment, confuse. Il me jeta un œil et capta mon air.

— Tu te souviens d'Epsid ? demanda-t-il.

— Ouaip.

— Il est au maximum de joie que peut ressentir un troll. Et ça n'arrive que quand ils sont jeunes. Plus ils vieillissent, plus ils deviennent grincheux. Le troll qui est mort était âgé. Ils ne sourient jamais. C'est encore plus étrange qu'il continue à sourire même après sa mort.

— D'accord. Alors, qu'est-ce qui pourrait faire mourir un troll en souriant ?

— Aucune idée. C'est pour ça que nous devons aller enquêter.

— Et pourquoi toi ?

Il me jeta un regard.

— Parce qu'Uttira est le Conseil le plus proche, et que je suis un rouage en formation.

— Rah. J'ai ma marque à présent. Pourquoi ne pas simplement les envoyer bouler ?

— Honnêtement ? Ça ne me gêne pas de faire ça. C'est mieux que trouver un travail dans une des boutiques de la ville pour contribuer à Uttira.

— Très bien. Quel est le plan ?

— Voir ce qu'on peut apprendre des clients peu glorieux de L'Oie et le Gésier. Selon Adira, c'est le meilleur endroit pour rassembler des informations. S'il y en a.

J'ignorai sa mention d'Adira, toujours trop énervée contre cette femme pour ne serait-ce que penser à elle.

— Quel genre d'endroit est-ce, L'Oie et le Gésier ?

— Je n'en sais rien. Ce sera ma première fois là-bas.

Nous dépassons notre première voiture sur la route, et ma jauge interne de furie me titilla à peine, se réglant rapidement avec la distance.

— Tu vas bien ? demanda Oanen. Tu es devenu bien calme.

— Oui. Ça va. Je pouvais sentir quelque chose dans cette voiture, mais c'est déjà parti. C'est bien mieux que la dernière fois que j'étais dans un véhicule dans le monde extérieur. La colère avait l'habitude de ramper sous ma peau et de suppurer jusqu'à ce que j'ai envie de tabasser quelqu'un.

— Dis-moi si jamais elle recommence à t'embêter, d'accord ?

— D'accord.

Nous parlâmes pendant les deux heures suivantes sur les soupçons d'Oanen quant à ce qui était arrivé au troll, comment je prévoyais de bourrer le coffre avec assez de chocolat pour approvisionner Eliana pendant un an, et de quelle couleur nous voulions peindre la maison.

— Je préfère malgré tout l'arc-en-ciel, dis-je, restant fidèle à mon choix.

— Ça m'a l'air horrible.

— Exactement. Ce sera mieux qu'une pancarte « Interdit » devant la maison, répliquai-je avec un sourire.

Un panneau sur le bord de la route attira mon attention.

— Peut-on s'arrêter à la prochaine station ? J'ai envie de vraies chips.

— Bien sûr.

Il me regarda.

— Juste une pause pour un snack, ou une pause loin de la circulation ?

Les voitures que nous avions croisées pour l'instant n'avaient pas posé problème pour la plupart. Quelques-unes m'avaient fait serrer les poings, mais encore, mettre de la distance entre nous avait toujours réussi à ramener les choses à la normale.

— Juste un snack. On est déjà partis plus tard que ce qu'on voulait. Ce sera près de minuit le temps que nous arrivons là-bas.

— Il vaut mieux qu'il soit tard. En arrivant trop tôt, il n'y aura personne au Gizzard.

Il prit la prochaine sortie et tourna vers une petite station-service.

— Dans quelle ville sommes-nous ? demandai-je alors qu'il se garait.

— On est juste à l'extérieur de Brunswick, je crois.

Nous sortîmes tous les deux de la voiture et une pression attira mon regard sur une femme près des pompes.

— Maintenant que j'y pense, le feu d'une furie et des pompes à essence ne sont peut-être pas une excellente idée. Je crois que je vais rester dans la voiture. Choisis quelque chose de bon pour moi.

Je retournai rapidement à l'intérieur et fermai la portière. Mais, rester assise là n'étouffait pas le moins du monde la colère rampant sous ma peau. Je me distrayais donc en reluquant le derrière d'Oanen tandis qu'il trottinait vers l'entrée. Le mouvement de ses muscles sous son tee-shirt moulant me fit sourire.

Dès qu'il disparut, cependant, il n'y eut plus de distraction. Comment allais-je supporter New York si je ne pouvais même pas sortir de la voiture dans une station au bord de la route ? Je me souvins de la rage qui m'avait consumée la nuit où Adira m'avait présentée à Eugène dans une ruelle de la ville. Ça n'avait pas été joli. J'avais eu envie de tuer ces hommes. Mais c'était avant que je maîtrise mes pouvoirs. Les choses seraient différentes maintenant. Elles le devaient.

Une explosion de colère me frappa durement. Pas la femme qui payait à la pompe. Quelqu'un d'autre.

Je tournai ma tête pour observer la voiture garée à deux places de moi. Le conducteur, un homme de la vingtaine, regarda dans ma direction et sourit. Le feu en moi brûla de plus en plus chaud. Le besoin de le punir me griffa de l'intérieur.

— Ne fais rien, Megan, marmonnai-je. Garde tes fesses sur ton siège.

Il ouvrit sa portière.

Ma main se tendit vers la poignée.

— Faible, Megan. Vraiment faible.

Je sortis en même temps que lui. Son sourire s'agrandit tandis que je marchais vers lui.

— Salut. Je peux t'aider avec quelque chose.

— Pas de « Salut » avec moi, enfoiré. Qu'est-ce que tu as fait pour m'énerver ?

Son sourire disparut et il me jeta un regard totalement confus.

— Excuse-moi ?

Les gens pouvaient dire les bons mots et lancer les bons regards pour se faire paraître comme bienveillants et innocents. Mais ils ne trompaient pas mon côté furie. Jamais.

— Bien essayé. Confesse simplement ce que tu as fait pour que nous puissions passer à autre chose.

Ses yeux se plissèrent vers moi.

— Les folles sexy ne sont pas mon genre, répliqua-t-il. Dégage.

Il bougea sur le côté comme pour me contourner.

— Will Yajlin, dis-je, l'arrêtant de ma simple voix. Confesse-toi.

Le mot le mit à genoux devant moi. Tremblant dans cette position, des paroles quittèrent ses lèvres. Je l'écoutai confesser comment il venait tout juste de tabasser sa petite copine, avant d'être à court d'un paquet de viande séchée qu'elle ne voulait pas aller lui chercher.

— De la viande séchée ?

— Je ne suis même pas sûr qu'elle respire encore, admit-il dans un sanglot.

Le feu en moi rugit face à la vérité de cet aveu. Je pouvais voir sa petite amie étendue là, le visage sanglant et pâle. Son buste ne bougeant pas.

— Elizabeth ne respire plus. Elle est morte par ta main.

Il gémit pathétiquement alors que je le saisissais par la gorge et le soulevai. Du feu dansait sur mon bras, consumant lentement ma manche.

— Will Yajlin, tu as gagné ta place en enfer.

Sous ses paroles, j'embrassai mon pouvoir de furie. Du feu explosa sur ma peau et de la douleur me déchira de l'intérieur, de mon ventre jusqu'en haut de mon crâne, comme si j'étais fendue en deux.

J'ouvris la bouche et hurlai, brisant les vitres de la voiture de Will.

La voix d'Oanen appelant mon nom fut la dernière chose que j'entendis avant que l'agonie d'être brûlée vive me dévore entièrement.

CHAPITRE DEUX

Le léger écho d'Oanen prononçant mon nom et le tapotement persistant sur ma joue fit palpiter mon cœur. Je gémis, tournai la tête et me vidai l'estomac.

— Megan, dis-moi ce qu'il se passe, dit-il, retenant mes cheveux.

— Je vomis, répliquai-je, balayant faiblement ma bouche du dos de la main.

— Oui, je peux voir ça. Mais pourquoi ?

La douce caresse de ses doigts dans mes cheveux chassa un peu de la douleur tambourinant dans mon crâne.

— Comment suis-je censée le savoir ? Je viens de me réveiller.

La fausseté de cette déclaration me frappa dès que les mots quittèrent ma bouche. Je ne dormais pas. J'étais en train de punir quelqu'un. Un type. Non, un meurtrier.

De ma position en sécurité sur les genoux d'Oanen, je levai la tête et regardai autour de moi. Nous étions assis sur une place de parking près de notre voiture. L'homme et la sienne étaient partis.

Je levai les yeux vers Oanen.

— Qu'est-il arrivé ? demandai-je.

L'inquiétude embrumant son regard s'intensifia.

— Je ne sais pas. Je suis sorti avec nos encas, je t'ai trouvée par terre, et un type a filé du parking en faisant crisser ses pneus.

— Ce devait être Will, un mec qui vient de tuer sa copine. Peux-tu m'aider à me relever ? J'ai besoin d'aller aux toilettes et de me débarrasser de ce goût dans ma bouche.

Oanen me souleva sur mes pieds et m'accompagna aux toilettes. Mes jambes me parurent un peu tremblantes, et mon ventre n'était pas sûr de trouver son bon sens. Malgré tout, rien de tout cela ne me dérangeait autant que le fait que j'avais laissé s'enfuir un meurtrier.

Oanen ne dit rien tandis que je m'enfermais dans les toilettes crasseuses. Je me soulageai puis me nettoyai. Le crâne toujours palpitant, je me regardai dans le miroir et essayai de comprendre ce qui avait bien pu se passer. J'avais clairement fait quelque chose de mal, mais quoi ?

J'avais relâché mon pouvoir comme sur la plage. Sauf que la douleur avait été pire cette fois. Et, au lieu de me sentir mieux après ça, j'avais mal. Ma tête. Mon ventre. Même mon dos.

Oanen toqua légèrement à la porte.

— Tout va bien ?

— Oui. Juste une minute.

Ne souhaitant pas l'inquiéter encore plus, j'éclaboussai mon visage d'eau fraîche avant d'ouvrir. Son regard anxieux me balaya.

— Tu te sens mieux ? demanda-t-il.

— Aussi bien qu'une fille qui vient de se vider l'estomac devant son petit ami.

Son regard se réchauffa.

— J'aime entendre ça.

— Tu aimes m'entendre essayer de voir l'intérieur de mon bide ? demandai-je avec incrédulité. T'as un problème.

— J'aime le son du mot « petit ami ». Pas toi qui es malade. Ton espèce n'est pas censée être malade de cette façon.

— Je préfère prétendre que ce n'est pas arrivé, dis-je rapidement, notant son air qui se préparait à me faire une leçon.

Ce qui était totalement injuste puisque je n'avais rien fait pour le mériter.

Il souleva mon sac. Je n'avais pas remarqué qu'il le tenait jusqu'à présent.

— Au cas où tu voudrais te brosser les dents, dit-il.

— Tu es merveilleux.

J'acceptai le sac.

— Et quand je reviendrai, nous ne mentionnerons plus jamais ce moment où j'ai embrassé le trottoir.

Il acquiesça, et je fermai la porte sur lui une nouvelle fois, soulagée d'être parvenue à dissimuler à quel point ma tête me faisait mal. Grimaçant devant mon reflet dans le miroir, je badigeonnai ma brosse à dents de dentifrice et me mis à effacer les dernières quelques minutes de ma vie.

Je ne savais pas ce qui était supposé arriver lorsque je condamnais un être malveillant à l'enfer, toutefois j'étais presque sûre que moi tombant dans les pommes n'en faisait pas partie.

Je crachai et me rinçai la bouche, songeant à rappeler ma mère. Elle n'avait aucune intention de m'adresser la parole tant que je ne m'étais pas débarrassée de ma très chère mémé. Ce serait mieux d'attendre jusqu'à ce que je la coince à New York. Heureusement, elle répondrait à mes questions une fois face à face.

Ma brosse et mon dentifrice rangés dans mon sac, j'ouvris la porte. Oanen se tourna, mettant son téléphone dans sa poche, et je lui souris.

— Quel genre de chips tu m'as acheté ? demandai-je, déterminée à respecter ma parole et à prétendre que rien n'était arrivé.

Il s'empara du sac et marcha avec moi jusqu'à la voiture.

— J'en ai pris trois différents. Crème et oignons. Cheddar. Vinaigre.

— Vinaigre ? demandai-je.

— Quelque chose pour aider à équilibrer ta douceur.

J'éclatai de rire et lui déposai un smack sur la joue. Il enroula ses bras autour de ma taille et me tint un instant. La pression de son torse contre ma poitrine et la sensation de sa chaleur filtrant à travers mes vêtements me rappelèrent que nous allions dormir ensemble ce soir. Mon cœur manqua un battement à cette pensée.

M'éloignant avec un sourire timide, je grimpai dans la voiture. Au moment où mon dos toucha le siège, je grimaçai. Oanen capta mon expression et m'observa de près tandis que je changeais de position pour ôter la pression sur cette zone douloureuse.

— Ça ne va pas, n'est-ce pas ? demanda-t-il.

Des mouchetures dorées apparurent dans son regard.

— J'ai pris un coup dans le bateau hier, je me suis fait méchamment mal au dos. Je pense que c'est juste un bleu.

Il fronça légèrement les sourcils.

— Je pensais que tu étais guérie après hier soir.

Je le dévisageai un moment, confuse. Même si je savais très bien que les morsures sur mes bras et mes jambes avaient disparu après mon spectacle pyrotechnique de la nuit précédente, je ne pouvais me rappeler si mon dos m'avait fait mal après ça. Tant de choses étaient arrivées en une si courte période. Tester mes capacités au Roost. Passer la nuit dans le même lit qu'Oanen sans faire fondre ses cheveux. Obtenir ma marque ce matin. Tant de choses, en fait, que je ne cesserais jamais d'en faire l'inventaire.

— Oui, je le croyais aussi. Peut-être qu'en tombant tout à l'heure, ça m'a à nouveau fait mal.

— Je pensais qu'on ne devait plus parler de ça, dit-il.

Avant que je puisse répondre, il se pencha pour jeter mon sac sur le siège arrière, ses lèvres balayant mon cou. Je poussai un léger soupir et me détendis contre mon dossier, ignorant la partie de mon dos qui m'élançait. Quand il eut terminé d'embrasser mon cou, il leva la tête et m'examina.

— Je ne veux plus jamais te voir sur le sol ainsi.

— Et tu crois que j'avais envie d'y être ? demandai-je en arquant un sourcil.

Son expression « je serai patient parce que tu ne vas pas bien » se transforma en celle qui s'apprêtait à me faire la leçon. J'attrapai rapidement sa tête et l'embrassai passionnément.

Quand nous reculâmes enfin, ses cheveux étaient en pagaille et je luttai pour respirer et me rappeler mon nom.

— Tu ne t'en sortiras pas comme ça chaque fois, dit-il.

— Je pourrais.

Ses lèvres tressaillirent.

— Tu pourrais.

Je soupirai de soulagement quand il ferma la portière. J'étais folle d'Oanen, cependant je pourrais menacer ces ailes à nouveau s'il tentait de me faire la leçon alors que je me sentais si nulle.

MON BÂILLEMENT se termina en grimace lorsque je bougeai, à moitié endormie sur le siège. M'asseyant, j'ouvris les yeux et regardai autour de nous. La lumière du jour et la circulation avaient disparu, remplacées par des bâtiments et des lampadaires aussi loin que je pouvais voir.

— Où sommes-nous ? demandai-je.

— En ville. Nous sommes presque arrivés. Comment te sens-tu ?

Je me frottai le visage, bâillai encore, et m'étirai précautionneusement.

— Mieux.

— Vraiment ?

Il parut surpris.

— Oui. Vraiment. La migraine est partie.

— Tu avais la migraine ?

— Juste une petite. Désolée d'avoir dormi si longtemps. Je n'avais pas l'intention de te laisser conduire tout le trajet.

— C'est bon. Je me suis dit que ce serait plus facile si tu dormais durant cette partie, de toute façon.

Je regardai à nouveau les immeubles autour de moi et compris ce qu'il voulait dire. Les rues étaient bondées de monde. Cependant, je ne sentais pas même une pointe d'agacement.

— Je vais bien, en fait. Pas de désir écrasant de frapper qui que ce soit.

Je souris.

— Tu vois ? Pouvoirs sous contrôle.

— Dans ce cas, j'aimerais me rendre à L'Oie et le Gésier en premier.

— Ça me va.

Mon estomac gronda bruyamment, me rappelant à quel point il était vide.

— T'es-tu déjà arrêté pour manger ?

— Non. Je voulais attendre de voir comment tu allais.

Il me jeta un regard pensif de biais.

— Je vais bien. Je le jure. Ce qui est arrivé dans le parking est dû au fait que je n'ai aucune idée de ce que je fais. Ce petit livre que ma mère m'a laissé est loin d'être un manuel d'instructions. Pendant que tu poses des questions sur ton troll mort, je prévois d'en poser sur les furies.

— Bien. Je lutte pour ne pas m'inquiéter, et je me sentirais bien mieux si ta mère pouvait clarifier son commentaire sur le fait que plus tu attendras, plus tu souffriras.

Il s'arrêta devant un des nombreux grands bâtiments du coin.

— Nous sommes à environ huit rues de Central Park, dit-il. Nous séjournerons près du parc, côté ouest. Mes parents ont un appartement là-bas avec un accès au toit. Je t'ai déjà envoyé l'adresse par message.

— D'accord, dis-je, m'attardant sur ses paroles. Pourquoi me dis-tu ça ?

Il éteignit le moteur et se tourna pour me regarder.

— Nous sommes dans une ville remplie de gens, et nous allons entrer dans un bar rempli de créatures. Les chances pour que tu tombes quelqu'un de punissable pour sa malveillance ne sont pas simplement hautes : elles sont certaines. Si tu te mets à chasser quelqu'un alors que je ne te regarde pas, je veux être sûr que tu retrouveras ton chemin jusqu'à moi.

Je tendis la main et la posai sur le muscle raidi de sa mâchoire.

— Je devais te dire de ne pas t'inquiéter pour moi, mais honnêtement, j'aime bien. Je n'ai eu personne pour s'inquiéter de cette façon pour moi depuis très longtemps. Merci.

Il tourna la tête pour embrasser la paume de ma main.

— Finissons-en pour aller nous reposer à l'appartement.

La façon dont il avait dit ça fit chuter et tournoyer mon ventre dans un mélange d'anticipation et de nervosité. Je sortis rapidement de la voiture pour qu'il ne puisse pas voir mon expression.

Regardant le bâtiment quelconque devant moi, je fronçai les sourcils. La brique et la façade de pierre criaient qu'il y avait des appartements à louer, et non pas un bar surnaturel.

— Je croyais qu'on allait à L'Oie et le Gésier.

— On y est.

Il noua ses doigts dans les miens après m'avoir rejointe sur le trottoir. Me tirant légèrement, il me guida vers les marches qui menaient à la porte.

Un picotement de quelque chose balaya ma peau et hérissa les poils sur mes bras lorsque j'arrivais sur le seuil.

— De la magie, dit Oanen doucement. Elle repousse les humains.

Il ouvrit la porte, et un faible murmure de voix emplit l'air tandis que nous entrions dans le grand bar.

L'Oie et le Gésier n'avait rien à voir avec le Roost. Il n'y avait pas de musique avec un rythme pour danser qui sortait de haut-parleurs. Pas de jolis canapés qui attendaient là pour des moments intimes. Pas de couleurs. Rien d'amusant. Probablement parce que les clients de L'Oie et le Gésier penchaient plutôt vers un âge gériatrique que vers l'adolescence.

Un bar longeait le fond de la salle sur la largeur. Plusieurs tables de billard s'alignaient sur le côté droit avec des box à l'avant. Sur la gauche se trouvaient quelques tables usées où quelques créatures mangeaient leur repas. L'endroit ressemblait à un vrai tripot. Clairement pas le genre d'établissement dans lequel je pouvais imaginer ma mère. Cependant, un troll ronflant sur une table de billard à notre droit me disait que c'était exactement le lieu dans lequel Oanen devait se rendre.

Il examina le troll un moment puis croisa mon regard.

— Bonne chance, dit-il.

— Oui, toi aussi. Je vais parler au barman.

Il acquiesça et marcha vers la créature endormie.

Je m'avançai vers le comptoir. Derrière moi, les ronflements cessèrent et je jetai un regard en arrière à Oanen. Les bras croisés et l'expression neutre, il se tint aux côtés du troll furieux.

— Va-t'en, gronda le troll.

— Non. Toi et moi devons parler.

Le troll leva son poing, s'apprêtant à frapper Oanen. Ce dernier rattrapa le poing dodu et extra large dans le sien. Le contact fit écho dans la pièce et calma le faible murmure des conversations.

— Je n'ai aucun grief contre toi, déclara clairement Oanen. Juste des questions qui ont besoin de réponses.

Quelqu'un ricana derrière moi, attirant mon attention vers le bar. Les quelques clients qui étaient assis là paraissaient plus vieux. Avec des cheveux grisonnants. Des épaules courbées. Les expressions variant sur divers degrés d'amertume face à la vie.

— Exactement ce dont nous avions besoin, dit un homme aux traits burinés.

Je pris le siège vide à côté de lui. Avec sa veste en cuir et son visage marqué, il avait l'air d'un vieux motard.

— Comment ça ? demandai-je.

— Un exécuteur. Nous n'avons déjà plus de libertés. Qu'y a-t-il d'autre à réprimer ?

— Qu'est-ce qu'un exécuteur ?

Il me lança un regard incrédule.

— Ceux responsables de l'état actuel de notre monde.

— Vous croyez que ce type va vous réprimer d'une certaine façon ? l'interrogeai-je, essayant une différente approche.

— Ils le font tous. D'abord, on ne mange pas les humains. Maintenant, on ne tue pas les humains. Rester cachés. Rester silencieux. Les jours où je pouvais déployer mes ailes et voler haut dans le ciel me manquent. Les humains détalaient sous moi comme du bétail apeuré, je pouvais les roussir ou pas. C'était mon choix, à l'époque.

La personne à la droite du motard dit quelque chose que je ne pus entendre, et le motard gloussa.

— Tu as raison, l'ami. Ce monde ne nous appartient plus. Les exécuteurs se sont assurés que nous n'y ayons plus notre place.

Je regardai dans le miroir derrière le bar et vis que la personne à sa droite était dissimulée sous une profonde capuche. Seule la moitié basse de son visage était visible, montrant un menton barbu qui n'était pas saupoudré de gris comme le motard.

— Qu'est-ce que je vous sers ? demanda le barman, venant dans ma direction.

— Un verre d'eau et un menu.

Il éclata d'un rire gras et s'éloigna.

— Je ne comprends pas, dis-je.

— Oisillon, dit le motard à côté de moi. Les trucs qu'ils font ici ne sont pas faits pour un menu.

Je fronçai les sourcils et regardai les autres clients derrière moi qui mangeaient tranquillement. Oanen me tournait le dos, dans une conversation calme avec le troll. Si l'air renfrogné sur le visage de ce dernier était une indication de la tournure de la discussion, je supposais que les choses n'allaient pas bien pour Oanen.

Le barman sortit d'une porte dérobée et rapporta une assiette remplie de nourriture écrasée à l'une des tables de la salle principale. Je ne pus exactement identifier de quoi il s'agissait, cependant les morceaux étaient un peu trop gros pour être du ragoût.

Je reniflai l'air et observai le client prendre une première bouchée enthousiaste. Ça sentait comme de la nourriture normale pour L'Oie et le Gésier, néanmoins je ne pouvais pas oublier quels genres de créatures venaient satisfaire leurs besoins ici.

— Ce n'est pas de l'humain, si ? demandai-je en me tournant vers le motard. La nourriture.

Le regard dur du type se verrouilla au mien.

— Ne serais-tu pas d'une stupidité particulière pour poser ce genre de question avec un exécuteur dans la même pièce ?

— Apparemment.

— Nous ne servons pas d'humain ici, dit le barman, revenant avec un verre d'eau et une assiette de nourriture.

Le verre fut posé violemment devant moi, et le burger avec les frites devant le type à côté.

— Désolé, dis-je en levant les mains. Je ne connaissais pas notre existence il y a encore quelques mois. Blâmez mes parents pour mon ignorance.

— Tu vois ? dit le motard en regardant le barman. C'est de ça que je parle.

Il se concentra sur moi à nouveau.

— Il nous faut retourner aux traditions. Tu aurais su ce que tu étais dès ta naissance. Tu n'aurais pas eu tes pouvoirs réprimés et tu n'aurais pas grandi dans l'ombre d'un monde que tu étais faite pour dominer.

Il ferma les yeux, un frisson le parcourant. Quand il ouvrit à nouveau les yeux, j'observai les fentes verticales de ses pupilles qui me rappelaient bien trop Lucia.

Le motard baissa sa veste d'un coup d'épaule et quelque chose de lourd retomba dans son dos. Il se secoua une nouvelle fois, et le cuir épais de ses ailes se déploya encore plus. J'avais lu des choses à propos de son espèce dans un livre. Un dragon.

— Mon espèce avait l'habitude de diriger le ciel, dit-il. Maintenant, je me cache dans un taudis parmi des immeubles en ruines sur une île oubliée. Où sont la fierté et la majesté dans tout ça ?

Je ne savais pas quoi dire.

— Si tu es futée, tu resteras loin des exécuteurs, continua le dragon, indiquant Oanen de la tête. Tu pourrais vraiment avoir quelques moments de ta vie où tu pourrais apprécier être ce que tu étais censée être.

La figure encapuchonnée se leva et tapa dans le dos du dragon.

— Seuls les chanceux peuvent accomplir leur raison d'être, dit-il avant de se diriger vers la porte dérobée que le barman avait utilisée.

— C'est bien vrai, rétorqua celui-ci.

Il prit l'argent laissé à la place du type et commença à s'éloigner.

— Attendez. Il y a une furie ici en ville. Est-ce que l'un de vous sait où je peux la trouver ?

Le barman commença à rire et le dragon à jurer.

— J'en ai fini ici, lança ce dernier.

Il jeta de l'argent et se leva. Son regard me cloua sur place tandis qu'il enfilait sa veste et dissimulait ses ailes.

— Si tu avais un peu de jugeote, tu ne serais pas là, à chercher ce genre de problème.

Il sortit du bar.

— Tu devrais l'écouter, dit le barman. Les furies, c'est un mauvais plan. Pas juste pour les humains. Ne t'implique pas avec elle, ou tu vas te dégoter un aller simple pour l'enfer.

Il tendit le bras pour prendre l'assiette intacte du dragon.

— Attendez, dis-je en l'arrêtant. Qu'est-ce que c'est ?

— Un cheeseburger au bacon. Le mieux que tu trouveras dans Harlem.

— Le dragon a payé pour ça, pas vrai ?

— Ouais, et alors ?

Je pris l'assiette et la tirai vers moi.

— Il savait que c'était mon préféré.

Je piquai le burger et mordis dans une grande bouchée avant que le barman ne puisse me le reprendre. Cette jouissance au bacon heurta mes papilles avec amour, et je gémis.

— C'est tellement bon, dis-je la bouche pleine.

Le barman secoua la tête et s'éloigna. Je déglutis ma première bouchée et en pris une seconde. Les burgers d'Uttira avaient été corrects. La viande maigre et le choix limité de garniture freinaient les possibilités de saveur, cependant. Contrairement à ce burger. La graisse et la mayonnaise dégoulinaient sur l'assiette tandis que je tenais la préparation, prête pour ma prochaine bouffée.

Je le tournai légèrement pour regarder la liasse de bacon, les rondelles d'oignons frits, la laitue et la tomate au-dessus du petit pain épais de plus de trois centimètres. Il devait y avoir sept morceaux de bacon. J'avalai, souris et pris une autre bouchée.

Tout en mâchant, la pièce commença à tanguer étrangement.

Fronçant les sourcils, je secouai légèrement la tête. Mes paupières me semblaient lourdes également. Les bruits de fond se dissipèrent et les mouvements se ralentirent. Je respirai mollement. Quelque chose clochait. Pourquoi cela ne m'inquiétait-il pas ? Je savais que ça le devrait. C'était comme lorsqu'Eliana me touchait pour siphonner ma colère. Sauf que là, personne ne me touchait.

Je déglutis ma bouchée et baissai les yeux sur le burger. Une poudre gris-vert saupoudrait le bacon.

Les ténèbres baignèrent la pièce, creusant rapidement dans ma vision. J'ouvris la bouche pour appeler Oanen, mais rien ne sortit. Le bras et les gens assis près de moi disparurent.

La dernière chose que je vis fut le burger retombant dans mon assiette.

C H A P I T R E   T R O I S

— DÉBARRASSE-TOI D'ELLE AVANT QUE LE SORT SE DISSIPE.

Les mots titillèrent mon esprit à la façon persistante et agaçante d'un moustique, jusqu'à ce que l'écho de bruits de pas s'éloignant les remplace.

Mon cerveau ne voulait pas fonctionner. Mes yeux non plus.

J'avais envie de replonger dans le brouillard enveloppant mes pensées, cependant une partie de moi insista pour que je résiste à cette pression. Je grondai, ma tête penchant sur le côté.

Un léger rire taquina mes oreilles.

— Le sort se dissipe déjà. Tu vas avoir des problèmes.

Un bruit perçant de ferraille et un cri aigu m'agacèrent suffisamment pour que je parvienne à ouvrir les paupières. Des morceaux de mon environnement apparurent devant mes yeux par intermittence à chaque lent clignement.

Un sol en ciment. Une table avec une cage, pas très loin sur ma droite. Un gamin chauve marchant vers moi. Des dents acérées.

Je bondis en arrière et essayai de lever la main pour me frotter les yeux. Mon bras ne bougea pas.

J'ouvris à nouveau les yeux et regardai les cordes lumineuses qui m'attachaient à une chaise robuste. Le nuage de mon expiration me détourna momentanément tandis que je tirais une nouvelle fois. Les liens se refermèrent autour de mes avant-bras, me mordant la peau. Ça devrait me faire mal, cependant j'avais trop froid pour ressentir quoi que ce soit.

— Lutter ne fera qu'empirer les choses.

Levant les yeux, je trouvais une créature à hauteur d'enfant se tenant à distance de coup de pied, ce que j'aurais essayé si mes chevilles n'avaient pas été attachées non plus.

Il m'examina alors que je l'examinai. Sa taille était la seule chose qu'il avait en commun avec un bambin humain. Les rides flétries qui plissaient son visage et la touffe de poils qui ressortaient de ses oreilles pointues étaient parfaitement assorties à sa chemise effilochée qui avait l'air d'avoir une centaine d'années.

— Tu es dans de beaux draps, pas vrai, jolie petite chose ? Le vieil Elbner peut arranger ta situation. Pour le bon prix.

— Ce n'est vraiment pas le meilleur moyen pour faire bonne impression, dis-je d'une voix étonnamment nette. Détache-moi tout de suite.

— Je ne peux pas. Une fois que ces liens sont utilisés, seul l'acheteur peut les défaire. Ça évite les rétrocroisements sur les affaires conclues.

— Il ment, gazouilla une voix aiguë.

Je regardai derrière le vieil Elbner, vers la cage sur la table. Une petite créature avec des ailes voletait dedans, secouant les barreaux comme pour tester leur solidité. Lorsque la chose vit que j'observais dans sa direction, elle vola vers les barreaux et me regarda en retour. Une petite chemise retombait amplement sur ses épaules osseuses et le long pantalon qu'elle portait était retenu par un fil servant de ceinture.

— Tu es jolie, dit la chose.

— Merci. Qu'es-tu ?

— Un brownie.

Elbner se plaça dans mon champ de vision.

— Nous pouvons partager ses ailes si tu veux.

Il se lécha les lèvres, le scintillement me donnant la nausée.

Le brownie poussa un cri perçant et je lançai un regard noir à Elbner.

— Il a l'air assez attaché à ses ailes. Bon, tu vas me libérer ou quoi ?

— Je t'ai dit. Je ne peux pas.

— Il ment, répéta le brownie.

Elbner gronda et pivota vers la cage, ce qui fit crier et décoller le brownie. Il tourna en rond dans sa prison sous la panique, essayant de trouver une sortie.

— Comment ça, il ment ? demandai-je.

— Son maître lui a dit de se débarrasser de toi. Il est supposé te relâcher.

Elbner arrêta d'avancer vers la cage et me jeta un regard sournois par-dessus son épaule.

— Se débarrasser ne veut pas dire libérer, dit-il.

— Quelqu'un de bien plus gros que toi a brièvement envisagé de me tuer, dis-je. Elle a décidé de ne pas s'y risquer, cependant.

Il se tourna complètement vers moi, un gloussement grave s'élevant en lui.

— Oh ? Et qu'est-ce qui l'en a empêché ? La peur de toi ?

Il se rapprocha et tendit un doigt osseux, le glissant sur mon menton jusqu'à ma gorge. Son ongle acéré m'érafla la peau, ne l'entaillant pas, laissant toutefois clairement une marque.

Une étincelle de colère se réveilla en moi. Petite en comparaison à ce que j'avais ressenti par le passé, mais suffisamment. Je tirai vivement sur mes liens. Les cordes mordirent désagréablement ma peau, et je tirai malgré tout de plus en plus fort. Le feu en moi brûla plus vivement sous la douleur.

— La peur d'énerver les dieux, répliquai-je.

Elbner cessa de me toucher et me regarda avec un froncement perplexe.

— Qu'es-tu ? demanda-t-il.

— Tu me dis ce que tu es, et moi je fais la même chose.

— Je suis un gobelin.

Je fermai les paupières et me concentrai sur le feu brûlant en moi. Lorsque je les rouvris, une lueur orange se reflétait sur la peau d'Elbner.

— Je suis une furie.

La vieille créature fit les yeux ronds. Il émit un bruit étouffé et trébucha en arrière sur quelques pas alors que les cordes me retenant commençaient à se consumer. La lueur se dissipa et les cordes glissèrent en quelques secondes.

Je me levai et le vieux type tomba à genoux dans un tas tremblant.

— On dirait que tu es dans de beaux draps, pas vrai ? gazouilla joyeusement le brownie dans sa cage.

— Je ne cherchais pas à te faire de mal, répondit le gobelin d'une voix étouffée. C'était juste une blague. C'est ma nature. Duper et me moquer.

— Et les ailes du brownie ? Cette offre tentante est-elle toujours d'actualité ?

Le brownie me regardait avec horreur tandis qu'Elbner bondit et fonça vers la table.

— Oui. Bien sûr. Deux, c'est peut-être un peu trop, cependant je serais ravi de manger la seconde pour toi.

Il sortit un couteau rouillé de l'arrière de son pantalon déchiré.

Le feu qui m'avait libéré mourut lentement. Comment désirer couper les ailes de cette minuscule créature ne pouvait-il pas être malfaisant ?

Agacée, je rejoignis Elbner avant qu'il parvienne à ouvrir la cage. Le vieux gobelin émit un gémissement terrible lorsque j'attrapais son bras et le fis tourner. Le couteau inutile tomba dans un cliquetis sur le sol.

— Je ne suis pas intéressé par ses ailes. J'ai dit ça pour voir quel genre de personne tu étais. Et j'ai ma réponse. Pas une bonne.

Il commença à secouer la tête frénétiquement.

— Je ne suis pas un exécuteur, mais je ne suis pas mauvais. Juste quelques blagues. Des tours inoffensifs.

— Pour l'instant, je me fiche de ce que tu as fait par le passé. Ce qui m'intéresse, c'est comment je suis arrivée ici, et pourquoi. Commence à parler.

— Mon maître veut seulement que...

Sa voix fut coupée, cependant ses lèvres continuèrent à bouger. J'avais envie de jurer.

— Que peux-tu me dire ? demandai-je, interrompant sa confession silencieuse.

Il se lécha les lèvres nerveusement et son regard parcourut la pièce. Soudainement, son expression s'illumina.

— Je peux te servir, dit-il. Tu peux être ma maîtresse si tu le veux bien.

— Berk. Non.

La dernière chose dont j'avais envie c'était que ce vieux gobelin flippant traîne près de moi.

— Accepte, dit le brownie. Le sort se dissipera une fois que son appartenance changera de main. Il finira par être capable de te fournir des réponses.

Je regardai le brownie.

— Tu n'es pas avare en informations. Si je te laisse sortir, est-ce que quelque chose de mal va se produire ?

La petite créature gloussa et montra Elbner.

— Je lui tirerai les poils des oreilles.

Elbner grommela.

— Touche-moi, et je te mange les ailes.

— Non, tu n'en feras rien, dis-je.

Je tendis la main vers la porte de la cage.

— Que signifie être son maître ? demandai-je.

— Il doit t'obéir, répondit le brownie avec sincérité. Et, si tu le traites bien, il écoutera. Si tu ne le traites pas bien, il te rendra la vie misérable puis partira.

Ma main hésita sur le loquet.

— Bien le traiter ? Qu'est-ce que ça veut dire, exactement ?

— Le nourrir. Les gobelins aiment le lait. Les flocons d'avoine trempés dans du lait. Les flocons d'avoine trempés dans du lait avec du miel sont leur plat préféré.

— Faux, dit Elbner. Les flocons d'avoine trempés dans du lait avec du miel et des ailes de brownie sont mon plat préféré.

— Pourquoi es-tu prêt à changer de maître ? demandai-je, ignorant son obsession pour les ailes de brownie.

— Son maître a oublié de le nourrir aujourd'hui.

Le téléphone dans ma poche vibra.

— Ça a souvent fait ça, commenta Elbner. J'aime bien ce bruit. Ça me rappelle le battement des ailes.

Je sortis mon portable et regardai une série de messages d'Oanen, le plus vieux datant de trois heures. Le premier a commencé assez calmement, demandant où j'étais passée. Puis, ils montraient progressivement et l'un après l'autre son angoisse grandissante. Le dernier m'inquiéta.

Si je n'ai pas de tes nouvelles dans dix minutes, je contacte Adira.

Je tapai un message rapide tout en conservant un œil sur Elbner.

Je vais bien. J'appelle dans une minute. Est-ce que je suis en sécurité avec un brownie et un gobelin ?

Sa réponse fut immédiate.

Suffisamment. Où es-tu ?

Je regardai Elbner.

— Très bien. Je serai ta maîtresse. Dès que le sort se dissipera, tu me diras ce qu'il se passe ici. Compris ?

Il acquiesça.

— Et on ne mange pas d'ailes de brownie pendant que je suis ton maître. Je te donnerai tous les autres trucs à manger sauf ça.

Il fronça les sourcils et hocha une fois la tête.

J'ouvris la cage du brownie et poussai un cri quand la bestiole vola directement vers mon visage. Ses petits bras s'accrochèrent à mon cou alors qu'elle me serrait dans ses bras.

— Merci ! Merci ! Je pensais que j'allais mourir dans cette cage, comme mes grands-parents.

Il me relâcha et voleta en arrière pour me regarder dans les yeux.

— Mon nom est Piepen. Et toi ?

— Pie Pen ?

Il acquiesça.

— Je suis Megan.

Il vola vers moi et m'enlaça à nouveau. Sa petite main caressa le côté de mon cou.

— Je t'aime, Megan.

La légère bouffée de sa respiration balaya ma peau. Ou était-ce ses lèvres ? Est-ce que ses lèvres bougeaient ?

— D'accord. Je pense que j'ai eu assez de câlins.

Il ne me relâcha pas. Je pinçai avec soin sa chemise et le tirai pour le détacher.

— Tu es libre de t'en aller, dis-je.

Son visage joyeux s'effondra.

— M'en aller ? Je n'ai nulle part où aller. Mes grands-parents sont morts à présent et je n'ai pas de parents. S'il te plaît, ne me laisse pas derrière.

Son petit visage de chérubin se froissa et des larmes brillèrent dans ses yeux.

— Parlons de ça plus tard. J'ai vraiment besoin de passer un appel.

Avec des doigts gourds, je composai le numéro d'Oanen. Il décrocha immédiatement.

— *Megan, où es-tu ?*

— Oh, euh...

Je regardai autour de moi la pièce vide.

— Je crois que je suis dans une sorte d'entrepôt.

La ligne resta silencieuse un long moment.

— *Je veux une adresse, pas une description.*

L'avertissement dans son tom me fit sourire.

— Attends.

Je regardai Elbner.

— Quelle est l'adresse de cet endroit ?

Il ouvrit sa bouche, mais rien n'en sortit. J'aurais aimé savoir lire sur les lèvres.

— Très bien. Où est la sortie ?

Elbner nous conduisit vers une flopée de marches. Je trottinai maladroitement sur les premières avec Piepen voletant à mes côtés, ses petites ailes bourdonnant.

— *Quel est ce bruit ?* demanda Oanen alors que je commençais le deuxième escalier.

— C'est Piepen, un brownie que j'ai libéré.

— Et tu ne le regretteras pas, commenta Piepen. Je suis doué pour faire les lits et laver la vaisselle.

— *Tu le regretteras*, dit Oanen à mon oreille.

— C'est déjà le cas, répliquai-je doucement.

Je poussai les portes en bas de l'escalier et me retrouvai dans ce qui ressemblait à un chantier naval. Des containers en métal et des planches sortaient de la neige et jonchaient l'espace devant le bâtiment.

— Il y a un panneau sur la droite, lança Elbner.

Jetant un regard en arrière, je captai la lueur de ses yeux tandis qu'il hésitait dans les ténèbres. Il montra le bout de la route.

— Une seconde, Oanen. Je dois aller au coin de la rue.

Il resta silencieux tandis que je courais.

— Entre la 26e et la 4e rue, annonçai-je en regardant les panneaux.

— *Il n'y a pas de 26e et de 4e rue dans Harlem, Megan. Ouvre la carte de ton téléphone.*

Je le mis sur haut-parleur, affichai la carte sur mon téléphone et lui envoyai ma localisation actuelle.

— *Tu n'es même pas dans Manhattan. Comment en es-tu arrivée à traverser le fleuve ?*

Je regardai autour de moi et vis le scintillement de lumières se reflétant sur l'eau, plus loin au bout de la rue. Un frisson me parcourut. Comment avais-je pu traverser ça, bon sang ?

— Je n'en suis pas sûre, dis-je. Je me suis réveillée il y a à peine quinze minutes.

— *Réveillée ?*

— Oui, je pense que le burger que j'ai mangé était drogué.

Un frisson d'émotion me picota la nuque. Colère. Peur. Beaucoup de peur.

— *Tu es en sécurité ? Là, maintenant. Es-tu en sécurité ?* s'enquit-il.

— Oanen ? Est-ce que tu viens de...

Je sentis un poids dans mon ventre et mon cœur palpita à l'idée que je venais juste de ressentir ce qu'il ressentait.

— *Viens de quoi ?* demanda-t-il.

— Rien. Je suis en sécurité.

— *Je vais voler jusqu'à toi.*

L'appel fut coupé et je fronçai les sourcils vers le téléphone.

— Je ne l'aime pas, dit Piepen. Il n'avait pas l'air gentil.

— Il est très gentil. Et je l'aime beaucoup.

Un bruit de frottement derrière fit plonger Piepen dans mes cheveux. Je me tournai, essayant d'ignorer le brownie tremblant sur mon épaule.

— Tu es perdue, chérie ? demanda un homme en sortant des ténèbres.

— Non. J'attends mon petit ami.

— Tu veux que je te tienne compagnie ?

— Merci, mais je doute que ça arrange son humeur.

Un grognement surgit derrière lui au moment où un gros morceau de charpente de cinq centimètres sur dix se leva dans l'obscurité. Le bout de bois frappa l'homme en pleine tête. Ses yeux roulèrent dans leurs orbites et il tomba comme une brique pour laisser place à Elbner se trouvant derrière lui.

— Qu'est-ce que tu fous, Elbner ? Pourquoi l'as-tu frappé ?

— Il allait te faire du mal.

— Non, il n'allait rien faire. Je suis une furie, tu te souviens ? J'aurais senti sa malveillance s'il allait faire quelque chose.

Elbner jeta le morceau de bois sur le côté et me lança un regard renfrogné.

— Si tu le traites mal, il te rendra la vie misérable, lança doucement Piepen directement à mon oreille. Il voudra du lait en plus pour te protéger.

J'étais sur le point de remercier le brownie de me rappeler ce détail lorsque quelque chose me toucha le lobe. Quelque chose de petit et mouillé. Je frissonnai et tendis la main vers Piepen.

— D'accord, la chevauchée est terminée. Sors de mes cheveux.

Le petit homme s'éloigna en volant et partit inspecter l'homme effondré.

Mon téléphone sonna à nouveau et je le levai rapidement, prête à demander à Oanen de se dépêcher. Au lieu de son nom, celui d'Eliana apparut sur l'écran. Je souris et répondis.

— *Tu as officiellement brisé ta promesse*, dit-elle.

— Hein ?

— *C'est minuit passé. Tu as dit que tu prendrais des nouvelles tous les jours et je n'ai pas eu d'appel hier.*

— Le jour de mon départ ne compte pas.

— *C'est ça, commence déjà à contourner les règles. Alors, ça fait quoi d'être libre ?*

Je regardai Piepen soulever la paupière du type.

— Arrête ça !

— *Est-ce que j'ai envie de savoir ce qu'Oanen est en train de faire ?* demanda-t-elle.

— Pas Oanen. Un brownie appelé Piepen qui s'amuse avec l'œil d'un type.

Piepen fila vers moi et vola autour de ma tête, essayant de m'écouter. Je secouai la main, le chassant.

— *Un brownie ?*

— Oui, c'est une longue histoire.

— *J'ai du temps.*

— Je l'ai libéré d'une cage et maintenant il me suit.

— Je ne te suis pas, je vais t'aider, dit ce dernier. Je vais prendre soin de ta maison.

— Non, tu ne le feras pas, intervint Elbner depuis l'obscurité. C'est mon travail.

— Non, tu t'occupes de tout l'extérieur. Je m'occupe de l'intérieur.

Eliana commença à ricaner.

— *Il y en a deux ? Qu'est-ce que tu vas faire de deux brownies ?* demanda-t-elle.

— Il n'y en a qu'un, l'autre est un gobelin. Et je n'en ai aucune idée.

Je fis l'aller-retour entre le coin de la rue et l'obscurité où était étendu l'homme, toujours inconscient, avant de me tourner à nouveau. Bouger ne me réchauffait pas comme je l'avais espéré.

— *Ils n'apprécieront pas l'hôtel ni la voiture. Ils sont bien plus heureux dans de vraies maisons*, dit Eliana.

— Elle a l'air gentille, commenta Piepen. Je l'aime bien.

— Oh, il est si mignon, répondit-elle.

Le visage de Piepen s'illumina de joie et il commença à voleter plus vite autour de ma tête.

— Arrête. Il peut t'entendre, et je pense que tu vas lui faire avoir une attaque. Qu'est-ce qu'il y a de mal avec les hôtels ?

— Qu'est-ce qu'un hôtel ? demanda Piepen, ralentissant pour faire du surplace devant moi.

Elbner sortit des ombres, un froncement grave sur le visage.

— Un hôtel ? Un hôtel !

Ses oreilles frémirent sous la colère.

— Je ne m'abaisserai pas en faisant l'entretien de chambres louées.

— *Je te l'avais dit*, répliqua Eliana à mon oreille.

— J'ai une maison, rassurai-je Elbner. Je suis simplement en visite en ville pour un moment.

— Où est ta maison ? s'enquit-il. Je t'attendrai là-bas.

— *Dis-lui*, m'encouragea Eliana à travers le combiné. *Tu seras plus heureuse avec lui ici. Je les nourrirai tous les deux pour toi.*

— Tu es sûre ?

— Ouaip, tout ira bien.

J'observai les deux créatures, espérant que je ne m'apprêtais pas à faire une erreur.

— J'habite à Uttira. N125 W837 Crooked Road.

— Mmh.

Elbner regarda vers le nord.

— Il me faudra quelques jours, déclara-t-il après un moment. Ça n'a pas intérêt à être une jolie maison.

— Oh, ça ne l'est pas, lui assurai-je.

— *Dis-lui que j'ai un bol de flocons d'avoine enrobés de miel qui l'attend*, lança Eliana.

Les yeux d'Elbner rayonnèrent, et je sus qu'il l'avait entendue.

— Je peux y aller aussi ? Je peux ? supplia Piepen.

Une lueur spéculative illumina le regard d'Elbner alors que le vieux gobelin scrutait les ailes de Piepen.

— Je peux te faire confiance pour prendre soin de Piepen ? demandai-je à Elbner. Ce qui signifie le protéger, lui et ses ailes, de toi et de qui que ce soit d'autre.

Elbner grommela et gronda avant d'acquiescer. Il fit un signe à Piepen et commença à traverser la rue. Le brownie vola vers ma tête, embrassa le bout de mon nez, puis fila dans la nuit après Elbner. Une fois qu'ils furent assez loin, je fis un résumé à Eliana sur ce qu'il s'était passé depuis notre arrivée à New York. Que j'avais été droguée. Que je m'étais réveillée dans l'entrepôt. Qu'il y avait un gobelin avec les réponses, mais qu'il était lié par un sort.

— *Je t'appellerai s'il révèle quoi que ce soit sur l'identité de son ancien maître*, dit Eliana lorsque j'eus terminé.

— Merci. Et fais attention quand tu es avec eux. Oanen dit qu'ils ne me feraient pas de mal, cependant Elbner semble louche.

— *Est-ce qu'il t'a mise en colère ?* demanda-t-elle.

— Étonnamment, non.

— *Alors, je suis sûre qu'il n'est pas un problème.*

Un cri d'aigle déchira l'air.

— Je ferais mieux d'y aller, dis-je. Oanen arrive, et j'ai besoin de vérifier l'état du gars qu'Elbner a assommé.

— *Quel gars ?*

— Je te raconterai plus tard.

Je raccrochai et me précipitai auprès de l'homme à terre. Lorsque je lui tapotai la joue, il gémit, signe qu'il était proche de reprendre connaissance. Du moins, je l'espérais.

Me redressant, je m'écartai de lui et regardai le ciel. Les nuages et les lampadaires du coin faisaient qu'il était impossible de distinguer Oanen avant qu'il ne descende du ciel. Sa transformation gracieuse de griffon à humain alors qu'il atterrissait fit accélérer mon pouls. Je doutais de me lasser un jour de le voir faire ça.

Il avança vers moi, son regard doré se verrouillant sur moi. Le tressaillement de sa mâchoire et le froncement sur son visage me détournèrent du fait qu'il marchait nu en plein New York et en plein hiver comme si ce n'était rien.

Sans un mot, Oanen m'attira dans ses bras et me serra fort contre lui. Je pouvais le sentir trembler et j'essayai de retenir ma grimace lorsque sa main balaya le point douloureux dans mon dos. Enroulant mes bras autour de sa taille, je le laissai simplement m'étreindre.

— Les furies ne sont pas les seules qui ont du caractère, déclara-t-il contre mes cheveux. Ne me quitte plus jamais, Megan. New York ne survivrait pas à ce que je ferais pour te retrouver.

L'homme derrière moi grogna. Oanen leva la tête et je reculai à temps pour voir ses pupilles se dilater. Je pris rapidement le visage d'Oanen en coupe et le forçai à se concentrer sur moi.

— Je suis fatiguée, j'ai froid et je suis courbaturée. Tu veux bien me ramener, mec à plumes ?

Le regard brûlant qu'il me jeta envoya un frisson jusqu'à mes orteils.

— Je ne te laisserai plus t'en aller, Megan. Je ne jouerai plus les gentils.

CHAPITRE QUATRE

— Comment ça ? demandai-je.

Il recula et se rhabilla de ses plumes sans répondre. Lorsque je ne bougeais pas immédiatement, il balança sa tête vers moi et claqua le bec.

Ses paroles résonnant toujours à mes oreilles, je m'activai pour monter sur l'Oanen Express. De la neige vola et tourbillonna du trottoir autour de nous alors qu'il commençait à battre des ailes. Il s'éleva dans le ciel avec constance. Je me penchai en avant et enroulai mes bras autour de son cou, me pelotonnant dans sa chaleur. Même avec ma veste, je sentais la piqûre occasionnelle des flocons de neige dérivant dans l'air.

Regardant en bas, j'observai l'étendue du fleuve défiler. De l'émerveillement m'emplit lorsque je levai les yeux de l'eau vers l'horizon. Les lumières s'étiraient aussi loin que je pouvais voir.

— C'est si beau, dis-je, lissant les plumes de son cou avec ma main.

Nous dépassâmes les immeubles, grimpant de plus en plus haut. Je frissonnai légèrement et mes doigts se raidirent. Non pas que je m'en rendis vraiment compte. J'avais les yeux rivés partout. Les minuscules voitures se déplaçant loin en dessous. Notre reflet dans le verre des gratte-ciel, si haut que je m'ennuierais en comptant les étages. Lorsque nous atteignîmes le parc, je sus que nous nous rapprochions de l'appartement qu'il avait mentionné.

À nouveau, ses paroles me revinrent. Qu'il avait été gentil jusqu'à présent, et comment les choses changeraient. Rah. Est-ce que ça signifiait que j'étais bonne pour une leçon à présent ?

Je débattais encore sur ce qu'il avait voulu dire, et sur la façon d'éviter toute forme de conflit qui me taperait sur les nerfs, lorsqu'il commença sa descente vers un toit avec une véranda illuminée en verre. Le balcon avait été débarrassé de la neige et rien ne tourbillonna autour de nous quand il atterrit.

Glissant de son dos, je regardai la jolie table et les chaises à l'intérieur de la véranda.

— Viens.

Oanen m'attrapa la main et me tira vers la porte.

— Es-tu en colère ? demandai-je, me dépêchant derrière lui. Parce que, si tu l'es, je ne pense pas qu'il faudrait aller à l'intérieur.

— Tu es gelée. On rentre.

Je poussai un long et profond soupir et ne répondis rien tandis qu'il m'attirait dans la véranda jusqu'à une cuisine moderne. Il ne s'arrêta pas là. Lorsque je vis qu'il m'emmenait dans un salon au parquet en bois dur gris pâle lasuré, je reculai.

— Laisse-moi au moins enlever mes chaussures, dis-je, essayant de me libérer la main.

Au lieu de me lâcher, il se tourna et me porta dans ses bras.

— Les chaussures ne sont pas un problème pour l'instant.

Avec mes yeux grands ouverts, j'observai son air déterminé. L'expression sur son visage m'inquiéta. Je posai ma main sur son torse et le sentis tressaillir. Ma poitrine se serra d'appréhension.

— Je ne veux pas me disputer, dis-je doucement. Je ne veux pas m'emporter à nouveau. Pas avec toi.

Son regard se baissa sur moi et il continua à traverser la pièce.

— Nous n'allons pas nous disputer parce que tu vas m'écouter.

Je luttai avec mon désir initial de me hérisser devant ses paroles en psalmodiant dans ma tête « Je ne frirai pas mon petit ami ».

Quand il tourna dans une chambre, mon pouls s'accéléra et des papillons s'élancèrent dans mon ventre.

— Euh, qu'est-ce que tu fais ? demandai-je.

Il me posa à terre et baissa des yeux toujours ambrés sur moi.

— Tu peux te réchauffer de deux façons. Sous la douche ou avec moi.

Je restai bouche bée un moment :

— Est-ce une invitation ?

Je fermai vivement la bouche et croisai les bras. Il avait raison. Il ne jouait plus les gentils. Et ça ne m'amusait pas.

— Où est la salle de bain ? demandai-je.

Il montra la droite.

Plissant les yeux, je commençai à pivoter dans cette direction. Je ne fis pas un pas avant qu'il attrape mon bras et me tire contre son torse. Mon cœur manqua un battement. Nos regards se verrouillèrent, nous nous dévisageâmes pendant un moment. Très lentement, il pencha la tête. J'eus le souffle coupé, et le battement frénétique de mon cœur résonna à mes oreilles.

— Je crois que tu ne choisis pas la bonne porte, murmura-t-il juste avant que ses lèvres ne se referment sur les miennes.

Il me tint près de lui, sa bouche me réclamant d'une façon qui renvoyait un bourdonnement de besoin dans chacun de mes membres. Désespérée de trouver une ancre, j'empoignai ses bras et gémis devant cet assaut. Ses mains se déplacèrent de mes bras pour encercler ma taille, le mouvement pressant ses lèvres sur les miennes et rendant ce besoin impossible à ignorer.

L'angle du baiser changea, me consumant complètement. Sa main glissa sous ma chemise et remonta sur mon flanc, ses doigts effleurant la peau sensible de mes côtes. Toute ma concentration fut sur cette main jusqu'à ce que l'autre touche le point qui me faisait mal dans le dos.

Je reculai dans un petit cri de surprise et clignai des yeux, perdue, haletante.

— Oanen, attends.

— C'est ce que je fais. Mais je n'ai pas à le faire patiemment.

Il m'attrapa par la nuque et m'embrassa durement. Mes lèvres me picotaient lorsqu'il s'apaisa enfin.

— Va sous la douche et commence à me raconter. Je veux savoir ce qu'il s'est passé ce soir, bon sang.

Son attitude autoritaire perça dans le brouillard de passion qu'il avait créé.

— Je veux que l'Oanen gentil revienne.

— Je te veux dans ce lit. L'un de nous pourrait obtenir ce qu'il désire ce soir.

Je reculai d'un pas vers la salle de bain, et il imita mon mouvement.

— Arrête ça, Oanen, l'avertis-je en reculant encore.

— Tu es en colère, dit-il en continuant. Et tu as peur.

— Pas du tout.

Il secoua lentement la tête, ne réduisant pas la distance entre nous, sans pour autant me donner plus d'espace.

— Tu n'as pas peur de moi, mais de toi. De ce que tu veux.

Entrant dans la salle de bain, je saisis la porte et la claquai.

— Parle, Megan, dit-il de l'extérieur. Sinon, j'entre.

— Il n'y a pas grand-chose à dire. J'étais assise au comptoir un instant, et le suivant, je me suis réveillée pour découvrir que j'étais attachée à une chaise. Tout ce que je me rappelle du bar c'est un dragon qui s'est agacé lorsqu'il a entendu qu'il y avait une furie en ville. Pas moi, ma mère. Puis, il est parti.

J'allumai l'eau sur le chaud.

— J'avais la dalle, donc j'ai volé le burger qu'il n'a pas touché. Il y avait de la poudre sur le bacon. Elle n'avait pas de goût étrange, et je ne l'ai remarqué qu'au bout de quatre bouchées.

Tout en parlant, je me déshabillais, m'attelant à ma chemise. J'eus beau m'entortiller devant le miroir, je ne pouvais pas vraiment voir le point qui me faisait mal.

— Lorsque je me suis réveillée, j'étais à l'intérieur de cet entrepôt avec un gobelin qui ne pouvait rien me dire sur la raison de ma présence ou la façon dont j'étais arrivée là. Il était ensorcelé, tu sais ? Comme quand la bibliothèque m'empêchait de répéter quoi que ce soit.

J'entrai dans la cabine.

— Je t'ai appelé dès que j'ai vu les messages. Tu m'as raccroché au nez. Le gobelin a assommé le type dans la rue pour m'avoir parlé. Puis, Eliana a appelé et a dit que je devrais l'envoyer lui et le brownie à Uttira, et qu'elle nous contacterait lorsque le sort se serait dissipé.

Je tournai sous l'eau, grimaçant à la piqûre dans mon dos. J'avais dû m'érafler lorsque j'étais tombée dans le parking.

— C'est tout ? demanda-t-il, sa voix ne paraissant pas aussi étouffée qu'elle le devrait.

Savoir qu'il était dans la salle de bain avec moi alors que j'étais complètement nue me fit rougir des pieds à la tête.

— C'est tout ce dont je me souviens. Et toi ? Qu'est-il arrivé avec le troll ? demandai-je, espérant le distraire du son de mon pouls s'accélérant.

— Je te dirai quand tu auras terminé.

La porte se referma.

Je levai les yeux au ciel et me lavai rapidement. Quand j'eus fini, j'ouvris le rideau et découvris qu'un débardeur avec un short à motifs assorti m'attendaient, ainsi que des sous-vêtements propres. Mes anciens vêtements avaient disparu.

Je me séchai, n'étant pas sûre de quoi en penser. Un type qui veut bien ramasser après moi ? Ce n'était pas une mauvaise chose. Un gars qui disposait ce que je devais porter ensuite ? Possiblement plus dominateur que ce que je pouvais accepter. Pourtant, il ne s'agissait que du pyjama que j'avais emporté, donc était-ce vraiment du contrôle ou simplement du bon sens de supposer que c'était les vêtements que je voudrais ?

Mes cheveux enroulés dans une serviette, je m'habillai et ouvris la porte. Oanen était assis juste devant. Son regard ferme me balaya et je fus rassurée de voir du bleu au lieu du doré.

— Le troll ? demandai-je en prenant la serviette sur ma tête pour la suspendre derrière la porte.

— Le troll dans le bar connaissait celui qui est mort, mais il n'a aucune idée de qui l'aurait tué ni pourquoi.

— Donc, aucune piste ?

— Non. Le troll mort était vieux, sa famille était déjà morte. C'est typique de son âge, il avait peu d'amis et se tenait à l'écart. Son seul moment de socialisation était lorsqu'il allait au Gizzard une fois par semaine pour une bière et un burger.

Je grimaçai lorsqu'il prononça le mot « burger ».

— Nous devons savoir ce qu'il y avait sur ce bacon, dis-je.

— Je suis d'accord. Mais demain matin. Tu es pâle et tu sembles fatiguée.

Il tendit la main. Je la regardai, puis le lit de la seule chambre de cet appartement. Mon pouls s'accéléra à nouveau.

— Tu sais que je ne te forcerai à rien, dit-il doucement.

— Je sais.

Cependant, je n'étais pas sûre de vouloir qu'il arrête s'il m'embrassait comme il l'avait fait auparavant.

Au lieu de prendre sa main, je me détournai et marchai vers le lit sans lui.

— Megan.

La colère dans sa voix me surprit, et je regardai en arrière vers lui. Ses yeux n'étaient pas posés sur mon visage, mais sur mon dos. Il avança de deux pas et remonta l'arrière de mon haut.

— Hé !

— Qu'est-il arrivé ? s'enquit-il.

— Quoi ? Je ne sais pas de quoi tu parles.

Son doigt fit le tour de la zone qui me faisait mal.

— Il y a un bleu ? demandai-je.

— Non. C'est une plaie. Comme une brûlure.

— J'étais loin d'être chaude, donc je doute que ce soit une brûlure. Et ça me faisait mal avant que je sois droguée, donc je ne pense pas qu'il soit arrivé quoi que ce soit dans mon sommeil. Peut-être que je me suis éraflée en tombant, dis-je, répétant ma théorie d'un peu plus tôt.

— Tiens ton haut. Laisse-moi y mettre quelque chose.

Je retins le pyjama tandis qu'il tamponnait une pommade rafraîchissante sur la blessure et la pansait pour éviter que mon haut ne frotte dessus. Je pouvais sentir sa colère et son agitation ; j'étais presque certaine que ce n'était pas dirigé vers moi, cependant.

Lorsqu'il eut fini de me rafistoler, il me guida jusqu'au lit et retira les couvertures.

— Dors, Megan.

À nouveau, du doré emplissait son regard stoïque. Je me couchai rapidement.

LA LUMIÈRE du soleil baigna mon visage et me brûla les yeux à travers les paupières.

Je gémis et tirai les couvertures sur ma tête. Derrière moi, Oanen gloussa. Le bras autour de ma taille se resserra, réveillant ma rougeur dans mon dos avec son torse chaud et nu. Ses doigts se déplacèrent sous ma chemise, caressant mon ventre, qui gronda.

— C'est trop tôt, marmonnai-je comme s'il venait de me dire de sortir du lit.

— C'est presque midi.

Ses lèvres balayèrent ma nuque.

Je frissonnai et mes yeux s'ouvrirent d'un coup lorsque ses doigts caressèrent ma peau plus fermement.

— Très bien, je me lève.

Je rampai hors du lit et filai vers la salle de bain. Il me laissa pendant que je me lançai lentement dans ma routine matinale. Lorsque je réémergeais fraîche comme une rose, mon sac m'attendait sur le lit fait. La porte de la chambre était fermée et j'étais seule.

Je m'habillai rapidement et trouvai Oanen m'attendant dans la cuisine, parlant au téléphone. Son expression sérieuse et la façon dont il traquait mon avancée me rendirent nerveuse.

— Ce qui confirme que la mort faisait partie de quelque chose. On vérifiera ça.

Il raccrocha et rangea le téléphone dans sa poche.

— Un autre troll, dit-il sans que je pose la question. Il a été retrouvé non loin de là où tu étais hier soir. Mort avec le même sourire sur le visage, comme le premier. Nous devons l'identifier et poser à nouveau des questions.

— Le Conseil a-t-il une idée de ce qu'il se passe ?

— Non. C'est pourquoi nous sommes ici.

— Donc, on va voir un troll mort et on retourne au Gizzard ?

— Oui. Tu veux te risquer à manger quelque chose d'abord ? Je n'ai pas envie que tu sois tentée par un autre burger.

Je fis une grimace.

— Je doute que quoi que ce soit au Gizzard me tente à nouveau.

Je le suivis à travers les doubles portes et m'arrêtai dans le couloir où il pressa le bouton pour appeler l'ascenseur.

— On ne vole pas aujourd'hui ? demandai-je.

— Non. Tu avais trop froid hier soir. On prend la voiture.

Le trajet jusqu'en bas fut silencieux. Lorsque nous sortîmes de notre lobby luxueux et moderne, je repérai la voiture d'Oanen à travers les portes en verre.

Je frissonnai une fois dehors, et ça n'avait rien à voir avec la température. Dans la lumière du jour, je pouvais sentir des volutes de légère malveillance autour de moi.

— C'est étrange, dis-je alors qu'Oanen m'ouvrait la portière.

— Quoi donc ?

— Je ressens plus la malveillance en journée que la nuit. Je pensais que ce serait l'inverse.

Il fronça les sourcils et regarda autour de lui.

— Moi aussi.

Je haussai les épaules et montai avant d'attacher ma ceinture, pendant qu'il refermait et contournait la voiture.

— J'ai demandé à Adira si elle savait où nous pourrions trouver ta mère, annonça-t-il en se glissant derrière le volant.

— Oh ? Et qu'est-ce que ça a donné ?

— Ça s'est passé aussi bien que tu l'imagines. Elle a répondu que pour ta sécurité, nous ne devrions pas la chercher.

Oanen n'avait pas l'air ravi de cette réponse.

— Oui, j'ai eu la même réaction du vieux dragon hier soir quand je lui ai demandé s'il avait entendu parler d'une furie.

— Veux-tu essayer de la rappeler ? proposa-t-il en se mêlant à la circulation.

— Non. Je la trouverai. Ça prendra juste un moment.

Mon ventre gronda à nouveau.

— Tu penses que l'on peut tout de même trouver de quoi prendre un petit-déjeuner quelque part ?

— Il y a un restau non loin d'ici que mon père m'a recommandé. Ils servent un petit-déjeuner toute la journée.

Le restaurant à seulement quelques rues de là, était coincé au rez-de-chaussée d'un grand immeuble, comme tous les autres commerces de la zone. La légère odeur des ingrédients du petit-déjeuner titilla mes narines dès que je sortis de la voiture. Ma bouche saliva.

En quelques minutes, nous étions assis à la table, sirotant du jus et attendant notre nourriture.

— Alors que je parlais au dragon hier soir, il t'a appelé un exécuteur. Qu'est-ce que ça veut dire ?

— Lorsque tu travailles pour un des Conseils, ton rôle est techniquement d'exécuter les lois de Mantirum.

— Il a dit également que vous réprimiez leurs droits. Apparemment, il veut être capable de griller quelques humains selon ses envies.

— Certains des anciens ont toujours du mal à s'adapter aux lois créées il y a plus de cinq cents ans.

— Putain. Il était si vieux ?

— Probablement un peu plus, dit Oanen.

— Waouh. Quel âge à ton père ?

— Il a dans la soixantaine. Ma mère est beaucoup plus vieille.

Son père était loin de faire son âge. La fin de la trentaine, peut-être. Juste comme sa mère. Ça me démangeait de l'interroger plus, cependant je ne voulais pas qu'on nous entende.

— Je ne sais pas vraiment quel âge a ma mère, dis-je.

Il tendit la main et la posa sur la mienne.

— Ce n'est rien dont tu dois t'inquiéter pour l'instant. J'ai discuté avec Eliana hier quand tu t'es endormie. Je lui ai fait comprendre qu'il était important de découvrir ce qui était arrivé une fois que tes visiteurs seraient là.

— Oh, non. Que lui as-tu dit ? Je ne lui ai pas raconté tous les détails parce que je ne voulais pas l'inquiéter.

— La vérité. Que quelqu'un a essayé de t'enlever à moi.

Je tirai ma main de la sienne et fronçai les sourcils.

— Eliana est probablement en train de paniquer à présent, à penser que je suis en danger.

— Non. Elle va essayer de trouver un moyen de faire parler ton ami plus tôt.

La serveuse revint avec notre nourriture, me détournant de mon agacement. La pile de pancakes dans l'assiette de mon côté me fit saliver tout autant que les œufs tournés, les galettes de pomme de terre et la saucisse.

Ce ne fut que lorsque je fourrais dans ma bouche le dernier morceau de pancake trempé dans du sirop que mes pensées retournèrent à notre conversation. Peu importait ce qu'Oanen disait, Eliana s'inquiéterait. Elle était comme ça. J'avais besoin de lui prouver à elle et à Oanen que j'allais bien, et le seul moyen était de prouver que personne ne m'avait intentionnellement droguée.

— Le burger n'était même pas pour moi.

Oanen m'examina de l'autre côté de la table, une lueur amusée dans le regard.

— Tu en veux plus ? demanda-t-il.

Je baissai les yeux sur mes assiettes vides.

— Je ne pense pas pouvoir en avaler plus.

— Alors pourquoi parles-tu de burgers ?

Je me penchai et baissai la voix.

— La nuit dernière. J'ai pris le burger que le dragon a commandé parce qu'il est parti sans le toucher. Je ne crois pas que qui que ce soit essayait de me droguer. Je pense qu'on essayait de droguer le dragon. Qui que soit l'ami d'Elbner, il lui a demandé de me relâcher. Pourquoi me droguer et me libérer si j'étais la cible désignée ?

— Pourquoi droguer un dragon ? répondit Oanen avec un froncement pensif.

Il chercha son portefeuille.

— Nous devons retourner au Gizzard.

— Je croyais que nous allions vérifier l'entrepôt d'abord.

— Tu es sûre que ton estomac est prêt pour ça ?

— Pitié. Je ne suis jamais malade.

Il fronça les sourcils.

— Nous étions d'accord pour prétendre que ce n'était jamais arrivé, dis-je.

Il expira bruyamment, posa de l'argent sur la table, se leva et tendit la main. Je glissai mes doigts dans les siens et le suivis dehors. Un nouveau picotement d'agacement descendit le long de ma colonne vertébrale et attira mon attention sur un homme en costume-cravate qui traversait la rue.

J'avançai d'un pas dans sa direction et la prise d'Oanen sur ma main se resserra. Je me tournai vers lui avec un froncement, prêt à lui dire de me lâcher.

La vue de son regard dur et doré tua ma réflexion dans l'œuf.

— Tu ne quittes pas mes côtés aujourd'hui, lança-t-il en se rapprochant. Compris ?

— Oui. Compris.

Oanen plissa les yeux comme s'il ne me croyait pas, puis continua vers la voiture. Arrivé à la portière, il me relâcha.

— Je sais que tu es forte. Mais je sais aussi que tu peux être blessée. Ta sécurité m'importe plus que les sentiments d'Eliana. Plus que des trolls morts. Plus que tout. Est-ce que tu comprends ?

— Oui, Oanen. Je comprends. Je suis collée à toi jusqu'à la fin des temps.

Une lueur jaillit dans ses yeux et il les ferma, avant de prendre une lente et profonde respiration.

— Monte, Megan.

Agacée et confuse, je fis comme demandé seulement parce que nous disputer ne nous ferait que perdre notre temps. Il ferma la portière et fit le tour jusqu'à son côté.

— Personne n'aime les tyrans, Oanen, dis-je en croisant les bras.

Son regard se tourna vivement vers moi à travers le pare-brise.

— Stupide ouïe d'oiseau, marmonnai-je.

Il ouvrit la portière, grimpa derrière le volant et pivota vers moi.

— Non, dis-je fermement. Pas de leçon. Je suis juste à côté de toi et il n'y a rien à dire, à part « Allons voir ce troll mort ».

— Je pense qu'il y a quelque chose que je dois dire.

Il tendit le bras et glissa doucement ces doigts le long de la naissance de mes cheveux.

— Je t'aime, Megan Smith. Et « jusqu'à la fin des temps » est exactement le temps durant lequel je veux être avec toi.

CHAPITRE CINQ

Tout ce que je pouvais faire, c'était dévisager Oanen. L'amour ?
C'était énorme. Je savais qu'il avait des sentiments pour moi,
cependant je n'avais pas cru que nous étions à l'étape de le confesser.
Le dire était une étape de plus vers la barrière blanche et les bébés.

Déglutissant difficilement, je luttai contre la bile qui remontait
de mon estomac à la pensée d'avoir des enfants. Je n'avais pas encore
repris le contrôle de ma vie. Je ne pouvais pas être responsable de
quelqu'un d'autre. Pas avant des années. Et peut-être encore plus
après ça.

— Megan, il commence à faire chaud ici, dit Oanen. Pourquoi le
fait que je te dise que je t'aime te fait-il paniquer ?

— Peut-on ne pas en parler maintenant, s'il te plaît ?

Il m'examina un moment.

— Tu as raison. Ce n'est pas l'endroit pour ça. Nous en
rediscuterons ce soir.

Ce qui ne me fit pas me sentir mieux.

Il démarra le moteur et s'immisça avec prudence dans la
circulation. Il fallut plus de trente minutes pour atteindre l'entrepôt
et dix de plus pour trouver la maison du second troll.

— Qui a découvert le corps ? demandai-je, désespérée de briser le silence tandis que nous entrions dans le bâtiment délabré. Et pourquoi le laisser simplement ici ? N'y avait-il pas un risque qu'un humain puisse tomber dessus ?

— Ce troll avait une famille, c'est elle qui l'a trouvé. Ils sont avec lui à présent.

Oanen toqua et la porte s'ouvrit immédiatement.

— Il est dans la chambre, annonça le troll, se décalant.

Étant donné ma connaissance des trolls, je m'attendais à un ou deux parents bourrus. Ce type avait avec lui au moins vingt mastodontes au regard renfrogné entassé dans un appartement à taille très humaine.

Oanen prit ma main et me guida jusqu'à la chambre. Sa poigne ne me dérangea pas cette fois. Ma peau fourmillait du besoin de demander au jeune troll aux deux yeux noirs ce qu'il avait fait.

Seul le troll mort attendait dans la chambre. Il était étendu sur le lit, le matelas se creusant sous son poids. Le sourire sur son visage paraissait vraiment incongru après avoir traversé un salon rempli d'airs maussades.

Oanen lâcha ma main et j'errai dans la pièce, ouvrant le placard, regardant par la fenêtre et sous le lit.

— Je ne sais pas ce qu'on cherche, mais je suis presque sûre que ce n'est pas là, dis-je en me redressant.

Oanen leva le regard de son inspection du troll.

— Tu as raison, dit-il.

Une ombre emplit l'encadrement de la porte derrière un moment avant qu'un garçon qui avait besoin d'une rossée n'entre. Je contournai le lit, cependant Oanen me bloqua. Posant ma tête contre son dos, je fermai les yeux et écoutai tout en essayant d'ignorer ma colère grandissante.

— Il savait que ça allait arriver, dit le jeune troll.

— Que quoi allait arriver ? demanda Oanen.

— Sa mort.

— Pourquoi penser ça ?

— J'ai eu quelques problèmes il y a quelques semaines. Les nouvelles se répandent vite ici. En particulier avec les anciens. Papy a eu vent de ce que j'ai fait et m'a mis une raclée. Une punition juste. C'est mieux que ce que j'aurais eu de vous ou de la furie qui est en ville, il paraît. Je ne le détestais pas pour ça. Mais, il a pensé que oui. Il m'a appelé il y a deux jours. Il m'a dit qu'il m'aimait. Je suis resté con sous le choc.

— Ça semble être le thème du moment, marmonnai-je.

Oanen tendit le bras en arrière et posa sa main sur ma cuisse. Juste un simple toucher, mais pour me laisser savoir qu'il n'était pas en colère à cause de ma réaction à sa déclaration.

— Papy m'a demandé d'utiliser ma tête et de suivre les lois, parce qu'il ne serait pas toujours là pour me surveiller. Après, il a raccroché. Je suis passé ce matin avec une chèvre pour lui dire que tout allait bien. Je l'ai trouvé comme ça.

— Toutes mes condoléances, dit Oanen. Merci de partager avec nous ce qui est arrivé. Tu as mentionné qu'il y avait une furie en ville. Une idée d'où elle pourrait se trouver ?

— Non. Vous savez comment elles font. Elles peuvent être n'importe où.

On aurait dit que les furies étaient le foutu croquemitaine des créatures surnaturelles.

Les bruits de pas s'éloignèrent, et je levai la tête du dos d'Oanen.

— Tu vas bien ? demanda-t-il en me faisant face.

— Oui. Mais j'aurais besoin que tu me tiennes la main pour la sortie. Quoi qu'ait fait ce gamin, j'ai envie de lui donner une deuxième raclée pour ça.

Personne ne nous parla quand nous partîmes, et Oanen ne relâcha pas ma main avant que nous atteignions la voiture. De la colère me titillait toujours, cependant. Pas envers le troll, mais pour l'homme qui marchait sur le trottoir.

Le portable d'Oanen piailla tandis qu'il m'ouvrait la portière. Je montai rapidement et nouai mes mains sur mes genoux alors qu'il refermait. Le type me regarda par la fenêtre, ses yeux sombres me jaugeant.

— Circule.

Je souris presque au ton possessif dans la voix d'Oanen. Presque. Jusqu'à ce que je me souvienne de ce qu'il avait dit hier soir, et juste après le petit-déjeuner.

Il attendit que l'homme bouge, puis fit le tour jusqu'à son côté de la voiture.

— Pitié, dis-moi que le message avait une réponse au mystère du troll qui sourit, dis-je tandis qu'il s'installait.

— Non. J'ai demandé à mon père de vérifier qui possédait le bâtiment dans lequel tu étais hier soir. À la ville. Ce qui n'aide pas.

— Sérieux, Oanen. Je ne pense pas que ce qui était sur ce burger m'était destiné.

— Et je ne pense pas que c'est une coïncidence qu'on te l'ait administré au même endroit où deux trolls, maintenant morts, aiment traîner.

— Eh bien, dit comme ça, non, ça ne semble pas être une coïncidence.

Il démarra le moteur et fit demi-tour pour reprendre le chemin aller.

— Je ne veux pas faire d'histoire, mais si se faire droguer au Gizzard est chose courante ici, pourquoi ne suis-je pas morte avec un sourire sur le visage ?

Sa prise sur le volant se raffermit.

— Réfléchis-y, dis-je. Nous étions hier soir, et ce troll n'y était pas.

— On n'en sait rien.

— Alors il nous faut retourner au Gizzard pour poser la question.

— Exactement.

Nous nous garâmes à une rue du bar et fîmes le reste du chemin à pied et en silence. À nouveau, l'atmosphère des vieilles gens opprimés nous accueillit lorsque nous ouvrîmes la porte. Sauf que cette fois, la malveillance rampa sous ma peau dès que j'entrai.

Sa main dans mon dos, Oanen me dirigea vers le comptoir. Le même barman de la veille au soir vint nous demander ce que nous souhaitions. Alors que je sentais de la colère envers bon nombre de clients, je ne ressentais pas grand-chose chez lui.

— Je veux savoir ce qu'était cette poudre gris-vert qui était sur le bacon hier soir, dis-je en prenant un tabouret.

— Il n'y a pas de poudre sur la nourriture. Juste de la graisse et du sel, répondit l'homme.

— Elle a mangé un cheeseburger au bacon ici et s'est réveillée ailleurs. Nous devons savoir ce qui est arrivé, lança Oanen.

Le barman nous examina un moment, puis les créatures sirotant leurs verres au comptoir avant de nous faire signe vers la porte latérale. Au lieu de tourner dans cette direction, il partit vers un bureau sur la droite.

— J'ai des caméras, déclara-t-il sans préambule. Cinq dans la salle principale, une dans le vestibule, deux dans la cuisine et une dans ce bureau.

Il montra l'écran sur le bureau qui affichait neuf cadres différents.

— Le système garde en mémoire deux mois de vidéos enregistrées avant de se purger toutes les dix secondes, ne laissant que des images jusqu'à six mois après ça. Servez-vous.

Oanen s'assit sur le fauteuil et, en quelques clics, recula et stoppa la vidéo au moment où j'étais assise au bar la nuit précédente.

— Y a-t-il eu de nouveaux clients ces temps-ci ? demanda-t-il.

— Le type étrange avec la cape est arrivé il y a quelques semaines.

Le barman tapota l'écran, là où était assis l'homme, à deux tabourets du mien.

— Il vient chaque soir. Il boit un verre ou deux. Il discute avec les gens qui sont au comptoir. Après, il s'en va.

— Vous souvenez-vous s'il a parlé à un des trolls ? l'interrogea Oanen en sortant des photos des trolls morts et souriants sur son téléphone.

— Je sers des centaines de verres chaque soir. Vous pensez que je me rappelle tout le monde ?

J'avais du mal à croire qu'il vendait autant de boissons, étant donné la maigre foule de la veille, cependant je parvins à garder mes doutes pour moi-même.

Oanen resta diplomate et fit de même, avant d'appuyer sur le bouton « play ». À l'écran, je vis le dragon se tourner vers moi. Derrière lui, l'homme à la capuche bougea.

— Y a-t-il un angle différent ? demandai-je en donnant un petit coup à Oanen.

Il afficha une autre fenêtre synchronisée sur période. Nous observâmes tous le type à la cape se pencher, soulever le pain et saupoudrer quelque chose.

— Directement sur ce foutu bacon, marmonnai-je.

L'homme partit. Le dragon fit de même peu de temps après. J'observai le barman me parler brièvement avant que je commence à manger le burger. Au bout de quatre bouchées, je le reposai et marchai simplement jusqu'à la porte latérale.

— Je ne me rappelle pas avoir fait ça.

Oanen changea d'écran pour montrer le couloir devant le bureau. Je passai directement par la porte de sortie, sans m'arrêter.

— Est-ce que j'ai fait sérieusement le chemin jusqu'à l'entrepôt toute seule ?

— Tu as disparu plus de trois heures, répondit Oanen. C'est possible. Cela expliquerait pourquoi tu étais si froide également.

Il se tourna vers le barman.

— Une idée de ce qu'il aurait pu mettre sur ce burger ou où nous pourrions le trouver ?

— Je ne connais pas son nom, mais je peux demander. En ce qui concerne la poudre, vous pourriez en apprendre plus au Tabernam.

Je n'ai jamais entendu parler de quelque chose qui nous mettrait en transe.

— Le Tabernam ? demandai-je.

— Un endroit où tous les lanceurs de sorts peuvent trouver ce dont ils ont besoin, m'expliqua Oanen.

Il se leva et regarda le barman.

— Faites passer le mot sur le fait que je cherche des informations.

Il donna l'adresse de notre appartement au type.

LE PARFUM DES PLANTES, de l'herbe et d'une pointe de fumée emplit l'air dès que nous ouvrîmes la porte. J'inhalai profondément et me sentis immédiatement plus relaxée.

— J'aime cet endroit, dis-je en entrant dans la réserve remplie d'allées et d'étagères.

Des petites bouteilles et des sacs en plastique étaient soigneusement étalés dans chaque rayonnage. Certains avaient des étiquettes avec des noms étranges. Certains disaient juste « demandez à la vendeuse ».

— J'aime cet endroit s'il peut nous donner des réponses, rétorqua Oanen.

— Va parler et faire ce que tu dois faire, je vais chercher la poudre.

— Hors de question. On reste ensemble.

Je levai les yeux au ciel et le suivis dans l'allée centrale vers l'arrière, où une femme se tenait derrière une caisse. Elle nous sourit tout en nous observant de ses yeux sombres. La courbe de ses lèvres rouges me rappela celle d'un serpent. De la colère s'amassa dans mon ventre. Je cherchai la main d'Oanen pour m'ancrer. Ça n'aida pas vraiment.

Il me regarda et serra ma paume avant de se tourner vers la femme.

— Bonjour, nous cherchons une poudre gris-vert qui mettrait quelqu'un en transe et le ferait probablement se déplacer dans un endroit sans en avoir le souvenir.

— Je ne vends pas de sorts. Juste les ingrédients pour les faire.

— Quels sont les ingrédients, alors ?

Elle contourna le comptoir et nous mena jusqu'au coin gauche le plus éloigné. Tout là-bas était étiqueté « demandez à la vendeuse ». Un frisson trouble me parcourut lorsque je vis un sac à moitié rempli de poudre vert foncé.

— Ce n'est pas sûr de s'essayer à quelque chose que vous ne comprenez pas, dit-elle en regardant Oanen.

— Dites-vous cela à tous vos clients ?

— Seulement ceux qui n'ont pas l'air d'y piger grand-chose.

— J'ai besoin d'une liste de noms. Tous ceux qui ont acheté les ingrédients nécessaires pour le sort que j'ai mentionné.

Un bord de sa bouche se souleva dans un sourire ironique.

— Je ne demande pas de nom. Pour cette simple raison. L'anonymat me permet de garder mon affaire à flots.

Oanen lâcha ma main pour croiser les bras.

— Le Conseil autorise les commerces à perdurer seulement grâce à la coopération de son propriétaire en cas de problème.

Son sourire disparut.

— Je n'ai pas de noms à vous donner.

— Qu'avez-vous ?

La sonnette au-dessus de la porte retentit. À travers les rayons, j'aperçus une silhouette encapuchonnée entrer.

— Excusez-moi, dit la femme.

Elle se dirigea rapidement vers le nouvel arrivant.

— Est-ce la personne du bar ? m'interrogea Oanen.

Je secouai la tête. Le rouge vif de sa cape n'aurait pas pu plus s'éloigner du gris foncé de celle de la nuit précédente. Ça, et les seins qui remplissaient tout l'avant.

— Non. C'était un homme avec une barbe sombre. Pas aussi vieux que le reste de la clientèle du Gizzard, cependant.

La vendeuse parla doucement à sa nouvelle cliente et guida la femme vers une autre zone du magasin, plus proche de nous. La partie inférieure de son corps me sembla familière, et je fronçai les sourcils en tendant l'oreille pour capter ce qu'elles disaient.

— Je pense que je la connais, dis-je doucement à Oanen.

— Ah bon ?

— Je ne suis pas sûre.

Je prétendis parcourir les contenus des étagères pour pouvoir plus me rapprocher des deux. La femme me remarqua et regarda vers nous. Derrière moi, j'entendis Oanen grogner doucement.

Elle fit des yeux ronds et repoussa sa capuche.

— Oanen ? dit-elle.

Elle marcha jusqu'au bout de l'allée. Oanen fit lentement de même, et je suivais derrière. Ils s'arrêtèrent tous les deux près de la caisse.

Je regardai mon petit ami, me demandant comment il la connaissait.

— Bonjour, Nicolette, déclara-t-il.

— Chéri ! Ça fait si longtemps. Comment va mon bébé ?

— « Bébé » ? répétai-je en luttant contre le pic puissant de jalousie qui me donnait envie de lui arracher ses jolis cheveux blonds de sa tête.

— Elle parle d'Eliana, dit Oanen en enroulant un bras autour de moi. Megan, je te présente Nicolette Barchim, la mère d'Eliana.

Je regardai à nouveau la femme, voyant la ressemblance. Dans ses cheveux, son nez, sa bouche. Elle n'avait pas l'air assez vieille pour être la mère d'Eliana, cependant. Une grande sœur, peut-être.

— Megan ? dit-elle. Eliana m'a tellement parlé de toi. Je suis contente que tu sois arrivée à Uttira au bon moment et soulagée que tu aies été capable de lui faire faire des progrès. Les problèmes de cette fille sont suffisants pour faire pleurer une mère, ce qui détruirait mon teint pour au moins une heure. Dis-moi comment elle va. À quoi ressemble-t-elle ? Ses courbes commencent-elles à se voir ? Est-ce qu'elle mange assez ?

— Je vais vous faire un paquet, dit la vendeuse en retournant derrière le comptoir.

Le regard de Nicolette passa d'Oanen à moi comme si elle attendait une réponse.

— Eliana va bien, dit-il.

— Oui. C'est une bonne amie.

Nicolette sourit.

— Je suis ravie de l'entendre. Je pensais qu'elle ne se ferait jamais d'amis. Des amants ?

Je jetai un regard à Oanen, n'étant pas sûre quoi répondre. Eliana m'en avait raconté assez sur sa mère pour que je sache que cette femme avait des méthodes d'éducation complètement différentes de ce que j'avais vécu avec la mienne.

— Pas encore d'amants, non, répondit-il. Mais je suis sûr qu'Adira a dû déjà vous rapporter qu'elle s'est nourrie sur un homme adulte et qu'elle porte du maquillage et des vêtements plus provocants.

Elle balaya l'air d'une main.

— Oui, oui. Je sais ça. J'espérais que, vivant avec elle, tu aurais pu me donner des informations de l'intérieur que ce Conseil coincé du cul n'aurait pas.

Elle se rapprocha d'Oanen et il me lâcha, me poussant gentiment derrière lui. Ce geste protecteur me fit sourire.

Cependant, toute satisfaction s'envola au moment où elle tendit le bras et parcourut son torse du doigt.

— Si ma chambre était à côté de la tienne, on ne se poserait pas de questions sur le fait que nous sommes amants. Les interdits ont toujours meilleur goût.

La jalousie me frappa violemment entre les yeux et la rage suivit de près. Je contournai Oanen et attrapai Nicolette par le poignet.

Elle poussa un cri et ses iris devinrent noirs.

— Tu me brûles, dit-elle. Recule, oisillon.

Oanen bougea pour se tenir derrière moi, nos rôles inversés. Ses bras s'enroulèrent autour de ma taille et il fourra son nez contre l'arrière de mon crâne.

— Je suis à toi, dit-il doucement. Pour toujours.

Nicolette retira brusquement sa main et me dévisagea avec de grands yeux noirs. Je laissai ma colère se montrer dans les miens et son visage s'illumina d'une légère lueur orange.

— Ne le touchez plus jamais, dis-je, ma voix portant une pointe d'écho furieux.

— C'est intéressant, répondit-elle, ses joues rougissant sous la chaleur que je savais que je renvoyais. Un griffon et une furie. Dis-moi, chérie. Est-ce que ta mère est au courant ?

J'étais agacée qu'elle ne montre même pas une pointe de peur ou d'inquiétude.

— J'en doute. Ma mère joue les abonnées absentes depuis qu'elle m'a abandonnée à Uttira.

Nicolette fit claquer sa dent.

— C'est une honte lorsque les nôtres délaissent leurs petits. Je n'aurais jamais fait ça à Eliana si elle n'avait pas lutté si durement pour être autorisée à développer ses talents par elle-même.

— Va-t'en, Nicolette, l'avertit Oanen derrière moi. Maintenant.

Nicolette posa de l'argent sur le comptoir, sans se détourner de nous, et accepta l'emballage des mains de la commerçante.

— Je suis sûre qu'on se recroisera, furie, dit-elle en hochant la tête. C'était délicieux de te voir à nouveau, Oanen. Peut-être que la prochaine fois, je pourrais goûter.

Ses bras se resserrèrent autour de moi, m'empêchant de voler vers elle.

Son rire voluptueux la suivit dehors. Je tournai mon regard

colérique sur la vendeuse. Je pus sentir sa nervosité, ainsi qu'une pointe de quelque chose de malveillant qui n'était pas là quelques secondes plus tôt.

— Est-ce que tous vos clients portent des capes ? demandai-je.

— Seuls ceux qui veulent garder leur identité secrète, répondit-elle.

Je me libérai des bras d'Oanen sur ma taille et me rapprochai du comptoir. La femme grimaça lorsque je me penchai vers elle.

— Plus de secrets. Commencez à prendre les noms ou vous devrez confesser ce que je sens chez vous. Compris ?

— Oui, furie.

Oanen ne dit rien lorsque je me tournai et sortis en trombe du magasin. L'air frais de l'hiver caressa mes joues alors que je restai debout sur le trottoir, les yeux fermés, quelques minutes.

— Ça va ? demanda-t-il.

— Oui. La mère d'Eliana est...

— Un succube, dit-il. Et Eliana te sera reconnaissante de ne pas l'avoir blessée.

J'ouvris les yeux et le regardai.

— Tu en es sûr ?

Il haussa les épaules et noua ses doigts aux miens, une pointe d'humour faisant tressaillir ses lèvres.

— Tu as faim ?

— Je pourrais manger.

Quarante minutes plus tard, nous étions assis dans un restaurant dont les clients me donnèrent des fourmillements. Rien qui ne me submergeait individuellement, juste toute une pagaille collective. Me basant sur le picotement qui avait parcouru ma peau en entrant dans le café, je sus que nous étions dans un autre établissement réservé à Mantirum, ce qui expliquait le murmure général de malveillance. Manger ailleurs aurait été plus plaisant, cependant au moins ici nous pouvions parler librement.

— Comment sommes-nous supposés découvrir ce qu'il se passe

lorsque personne ne semble rien savoir ? demandai-je en ouvrant un menu.

Oanen n'était pas le moins du monde découragé par mon attitude maussade.

— Nous trouverons bientôt. La rumeur que nous cherchons des informations se répandra. Entre le bar et le Tabernam, quelqu'un aura quelque chose pour nous.

Une serveuse s'arrêta à notre table et posa deux verres d'eau devant nous.

— Les griffons ne verraient pas ce qui est devant leur nez, dit-elle. Les victimes étaient toutes des mâles, tous des trolls. Qu'est-ce qui pourrait laisser un troll avec un sourire sur le visage ? Et j'ai entendu dire qu'il y en avait une d'enceinte en ville. Vous savez ce que ça veut dire.

Elle me fit un clin d'œil. Perdue, je regardai Oanen pour une explication tandis que la serveuse s'éloignait.

— Elle parle d'un succube, dit-il.

— Tu ne penses pas que...

— Que la mère d'Eliana est responsable ? Je n'en sais rien, mais nous devons le découvrir.

CHAPITRE SIX

Oanen se leva et me tendit sa main. Je fis une grimace, jetai le menu et le rejoignis.

— Je pensais que je mangerais comme un porc à New York. Au lieu de ça, je vais m'affamer, marmonnai-je.

Il pressa gentiment ma main et me guida dans la rue. Sur le trottoir, il se tourna et prit mon visage en coupe.

— Après ça, ce sera juste toi, moi et une pizza extra-large.

— Ne te moque pas de moi, mec à plumes. Tu as intérêt à tenir parole.

Il pencha la tête et examina mon visage un moment.

— Est-ce que ça va ? demanda-t-il.

— J'ai faim et nous quittons un endroit qui aurait pu régler ce problème. À ton avis ?

— J'ai d'avis que ce n'est pas la nourriture qui te contrarie. Il y a une pointe d'orange dans tes yeux.

Ses mots attirèrent mon attention sur la malveillance qui enveloppait lentement ma peau. Je m'ouvris à la source.

— Qui ? demanda-t-il doucement.

La malveillance provenait de partout. De tout le monde, à différents degrés.

— Merde, dis-je dans ma barbe. Je n'ai jamais de pause.

Je saisis la main d'Oanen à nouveau et me pressai vers la voiture.

— Qu'y a-t-il ? demanda-t-il.

— Dépêchons-nous avant que je m'en prenne à quelqu'un ici dans la rue.

— Il y a plus d'une personne ? s'enquit-il en ouvrant ma portière.

— C'est tout le monde.

Il fronça les sourcils tandis que je montais, mais ne dit rien de plus.

Le besoin de sauter de la voiture s'accentua sur le trajet jusqu'au Tabernam, et je ne comprenais pas pourquoi. Enfin, si. Mais étant donné comment j'avais été bien la veille, je ne comprenais pas pourquoi les gens dans la rue et les véhicules qu'on croisait s'ajoutaient soudainement à la colère qui m'enveloppait de seconde en seconde.

— Je pense que je devrais te ramener à la maison, dit-il lorsque nous ne fûmes qu'à une rue.

— Pourquoi ? On est presque arrivés.

Sa main recouvra mon poing. Je fis une grimace et tentai de détendre mes doigts. Ce n'était pas facile. Le besoin de faire quelque chose, de punir quelqu'un me rongeait violemment.

— Ça va aller.

Pourtant, une fois à l'intérieur du Tabernam, mon esprit se souvint comment la mère d'Eliana avait dragué Oanen, et ma colère ne fit qu'augmenter. Si le succube avait encore été là, j'aurais dû envoyer une carte de condoléances à Eliana.

Oanen stoppa mon avancée avec un bras autour de ma taille. Avant que je puisse lui dire de me relâcher, il me tourna vers lui, attrapa ma main et déposa un baiser sur mes lèvres qui me fit oublier la fureur faisant son chemin sous ma peau.

Lorsqu'il recula, la lueur orange dans mes yeux se reflétant sur son visage. Sauf que cette fois, ce n'était pas de la colère.

— Tu es la plus belle créature de ce monde, dit-il doucement. Et c'est difficile de penser correctement lorsque tes yeux brillent ainsi.

— Alors peut-être que tu devrais arrêter de m'embrasser à l'improviste, répliquai-je.

— Jamais.

Je levai les yeux au ciel, et ses lèvres se courbèrent.

— Nous sommes ici pour une raison, lui rappelai-je.

— Heureusement, pour acheter quelque chose.

La voix familière tua la lueur de bonheur que la bouche d'Oanen avait créée.

Serrant les poings, je me tournai vers la vendeuse.

— Des créatures sont mortes. Je loupe des repas pour trouver des réponses. Et, je lutte contre l'envie de mettre un coup à la gorge à quelqu'un. Vous pensez sérieusement que nous sommes ici pour acheter ?

— Nicolette Barchim, le succube, dit Oanen en posant les mains sur mes épaules. Qu'a-t-elle acheté ?

Je pus voir l'hésitation dans les yeux de la femme.

— Ne me faites pas sortir ma fureur, la prévins-je.

La femme blêmit et répondit rapidement.

— Des herbes.

— Pas suffisant. Quelles herbes ? Pour quoi faire ?

— Elles sont inoffensives. Juste un booster d'énergie pour femme enceinte.

— Merci, dit Oanen.

Sans que je m'en rende compte, j'étais dans ses bras et sur le chemin de la sortie.

— Je peux marcher, lançai-je avec un air renfrogné.

— Et je peux te porter. C'était mon tour.

— Tu es ridicule.

— Non. Je suis pressé. Je t'ai promis une pizza, et tu avais l'air d'être prête à en découdre.

Il me reposa sur le trottoir et m'ouvrit la portière.

— Je suis désolé de ne pas t'avoir nourrie en premier.

— T'as intérêt.

Je montai et m'attachai. Sur la route de l'appartement, il me demanda d'envoyer par message ce que nous avions appris à son père.

— Tu ne penses pas que tu devrais d'abord mettre Eliana au courant ? Je veux dire, c'est sa mère.

— Et si c'est elle qui tuait ces créatures parce qu'elle essayait de nourrir le nouveau petit frère ou la nouvelle petite sœur d'Eliana ?

Eliana détestait déjà ce qu'elle était. Je ne pouvais pas imaginer comment elle paniquerait si elle apprenait que sa mère éliminait des créatures parce qu'elle était enceinte.

— Pigé. Je ne pensais pas que son espèce tuait pour se nourrir.

Même si je me rappelais l'inquiétude d'Eliana concernant la survie du type dans la ruelle.

— Un succube s'alimente normalement de l'énergie sexuelle, pas de l'énergie vitale. Ils peuvent affaiblir leur repas au point de les faire sombrer dans l'inconscience. Une fois dans les pommes, il n'y a plus d'énergie sexuelle.

— Ces meurtres ne ressemblent pas à ceux d'un succube, alors ?

— Ils ne ressemblent à rien que nous connaissons.

Je tapai un bref message, « La mère d'Eliana est en cloque », et l'envoyai.

— Maintenant, à propos de cette pizza.

— Tout ce que tu veux, dit-il. On est à New York. Presque tout se fait livrer.

— Pizza. Avec pepperoni est un must. Du bacon, des olives vertes et des oignons.

Il me jeta un regard.

— C'est une combinaison assez inhabituelle.

— Est-ce que je suis une personne normale ?

Nous discutâmes d'autres excentricités alimentaires sur le trajet jusqu'à l'appartement de ses parents. J'essayais de la jouer cool comme si cette conversation me distrayait, cependant je sus que j'avais échoué quand il couvrit mon poing de sa main à nouveau. La colère, ainsi que l'agitation familière, montait encore. Si j'étais à la maison, je serais partie courir. Ce n'était pas une option ici, cependant.

Dès qu'il se gara, j'ouvris la portière et me précipitai vers l'entrée.

Sa main apaisante glissa dans mon dos à la seconde où nous fûmes à l'intérieur.

— Tout ira mieux dans l'appartement. Il est protégé.

J'espérais qu'il avait raison. En utilisant les escaliers comme exutoire, je filai à l'étage, montant les marches deux par deux.

— Il y a un tapis de course dans le placard du salon, lança Oanen en me contournant pour ouvrir la porte.

J'aimais sa façon de toujours parvenir à suivre mon rythme.

— Il y a un tapis dans le placard ?

Je regardai les doubles portes au mur opposé.

— Tu n'es pas la seule à devenir fébrile parfois.

Il ferma la porte puis traversa la pièce pour sortir le tapis de course. Dès qu'il l'eut installé, il le démarra et me fit signe d'avancer.

— Je vais commander la pizza pendant que tu cours.

— Merci.

J'augmentai la vitesse, me testant avec la machine avant de me lâcher. Je n'étais pas essoufflée le temps de terminer, cependant, je parvins à transpirer un peu et à purger un peu de mon agitation.

— Tu vas mieux ? demanda Oanen quand j'éteignis la machine.

— Beaucoup. Combien de temps avant que la pizza arrive ?

— Encore quinze minutes.

— Parfait.

Je pris une douche rapide et enfilai le pyjama d'hier soir. Puisqu'il y avait encore du temps avant que le repas soit livré, je m'en servis pour appeler Eliana. Elle répondit à la première sonnerie.

— Des nouvelles du brownie ou du gobelin ? demandai-je.

— *Pas encore.*

Elle n'avait pas l'air elle-même.

— Qu'est-ce qu'il y a ?

— *Rien.*

— Essaies-tu de me mentir ?

— *Oui. Parce que je veux que tu te concentres sur ton boulot pour pouvoir rentrer au plus vite.*

— Parle, succube.

Eliana soupira.

— *Je ne savais pas à quel point j'étais seule jusqu'à ce que je me fasse une amie et qu'elle me quitte. Et ensuite, je découvre que quelqu'un essaie de la tuer et que ma seule amie pourrait ne pas revenir.*

— Tu me manques aussi. Et ce burger n'était pas pour moi. Oanen a dramatisé à cause de toute cette histoire de lien. Et en ce qui concerne les trolls morts en souriant, on a quelques pistes. Ça ne devrait pas prendre très longtemps. Je vais revenir. Promis. Comment ça s'est passé à l'école aujourd'hui ?

— *Bien. Eugène adore ses cours, il pose beaucoup de questions. Ça agace quelques personnes, mais à la fin de la journée, je pense qu'ils comprennent qu'il est impressionné et curieux, et qu'il n'est pas une menace. Oh, et une sirène a failli l'emporter dans la piscine au déjeuner, mais Ashlyn était là pour l'en empêcher. Et Fenris a été plutôt bon pour garder un œil sur les humains aussi.*

— Oh ? Donc tu as traîné avec Fenris ?

Elle ricana.

— *Hors de question. Il n'arrête pas de m'envoyer des messages agaçants pour me mettre à jour. Je pense que tu lui manques.*

— Alors, tu devrais être son amie et lui tenir compagnie.

— *Pas moi*, dit-elle, paraissant complètement paniquée. *Je pense que les nouvelles réveillent ses hormones de loup ou un truc du genre, parce que son état empire.*

— Empire ? Tu veux dire qu'il flirte avec elles ?

— *Non. Il n'a pas changé du tout de ce côté-là. C'est son désir. Je peux à peine supporter être dans la même pièce que lui. Quand je le vois de loin maintenant, je vais juste dans l'autre direction.*

Je me sentais mal pour Fenris et me demandais quel genre de miracle il allait falloir pour qu'Eliana comprenne que cet appétit avait tout à voir avec elle. Je ne pouvais qu'imaginer qu'il devait commencer à désespérer si Eliana pensait que son désir était pire qu'auparavant.

— Comment se passe ton entraînement de succube ? Adira t'habille encore ?

— *Elle a déposé des vêtements pour moi ce matin. Je me suis montrée créative avec eux, tout en suivant les règles. J'aimerais juste que tout le monde me laisse tranquille. J'ai peut-être un petit gabarit, mais je suis loin d'être en mauvaise santé. Il n'y a rien pour justifier toute cette attention non désirée.*

Dans le salon, la sonnerie retentit. J'ouvris la porte et fis signe à Oanen qui partait chercher la pizza.

— *Alors, ça fait quoi de vivre à New York ? Ton sac à dos te manque avec tous les êtres malfaisants que tu croises partout ? As-tu déjà tué quelqu'un ?* demanda Eliana.

— Pas encore. C'est étrange, être ici. La plupart du temps, ce n'est pas aussi énervant que je le croyais. Les gens comme Elbner qui, je pensais, me donneraient envie de leur mettre une raclée ne m'embêtaient pas. Pourtant, aujourd'hui, des personnes normales ont commencé à me titiller. Je suis juste contente que ce ne soit pas comme la nuit où je suis venue avec Adira. Ça aurait été l'enfer. En fait, je pense que New York aurait été bien plus amusant si nous n'avions pas à gérer des trolls morts.

— *J'ai entendu Adira et les Quill discuter. Pendant que vous vérifiez cette histoire de morts à New York, le Conseil près de Flagstaff enquête sur celles de trois lions de Némée.*

— C'est quoi un lion de Némée et est-ce qu'ils sont morts en souriant aussi ?

Elle éclata de rire.

— *Non. Les lions de Némée ressemblent beaucoup aux lions normaux. Ce sont des animaux, mais bien plus difficiles à tuer. Les armes mortelles ne peuvent pas pénétrer leur fourrure. Puisqu'il s'agit d'une espèce protégée par nos lois, la nouvelle se répand qu'on cherche des informations sur leur mort.*

— Je ne vois pas trop en quoi c'est censé me faire me sentir mieux au sujet de la mort des trolls.

— *En rien. Je te le raconte afin que tu saches que le Conseil ne donne pas à Oanen tous les jobs de caca. Un exécuteur doit enquêter sur toutes les morts suspectes.*

— De caca ? dis-je avec un rire. Adira devrait oublier les vêtements de succube et travailler sur tes talents linguistiques.

— *Jurer n'est pas un talent linguistique.*

— Dit celle qui n'est pas capable de le faire correctement.

— *Je sais jurer correctement, je choisis juste de ne pas le faire.*

Je ricanai alors que la porte s'ouvrait et qu'Oanen revint avec la pizza. Le parfum me frappa durement et fit gronder mon estomac.

— Je ferais mieux d'y aller. Oanen vient de rentrer avec notre pizza et je crève de faim.

— *Dis-lui bonjour pour moi. On se reparle demain.*

Je raccrochai et je précipitai après la pizza. Les lèvres d'Oanen tressaillirent tandis que je l'observai avec envie ouvrir la boîte.

— Ça sent incroyablement bon, dis-je en inhalant.

— Je te laisserai en avoir un bout si tu t'assieds sur le canapé et regarde un film avec moi.

— Tu m'as convaincue avec « je te laisse en avoir ».

Il gloussa et déposa une grosse part sur une assiette pour moi. La pointe du quartier pendouillait au bord. Je m'assis sur le canapé et commençai pendant qu'il lançait le film.

Je mangeai trois parts de la taille de ma tête avant de repousser mon assiette avec un grognement.

— La meilleure pizza du monde.

— Tu te sens mieux ? demanda-t-il.

— Oui. Merci.

Il enroula son bras autour de mes épaules, me rapprocha de lui et pressa ses lèvres contre le haut de ma tempe. Je m'appuyai sur lui et expirai de satisfaction, n'étant qu'à moitié concentrée sur le film. Mon esprit continuait à s'appesantir sur la mort des trolls et sur la mère d'Eliana. Mon amie serait dévastée si sa mère en était la responsable. Elle détestait déjà assez ce qu'elle était et craignait ce qu'elle deviendrait.

C'était le genre de peur avec laquelle je pouvais compatir. J'avais eu beau mettre de côté ce que j'avais appris dans le *Livre des Furies*, je redoutais ce que l'acquisition complète de mes pouvoirs signifierait pour moi. Sans aucun doute, Eliana et moi étions dans le même bateau, et je ne pus m'empêcher de me demander quel avenir nous attendait.

La main d'Oanen caressa mon bras.

— C'était un gros soupir pour un film d'action, dit-il.

— Désolée. Je ne m'étais pas rendu compte que j'avais soupiré. Je pensais juste au futur.

Il mit le film en pause.

— Tu n'avais pas besoin de faire ça. Je vais arrêter de parler.

— J'ai mis pause pour que tu continues à parler. Le futur... notre futur... est quelque chose qui m'intéresse grandement.

Le grondement grave de sa voix et la façon dont les taches de doré dans ses yeux se multiplièrent quand je le regardais m'envoyèrent un signal d'alarme. Notre conversation d'un peu plus tôt ou ce qu'il avait déclaré me revint d'un coup en tête. Qu'il m'aimait et me voulait pour toujours.

Je déglutis difficilement, me demandant ce que je devrais dire. Je n'avais pas envie de parler de relation. Pas maintenant. Pas si près du moment d'aller au lit.

— À quoi penses-tu qui te fait rougir ? demanda-t-il

Il se pencha lentement et mon pouls accéléra. Ses lèvres se courbèrent aux coins juste avant que sa bouche ne touche la mienne. Le goûter réveilla une tempête, du feu et des éclairs explosant en moi.

La tête me tourna et j'agrippais fermement l'avant de sa chemise, m'ancrant et le maintenant en place. Il se pencha encore plus, me forçant à glisser lentement sur les coussins. Son poids sur moi me réchauffa. La sensation de son torse contre ma poitrine fit qu'il m'était difficile de respirer alors que le désir me consumait. J'avais envie de le sentir partout pressé contre moi. Mon corps se languissait d'autant de contact.

Je détachai ma bouche de la sienne, luttant pour me rappeler pourquoi nous devions arrêter. Pourquoi ne pouvais-je pas enrouler une jambe autour de sa taille et le rapprocher de moi ?

Ce n'était pas facile de penser clairement lorsque sa bouche déposait des baisers le long de ma gorge. Des images de nous, emmêlés dans les draps, ses mains glissant sur ma peau nue, emplirent mon esprit et me coupèrent le souffle.

J'avais tellement envie de lui que ça me faisait mal. Mes doigts me démangeaient de remonter doucement sous sa chemise. De lui retirer ses vêtements. De faire de ces images dans mon esprit une réalité.

La caresse de sa langue contre le bord de mon oreille me fit bondir loin du canapé. Avec ce toucher, la raison pour laquelle nous ne devrions pas faire ça se fraya un chemin jusqu'à moi.

Il gloussa, rivant ses yeux dorés sur moi.

— Ce n'est pas ton truc ?

Je le dévisageai un moment, débattant sur quoi dire. Il capta mon hésitation et devint sérieux.

— Parle-moi, dit-il doucement.

Je poussai un lent soupir.

— Quand nous nous embrassons comme ça, il est difficile de se rappeler pourquoi j'ai besoin de dire non.

— Pourquoi as-tu besoin de dire non ?

— On a dix-huit ans. Je ne veux pas fonder une famille à cet âge.

Je ne suis même sûre d'avoir envie de fonder une famille du tout. Je veux dire, je parviens à peine à me tenir. Il est hors de question de désirer la responsabilité du bien-être de quelqu'un d'autre.

Il m'observa un moment, réfléchissant vraiment à mes paroles.

— Le sexe ne signifie pas avoir des enfants. Je ne dis pas ça pour essayer de te convaincre de faire une chose pour laquelle tu n'es pas prête. Je le dis pour te faire comprendre que je suis d'accord d'attendre pour les enfants.

Il se leva et réduisit la distance entre nous.

— Et que cela me convient de t'attendre.

Même s'il avait dit la chose qui aurait dû m'apaiser, je restai bloquée sur un seul mot.

— Enfants ? Au pluriel ? Tue-moi tout de suite.

Il gloussa et me rapprocha de lui, m'embrassant doucement.

— Les bébés griffons sont adorables, dit-il en me tenant. Imagine un griffon de la taille d'un poulet.

Je gémis.

— Je ne vais plus jamais te regarder de la même façon, répliquai-je.

— Quoi ? Tu disais aimer mon bec.

— Tu devrais t'arrêter maintenant.

— J'espère continuer à parler pour que tu sois désespérée suffisamment pour m'embrasser, comme nous le souhaitons tous les deux.

— Rappelle-toi que c'est toi qui l'as voulu, mec à plumes, rétorquai-je une seconde avant de lever la tête et de réclamer ses lèvres.

C'était à son tour de gémir. Il m'empoigna près de lui tandis que ma langue taquinait la sienne. Alors que mes mains glissaient sous sa chemise. Alors que je me dressai sur mes orteils et pressai mes hanches contre les siennes.

Un instant plus tard, il m'avait dans ses bras et marchait vers la chambre.

— Attends, dis-je, rompant le baiser.

— Maintenant, qui est la poule ? rétorqua-t-il. On va juste se coucher.

— En s'embrassant. Je ne suis pas stupide.

— Pas de sexe ce soir, Megan. Je veux sentir tes lèvres sur les miennes jusqu'à ce que nous tombions tous les deux dans les vapes. Je veux que ce soit la dernière chose dont je me souviens avant de fermer les yeux, et la première à laquelle je pense quand je les rouvre. Je sais que tu n'es pas prête pour plus, tout comme je sais que tu me feras savoir quand ce sera le cas.

Je levai les yeux vers lui, nouant mes doigts dans ses cheveux.

— Juste s'embrasser à gogo, alors ? demandai-je.

— Et peut-être des caresses. J'ai entendu que les oiseaux aimaient ça.

Je souris à son ton pince-sans-rire.

— Je pense que je peux gérer ça, dis-je avant de l'embrasser à nouveau.

LA COLÈRE m'envahit dans une abondance suffocante. Je me réveillai, respirant lentement et profondément. L'odeur de coton chaud me titilla le nez et je m'extirpai avec précaution des bras d'Oanen, notre lourde session de baiser n'étant qu'une pensée.

Une ligne invisible me tirait hors de la chambre. Pieds nus, je marchai dans le salon vers la véranda et le balcon. Quelqu'un de vraiment malfaisant venait d'arriver.

Je souris d'anticipation et ouvris la porte.

— Venu te confesser ? demandai-je à la créature qui se terrait depuis les ténèbres.

Ses yeux noirs dépourvus d'amusement croisèrent les miens tandis que je réduisais la distance entre nous. Il empestait le sang, l'alcool et la peur. J'inhalai profondément et n'arrêtai pas de marcher jusqu'à me tenir devant lui, jusqu'à ce que son dos soit contre la rambarde en métal et en verre.

Même si je pouvais sentir sa peur, elle ne se reflétait pas dans son regard ou ses paroles.

— Pas dans cette vie, petite fille. Tu dois quitter la ville. Tout de suite.

Aussi rapide que l'éclair, je le saisis par la gorge et le soulevai bien au-dessus du sol.

— Ce n'est pas moi qui vais quitter la ville, c'est toi. L'enfer t'attend.

— L'enfer est pour les humains, salope, rétorqua-t-il d'une voix rauque.

— On va voir ça. Elwood Rumlar, confesse-toi.

Le mot le mit à genoux, comme tous les autres. Il trembla, de la colère emplissant son regard tandis qu'il parlait de ses crimes. Il avait tué. Mangé de la chair humaine. Brisé les lois humaines et non humaines.

La rage en moi se raviva dans un hurlement et du feu dansa sur mon bras.

— Elwood Rumlar, tu as gagné ta place en enfer.

J'embrassai mon pouvoir de furie tout en tendant la main vers sa gorge. Avant de pouvoir le toucher, de la douleur explosa en moi des pieds à la tête, comme si j'étais déchirée en deux.

J'ouvris la bouche pour crier, cependant aucun son n'émergea, et l'obscurité me consuma.

MON POULS TAMBOURINA dans ma tête. Ouvrant les yeux troubles, je regardai la surface recouverte de neige devant moi. Le sol du patio. J'étais tombée. Encore.

J'essayai de me rasseoir et sifflai devant la douleur me brûlant la poitrine. Je baissai les yeux et trouvai une autre cicatrice de brûlure.

— Putain.

Oanen allait remarquer celle-là.

Me remettant sur pied, je cherchai la chose qui m'avait attirée dehors. J'étais seule. La créature était partie de la même manière qu'elle était arrivée, quoi qu'elle fût.

La lumière précédant l'aube se reflétait sur les vitres de la véranda. Je regardai par-dessus mon épaule sous la surprise. Combien de temps avait coulé depuis que j'étais sortie ? Évidemment, la moitié de la nuit. Réprimant un frisson, j'utilisai mes doigts froids et raides pour ouvrir la porte.

Je filai droit sous la douche. Oanen remarquerait clairement ma température basse si j'essayais de me faufiler dans le lit avec lui. L'eau chaude me fit du bien partout, sauf sur la brûlure. Je serrai les dents en me lavant et me séchant, puis j'appliquai sur ma brûlure la même crème qu'Oanen avait utilisée sur l'ancienne. Une fois fini, j'enroulai la serviette autour de mon buste et me faufilai hors de la salle de bain pour prendre des vêtements propres. Fuyant vers le salon pour m'habiller, je remarquai que le soleil se levait tout juste à l'horizon.

— Tant pis, je ne retourne pas me coucher.

J'avais beau avoir été inconsciente pendant des heures, j'étais épuisée. J'enfilai des vêtements, faisant attention à ma nouvelle blessure. Habillée et séchant mes cheveux avec la serviette, je posai le regard sur le patio.

Mis à part le fait qu'elle était malfaisante et non humaine, j'ignorais ce que cette chose était ou la raison pour laquelle elle était venue ici en premier lieu.

Je repensais à tout ce qu'il avait dit. Il voulait que je quitte la ville. Pourquoi ? Essayait-il de me mettre en garde au sujet de la mort des trolls ? Nous rapprochions-nous du tueur ?

— Tu t'es levée tôt, dit Oanen dans mon dos, me faisant sursauter.

Je le regardai derrière moi. Il portait un short, laissant son torse glorieusement doré nu, à mon grand bonheur. Si seulement ma tête ne me martelait pas.

— Toi aussi.

— Faire la grasse matinée n'est pas si amusant quand tu n'es pas à mes côtés. Ta place était froide. Depuis combien de temps es-tu debout ?

— Pas longtemps, répliquai-je.

C'était la vérité, mais pas celle qu'il entendait.

Je jetai ma serviette sur le canapé et marchai vers lui, sachant que j'avais besoin de le distraire de son interrogatoire actuel. Il était hors de question d'admettre que j'étais restée sans connaissance pendant plusieurs heures sur le patio.

— Je croyais que la première chose à laquelle tu voulais penser le matin était de m'embrasser.

Ses lèvres se courbèrent dans un demi-sourire sexy et il me rejoignit au milieu de la pièce.

— Tu as raison.

Il enroula ses bras autour de moi et me rapprocha de lui.

Je grimaçai presque à la piqûre ardente de son torse sur ma brûlure.

— Est-ce que je détecte une pointe de fraîcheur mentholée ? demandai-je à la place.

— Je t'ai entendue sous la douche, répondit-il.

— Et tu as manqué ta chance de me rejoindre ?

Du doré inonda ses yeux.

— Ne me provoque pas, furie.

CHAPITRE SEPT

Souriante, je me dressai sur mes orteils pour embrasser légèrement Oanen et reculer avant qu'il puisse aller plus loin.

— On est au pays de la bouffe et je suis affamée. Quelque chose ne tourne pas rond.

Il soupira et effleura ma mâchoire de ses doigts.

— Je sais que tu es nerveuse, dit-il.

Mon pouls sursauta et je levai ma main au col de ma chemise. Il était impossible qu'il la voie, n'est-ce pas ?

— Je pensais ce que je disais. J'attendrai autant qu'il le faudra. Mais ne t'arrête pas de m'embrasser.

Du soulagement me traversa. Il parlait du sexe, pas des brûlures. Je trouvais ironique que le sexe soit pour moi un sujet sûr ce matin.

— Si tu veux plus de baisers, nourris-moi.

Mon ventre laissa échapper un grondement.

Il sourit, embrassa mon front et partit prendre une douche.

Moins de vingt minutes plus tard, nous étions assis dans ce restaurant qui nous était familier.

— Est-ce qu'un peu de tout est une option ? demandai-je, examinant les choix et voyant bien trop de choses que j'aurais voulu essayer si ma tête ne me faisait pas aussi mal.

— Tu es sûre que ça va ?

— Hé, on ne juge pas une fille avec un grand appétit.

— Pas ça. Tu peux commander ce que tu veux. Tu as juste l'air un peu pâle aujourd'hui.

— Je vais bien, Oanen.

Mais je commençais à penser que non. Cela faisait deux fois maintenant que j'étais brûlée en tentant d'utiliser mes pouvoirs. Une fois dans le parking et une autre sur le patio. Les deux fois, j'avais essayé de bannir quelqu'un en enfer. Il était évident que je faisais quelque chose de mal. Cependant, le *Livre des Furies* ne mettait pas vraiment en avant les étapes pour réussir un voyage en enfer.

Une fois que la serveuse eut pris notre commande, il tendit un bras sur la table et joua avec mes doigts.

— Je sais que nous ne sommes pas censés en parler, mais tu es différente. Je crois que quelque chose ne va pas.

J'ouvris la bouche pour répéter que j'allais bien, cependant il leva la main.

— Écoute-moi. Avant le lac, tu chauffais. Maintenant, tu refroidis. Tu vomis. Tu ne sens pas la malveillance comme tu es censée le faire. Et tu as une brûlure qui ne guérit pas aussi vite qu'elle le devrait. Je suis inquiet.

Son téléphone sonna, toutefois il ne bougea pas pour répondre.

— Adira, ma mère et mon père sont inquiets aussi.

— Tu leur as parlé ?

Il sortit son portable de sa poche et croisa mon regard.

— Il n'y a rien que je refuserais de faire pour toi. Ce qui inclut de risquer ta colère pour te garder en sécurité. Je reviens.

Il se leva et marcha vers la sortie pendant que je restais toujours bouche bée. Il flipperait grave s'il découvrait que j'avais une autre brûlure. Mon regard le suivit tandis qu'il sortait et se tenait sur le trottoir pour répondre au téléphone.

Quelqu'un s'assit à sa place en face de moi.

Je me tournai et ma mâchoire faillit presque m'en tomber une nouvelle fois.

— Tu perds du temps, dit ma mère.

Elle était exactement comme dans mes souvenirs. Je luttai intérieurement entre l'envie de l'étreindre et le désir de la cogner en plein visage pour m'avoir abandonnée. Je nous surpris toutes les deux en me levant à moitié et en la serrant. Elle posa sa joue contre ma tête et caressa mes cheveux de sa main. Elle recula trop rapidement.

— Tu dois retrouver ton arrière-grand-mère Irene.

— Pourquoi ? demandai-je, essayant de ne pas montrer ma frustration.

— Je te l'ai dit. Tu ne peux pas envoyer les êtres malfaisants en enfer sans tes ailes, car sans elles, tu n'es pas une furie et ton pouvoir te consumera.

Cette réponse directe me stupéfia. Elle tira avantage de mon silence et poursuivit.

— Laisse derrière toi les bagages inutiles et va à Saint-Louis.

— Les bagages ? demandai-je, confuse.

Le regard de ma mère pivota vers Oanen, qui nous tournait le dos.

— Oanen n'est pas un bagage. C'est mon petit ami.

Une vague de chaleur traversa la table.

— As-tu couché avec lui ? s'enquit-elle.

— Nous logeons dans l'appartement de ses parents. Il n'y a qu'un lit.

— Arrête de jouer les nunuches. As-tu couché avec lui ?

Je n'aimais pas son ton ou la colère dans ses traits.

— Tu m'as abandonnée, tu te souviens ? Je pense que ça signifie que ma vie sexuelle ne te concerne pas.

— Bien sûr que si. N'as-tu rien appris dans cette ville pourrie ? Les griffons n'ont que des fils. Les furies n'ont que des filles. Ça ne marchera jamais. Vous vous détruirez l'un l'autre.

— C'est un peu tard pour l'avertissement. Nous sommes déjà liés.

Son expression changea, devenant plus sérieuse.

— Alors, apprends de ton amie succube. Le garçon peut t'aimer, mais tu n'as pas besoin de lui rendre cet amour.

Elle se trompait tellement dans ses paroles. Comment savait-elle pour Eliana ? Et son attitude expliquait-elle pourquoi sa vie sentimentale était comme un vrai tourniquet ?

— Tu aurais dû écouter le messager. Il est dangereux que nous continuions à nous rencontrer. Je suppose que tu as déjà eu ta première brûlure, sinon tu ne serais pas si calme.

— Attends une seconde, dis-je. Le messager ? Tu veux dire que c'est toi qui as envoyé ce type hier soir ?

Elle expira lentement, un regard agacé traversant ses traits avant qu'elle le réprime.

— Tu dois te concentrer, Megan. Ton pouvoir est libre, incontrôlable et imprévisible, et il te brûlera si tu n'amènes pas tes fesses jusqu'à chez ton arrière-grand-mère à Saint-Louis pour la tuer. De cette façon, tu pourras réclamer entièrement ton pouvoir de furie. Est-ce que tu comprends ? Je ne t'ai pas fait naître en ce monde pour te voir mourir avant ton heure.

Une serveuse marcha jusqu'à nous avec mon chocolat au lait.

— Règle ce problème, dit ma mère avant de se glisser hors du siège.

— Attends.

Elle partit sans un regard en arrière. Même si j'avais envie de pousser la serveuse pour la pourchasser, je restais à ma place.

— Votre plat sera prêt dans une minute, dit la serveuse avant de s'éloigner à nouveau.

Je l'entendis à peine. La station-service. L'homme sur le balcon. Si ma mère était honnête, les choses étaient pires que ce que je pensais. Et elles continueraient à empirer.

Le cœur lourd, je regardais Oanen par la vitre. Je ne pouvais pas lui raconter ce que ma mère m'avait dit. Il avait fait clairement de mon bien-être sa priorité. Et je ne pouvais pas, non, je ne voulais pas, tuer mon arrière-grand-mère juste pour me sauver. Il devait y avoir un autre moyen. Si c'était mon pouvoir qui me brûlait parce que je cherchais à envoyer des gens en enfer, alors j'essaierais d'arrêter de les y bannir. Était-ce si difficile que ça ?

Oanen mit son téléphone dans sa poche et se dirigea vers la porte. Je pris un verre de chocolat au lait et me concentrai pour me calmer. Le temps qu'il arrive, je fus capable de lever un sourcil à son intention.

— Qu'est-ce qui était si important pour que tu aies besoin de fuir avant que je lâche ma colère ?

Ses lèvres tressaillirent un peu quand il s'assit.

— Ta colère ne m'a jamais concerné.

— Oh, tu l'implores maintenant.

— Je pensais que je le faisais depuis le jour de notre rencontre, répliqua-t-il.

Je fronçai les yeux au doré qui se faufilait dans son regard.

— On ne parle plus de la même chose, n'est-ce pas ?

Un petit sourire étira ses lèvres avant de disparaître. Il était à couper le souffle quand il était malicieux et amusé.

— C'était Adira, dit-il en répondant à ma première question.

La serveuse nous interrompit en nous amenant notre nourriture. Je plongeai dans mes pancakes et attendis qu'Oanen continue.

— Le Conseil pense que la mère d'Eliana est liée aux meurtres.

— Pourquoi ?

— Toutes les victimes sont des hommes. Le sourire. Et le fait qu'un succube qui attend un enfant soit suffisamment affamé pour être facilement l'une des créatures les plus dangereuses ici. Le Conseil souhaite que l'on enquête plus en profondeur sur Nicolette.

Je soupirai et pris une nouvelle grosse bouchée beurrée trempée dans du sirop.

— Alors, vas-tu me dire ce que ta mère voulait ? lança Oanen.

Mon cœur cogna durement dans ma poitrine alors que je déglutissais.

— Tu l'as vue ?

— Après ta disparition au Gizzard, je ne te quitterai jamais totalement des yeux.

Je bus une gorgée de lait tout en essayant de réfléchir à quoi répondre. Je ne voulais pas mentir. Il saurait si c'était le cas. L'omission n'était pas loin du mensonge non plus. Cependant, je me dis que je n'allais pas cacher ce que je savais pour toujours. Juste jusqu'à ce que je puisse trouver un moyen de vivre sans que quelqu'un d'autre meure.

— Elle a fait sa Paxton et a raconté des conneries, dis-je finalement. Elle voulait savoir si on avait déjà couché ensemble. Quand je lui ai dit que ce n'était pas ses affaires, elle a répondu que les griffons n'avaient que des garçons et les furies des filles. Qu'on ne peut pas se mélanger. Elle veut que je me débarrasse de toi.

Les yeux d'Oanen s'assombrirent.

— Il n'y a pas de retour en arrière, répondit-il. Nous sommes liés.

— Je lui ai dit. Elle s'en fiche. On dirait que tout le monde n'a que des bébés en tête.

Il expira lentement.

— Je ne suis pas certain qu'on puisse faire confiance en tout ce qu'elle raconte. Comme le Conseil, ta mère semble dissimuler des informations.

— Exactement.

Les renseignements qu'elle donne sont suffisamment fiables, cependant il y a bien trop de trous et de morceaux manquants pour qu'on voie clairement l'image dans son ensemble.

— Peut-être que nous devrions aller retrouver ton arrière-grand-mère.

Mon cœur s'arrêta avant que ma colère commence à surgir. Il tendit la main.

— Pas pour faire ce que ta mère veut, mais pour poser des

questions. Peut-être que mémé Irene sera plus conciliante et partagera des informations plus directes.

Je réfléchis à ce qu'il suggérait.

— D'accord. On peut essayer de lui parler. En espérant qu'elle soit plus souple que Paxton.

Nous terminâmes notre repas et, avec une nouvelle détermination, quittâmes le restaurant. Oanen voulut revérifier les endroits où les trolls étaient morts au cas où des indices pointeraient vers Nicolette.

Dans l'espace cuisine du premier appartement où nous nous rendîmes, le plafond abandonnait lentement sa tenue et s'émiettait sur le sol en des morceaux gros comme ma main. Certains des bouts avaient été écrasés en petits tas de poussière qui s'entremêlaient avec d'autres débris. De vieux emballages de nourriture. De petits os. Des morceaux de tissus déchirés. Heureusement, le chauffage était éteint donc l'endroit ne sentait pas trop mauvais.

— Quel genre d'indice nous cherchons ? demandai-je en examinant l'endroit.

— Je n'en suis pas sûr, avoua Oanen.

— Si Nicolette est du même genre qu'Eliana, je ne la vois pas mettre un pied ici, peu importe sa faim. Je veux dire, Eliana est trop... propre.

Son regard fit le tour du studio, ses yeux s'attardant sur le matelas nu et en lambeaux, assombri de taches de Dieu-seul-savait-quoi, puis il secoua la tête.

— Tu as raison. Je ne vois pas un succube venir de sa propre volonté ici.

— Si je me rappelle bien, l'autre appartement était mieux que celui-là, et déjà je ne pouvais pas imaginer Nicolette y entrer volontairement. Lorsque nous l'avons vue au Tabernam, elle portait une jolie cape et ses ongles étaient parfaitement vernis d'un rouge assorti à son rouge à lèvres. Ce que je veux dire, c'est qu'elle était apprêtée. Apprêtée du genre de la haute, pas du genre prostituée.

— Peut-être qu'elle n'est pas allée chez eux avec eux. Peut-être qu'ils sont allés chez elle.

— Et elle les a transportés jusqu'à chez eux pour se nourrir ? demandai-je. Ça ne correspond pas trop à son style chic de « je vaux mieux que toi ». À la façon dont elle agit, elle s'attend à ce que les gars la portent, pas le contraire.

— Tu étais à Uttira pendant plusieurs mois. On nous a appris à nous mêler à la foule, pas à laisser des traces. Il est possible qu'elle ait abandonné le corps dans un endroit où personne ne la suspecterait. Je pense que la preuve dont nous avons besoin n'est pas là, mais sur les enregistrements de L'Oie et le Gésier.

— D'accord. Allons-y.

Même si je n'aimais pas l'idée d'y retourner, j'étais prête à faire tout ce qu'il fallait pour sortir de cet appartement.

Oanen prit les devants et ouvrit la portière pour moi. De l'autre côté de la rue, un groupe de jeunes hommes nous observait ostensiblement avec des regards hostiles sur le visage. Pas une pointe de malveillance ne me toucha. Les paroles de ma mère me revinrent. *Je suppose que tu as déjà eu ta première brûlure, sinon tu ne serais pas si calme.*

— Tu ne ressens rien provenant d'eux, n'est-ce pas ? demanda Oanen, notant mon hésitation.

— Non. Rien.

Je levai les yeux vers lui et l'embrassai rapidement.

— Reste concentré sur cette affaire, dis-je. Je vais bien.

Il ne dit rien quand je montais, et ferma la portière. Mais il avait raison. J'aurais dû être capable de ressentir quelque chose émanant d'eux. Rien que leur langage corporel disait qu'ils préparaient un truc louche.

Lorsque nous nous éloignâmes du trottoir, Oanen ne fit pas demi-tour et ne se dirigea pas vers le Gizzard.

— Est-ce que ce n'est pas de l'autre côté ?

— Si. Mais il ne sera pas ouvert avant un moment et j'ai promis de te nourrir.

— On vient de prendre un petit-déjeuner.

— On va dans un endroit d'abord pour s'amuser, puis pour manger.

Il s'engagea sur la 278 au sud vers Ocean Parkway. Je fis attention aux arbres qui longeaient le boulevard, ressentant une impression familière que je ne pus identifier. Cela faisait longtemps que je n'avais pas été à New York. Lorsque nous tournâmes sur Surf Avenue, je vis la flèche rouge à l'horizon et sus où nous allions.

— Coney Island ?

— Tu y es déjà allée ? demanda-t-il.

— Oui, mais il y a longtemps. Je me souviens que c'était génial, cependant.

Les restes de ma migraine disparurent tandis que je penchais en avant sur mon siège et attendis le premier aperçu des montagnes russes. Mes souvenirs du parc d'attractions se résumaient aux gens, à la bonne nourriture, aux jeux et aux manèges. Ce devait donc dater d'un moment, avant que je commence à perdre le contrôle de mes humeurs. Je fronçai légèrement les sourcils et espérai qu'elles ne gâchent pas tout cette fois non plus.

Oanen trouva une place pour se garer, et, main dans la main, nous marchâmes sur la promenade. La vue, les bruits et les odeurs m'emplirent d'excitation.

— Que veux-tu faire en premier ? demanda-t-il.

— Tout.

Nous passâmes d'un manège à l'autre. Il sourit devant mon enthousiasme et secoua la tête lorsque je suggérais que les montages russes soient renommées « le Griffon volant ».

— Ça ressemble beaucoup à quand je vole avec toi.

— J'en doute.

— Ce n'était pas toi qui t'agrippais à ton dos lorsque tu as plongé en piqué sur Aubrey dans cette clairière.

Quand nous en eûmes assez des manèges, il me fit plaisir avec quelques jeux. La plupart auraient été difficiles à gagner pour les humains. Je fus ravi de laisser les participants des stands bouche bée en les battant.

— Je pense que ta collection d'animaux en peluche est assez grande, déclara Oanen, sa voix étouffée par la queue rose et pelucheuse d'une licorne.

Je sortis l'animal de la pile et le donnai à l'enfant le plus proche.

— Trouvons de nouveaux propriétaires pour les autres et allons prendre un truc à manger, dis-je.

Il fut facile de se débarrasser des jouets. Décider où manger était plus compliqué. Nous nous arrêtâmes sur des hot-dogs et nous assîmes épaule contre épaule sur la plage, écoutant les vagues tout en mangeant.

On aurait dit un rencard. Pas du genre isolé et « viens chez moi pour un dîner au calme », mais un vrai rendez-vous quand même.

— Merci pour ça, dis-je quand nous eûmes fini de manger. J'ai l'impression d'être si... normale.

— C'est le premier de nombreux rendez-vous qui seront comme ça, dit-il, son regard balayant mes traits d'une façon qui fit manquer un battement à mon cœur.

Lorsqu'il se pencha vers moi, j'allais à sa rencontre avec enthousiasme.

Ses lèvres touchèrent les miennes et ses bras s'enroulèrent autour de moi, faisant attention à ne pas entrer en contact avec la brûlure dans mon dos. J'eus à peine le temps de m'en rendre compte qu'il approfondit le baiser et me vola ma capacité à raisonner ou à respirer. Oanen était mon monde. Maintenant et pour toujours.

Quand je reculai et brisai le baiser un moment plus tard, la brise fraîche de l'océan amena de la clarté tandis que je récupérais mon souffle.

J'appréciais embrasser Oanen. Lui parler. Dormir à ses côtés.

Simplement être avec lui. Non, ce n'était pas de l'appréciation. C'était bien plus que ça. Et ça me faisait toujours carrément flipper.

Il m'observa avec attention, son regard doré ne manquant rien.

— J'aime le feu dans tes yeux et la façon dont tu me contemples après que nous nous embrassons. Je vois chaque petit bout de passion que ta peur retient, et ça fait emballer mon cœur, parce que je sais que quand tu la déchaînes, pas même les dieux pourraient nous séparer l'un de l'autre.

— Oanen, je...

Ses lèvres tressaillirent pendant qu'il m'observait lutter avec ma réponse.

— Je sais que ce n'est pas le moment pour toi d'admettre que tu ne peux pas vivre sans moi. Ne t'inquiète pas, je suis patient.

Sa taquinerie m'aida avec mon malaise.

— Patient ? Je dirais plutôt trop sûr de toi. Maintenant, n'avions-nous pas des enregistrements à regarder ? dis-je en me levant et en m'époussetant les fesses.

Il gloussa et me rejoignit.

— Là, laisse-moi t'aider.

Je bondis avant qu'il puisse me toucher.

— Garde tes mains pour toi. Tu as assez joué avec ma tête pour la journée.

Il examina mon visage un bon moment.

— Je pensais tout ce que je disais. Les enfants ne sont pas importants. Le sexe n'est pas important. Que tu admettes ce que tu ressens pour moi n'est pas important. Tu es la seule chose qui est importante.

Il entrait à nouveau dans un territoire effrayant. Je pensais à mes brûlures et à mon arrière-grand-mère et avais besoin de changer de sujet.

— Ce n'est pas ce que je voulais dire. Toutes ces discussions sur les baisers et sur la passion me détournent de ce sur quoi je dois me concentrer.

— C'est sur ça que je me concentre, Megan. Toi.

— Des trolls morts, Oanen. C'est l'important. Et Nicolette. Allez.

Nous ne nous tînmes pas la main sur le chemin du retour à la voiture. J'étais trop secouée et inquiète. J'aimais qu'Oanen m'aime. Même si l'idée d'enfants me faisait encore carrément flipper, je lui faisais confiance quand il disait qu'en avoir n'était pas quelque chose que nous devions faire tout de suite. Je lui faisais aussi confiance pour attendre et me laisser décider du rythme de notre relation, physiquement et émotionnellement. C'était son besoin total de me garder en sécurité qui m'inquiétait. Que ferait-il quand il saurait pour la deuxième brûlure ? Ou que ces marques étaient le signe que mes pouvoirs me mangeaient vivante ?

Le trajet en voiture jusqu'au Gizzard fut tout aussi silencieux.

Dès que nous entrâmes, nous eûmes l'attention du barman. Il nous fit un signe de tête vers la porte latérale et bougea pour nous retrouver dans le petit couloir.

— Pas de nouvelles, exécuteur. Le mot se répand, mais personne ne parle.

— Je me demandais si nous pouvions consulter vos enregistrements de ces dernières semaines.

— Allez-y. Vous voulez que je vous amène quelque chose à manger ou boire ?

— Non, merci, répondit Oanen en même temps que moi.

L'homme nous laissa seuls dans l'arrière-boutique pendant deux heures. Oanen et moi observâmes les images sans fin de clients entrant et sortant. Mangeant et buvant. Nous ne vîmes pas tant de conversation que ça. Et, il n'y avait clairement aucun signe d'un succube organisé.

— Il n'y a rien ici pour lier Nicolette à la mort des trolls. Je vais appeler Eliana.

Oanen me rattrapa par la main avant que je puisse sortir mon portable.

— Tu ne peux pas l'appeler, déclara-t-il.

Je plissai les yeux.

— C'est ma meilleure amie et j'ai promis de lui téléphoner tous les jours. Si je ne le fais pas, elle sera en colère.

Il retira sa main.

— Ne dis rien au sujet de ta mère.

— Tu me l'as déjà dit.

Je composai le numéro d'Eliana. Comme la dernière fois, elle décrocha à la première sonnerie.

— Où est la musique de film porno des années soixante-dix ? demandai-je.

— *Quoi ? Berk. Pourquoi dis-tu ça ?*

Je ris.

— Je pensais qu'Adira t'avait convertie maintenant.

Elle ricana.

— *Non. Elle est étonnamment calme aujourd'hui.*

Et je savais pourquoi.

— Donc, j'ai des nouvelles intéressantes, lançai-je.

Oanen tourna sa chaise et croisa les bras à mon intention. Je levai les yeux au ciel.

— J'ai vu ma mère aujourd'hui, annonçai-je.

— *Sans déconner. Est-ce qu'elle t'a dit ce qu'il se passait ?*

— Ouaip. Apparemment, Oanen et moi ne pouvons pas être ensemble parce que les griffons n'ont que des bébés poulets mâles et que les furies n'ont que des filles au comportement colérique. Selon elle, on ne se mélangera pas.

— *Elle a beau avoir raison sur le passé, qui sait ce qui arrivera ? Je ne pense pas qu'un griffon et une furie se soient déjà mis ensemble auparavant. Du moins, pas dans l'Histoire écrite.*

— J'aimerais juste qu'elle arrête d'essayer d'être si chiante, tu vois ?

— *Je suis désolée que ça n'ait pas été des retrouvailles agréables.*

— Ça aurait pu être bien pire, je suppose. Elle avait l'air pareil. Mais cette fois, quand je l'ai vue, je me suis rendu compte à quel point je ne savais rien sur elle. Mis à part son goût pour les hommes. Mais à l'époque, je croyais qu'elle était une simple croqueuse de diamants humaine, tu sais ?

— *Selon la devise de ma mère, plus ils sont riches, mieux c'est.*

Je lançai un regard triomphant à Oanen.

— C'est son habitude ?

— *Apparemment, mon père était la seule exception.*

Une pointe morose se faufila dans sa voix.

— *Sa dévotion avait un goût plus doux parce qu'elle n'avait jamais été donnée à un mortel auparavant. Seulement à un des dieux.*

— Hé, je ne cherchais pas à te faire déprimer. Parlons de quelque chose d'autre. Quelque chose est arrivé à l'académie aujourd'hui ?

— *Pas vraiment. Je ferais mieux d'y aller. C'est bientôt l'heure du dîner et si je descends en premier, je peux être assise avant qu'Adira arrive.*

— Hein ?

— *Elle ne remarqua pas assez ma robe pour me faire changer.*

— Ah. D'accord. Je te rappelle demain.

Je raccrochai et lançai un regard acerbe à Oanen.

— Voilà qui le confirme. Nicolette ne se rendrait jamais dans un tel tripot pour ramasser des hommes. Elle viserait le haut de gamme.

L'écran derrière Oanen attira mon attention.

— Regarde, dis-je en désignant l'image. Il est encore là.

— C'est la même cape, acquiesça Oanen.

Il changea d'angle pour trouver une caméra qui montrerait son visage, cependant l'enregistrement n'était jamais clair.

— C'est comme s'il savait où les caméras se situaient.

Oanen émit un grognement d'assentiment avant d'immobiliser l'image.

— C'est lui. Le papy troll qui a cogné son petit-fils.

Il était assis juste à côté du type à la cape.

— Il me faut appeler le Conseil. Mais pas d'ici, dit-il en se levant. Prenons quelque chose à manger et retournons à l'appartement.

CHAPITRE HUIT

DE L'EAU CHAUDE FUT GENTIMENT TAPOTÉE DANS MON DOS. LA PLAIE présente à cet endroit avait suffisamment guéri pour que je prenne une douche sans douleur. Cependant, celle à l'avant était une autre histoire. Elle avait toujours l'air rouge et à vif.

Heureusement, Oanen n'avait pas fait de commentaire quand j'avais volé un de ses tee-shirts pour dormir hier soir au lieu de mon débardeur habituel. Je souris au souvenir de la chaleur dans son regard lorsqu'il m'avait vue dans ses vêtements. Nan, ça ne l'avait pas dérangé du tout.

Je finis de me rincer les cheveux et éteignis l'eau. Juste au moment où je sortais de la douche, la porte de la salle de bain commença à s'ouvrir. Je pris la serviette et parvins à me couvrir la poitrine avant qu'Oanen voie quoi que ce soit.

Son regard échauffé me balaya de la tête aux pieds tandis qu'il s'appuyait sur l'encadrement de la porte.

— On ne frappe plus ? demandai-je.

— Je ne voulais pas manquer ma chance.

Je secouai la tête.

— J'ai éteint l'eau et tu es déjà habillé. Je dirais que tu l'as déjà manquée.

— Je n'en suis pas si sûr.

Son regard commença à descendre.

Je marchai rapidement vers lui et tendis les lèvres pour un baiser. Il ne me déçut pas. Avant que je perde mes sens, je serrai la serviette autour de moi, libérant mes mains et dissimulant la brûlure.

Il gémit contre ma bouche et recula un peu.

— Même si j'ai envie de continuer, il y a une autre raison à ma présence.

— Oh ?

— Adira vient d'appeler. Le Conseil s'est réuni et a discuté de ce que nous leur avons raconté. Le fait que rien ne relie Nicolette aux meurtres et que l'homme à capuche ait parlé aux deux trolls ne change rien. Le Conseil veut que nous continuions à enquêter sur Nicolette.

Une pointe de colère me parcourut.

— Qu'ont-ils dit sur l'homme à capuche ? demandai-je.

— Que nous pouvons poursuivre cette piste si nous le voulons, mais que Nicolette reste notre priorité.

— Pourquoi ne prennent-ils pas au sérieux son lien avec les morts ?

— Parce qu'ils ont plus peur de Nicolette.

— Pourquoi ?

— Elle est le succube le plus puissant de la région.

Je me souvins d'Eliana disant quelque chose de ce genre également.

— Très bien. Disculpons Nicolette pour pouvoir poursuivre l'autre type.

— Et ensuite, nous irons à Saint-Louis pour des réponses, ajouta-t-il fermement.

— D'accord.

Son regard parcourut mon visage.

— Tu as besoin d'aide pour t'habiller ?

— Toute cette histoire d'attente va devenir une vraie épreuve pour toi, pas vrai ? dis-je avec un rictus.

— Tu n'as aucune idée.

Il m'embrassa durement et me laissa le souffle coupé dans la salle de bain, me demandant pourquoi déjà nous devions attendre. Ah oui. Les bébés poulets.

Une fois la porte fermée, je m'habillai rapidement et me brossai les cheveux tout en pensant à Eliana. Que ferait-elle si elle découvrit que le Conseil en avait après sa mère ? Elle paniquerait probablement et penserait que les actions du Conseil seraient une preuve de la mauvaise considération qu'ils avaient pour son espèce. Ce n'était pas une bonne chose pour elle, alors qu'elle était déjà si déprimée par ce qu'elle était.

Je raccrochai ma serviette et me rendis dans le salon où Oanen attendait.

— Nous devons nous dépêcher de trouver Nicolette, ainsi que le croisé à capuche et de nous rendre chez mémé Irene.

De l'inquiétude emplit son regard et il marcha jusqu'à moi.

— Qu'est-il arrivé ? Tu es encore tombée dans les vapes ?

Il toucha gentiment ma joue.

— Tu es moins pâle qu'hier. Je pensais que tu allais mieux.

Je levai la main et la refermai sur la sienne.

— Ce n'est pas moi. C'est Eliana. Que penses-tu qu'il va arriver lorsqu'elle découvrira que sa mère est une suspecte ? Elle est triste et on lui manque déjà. Je veux juste en finir rapidement pour être là pour elle quand elle aura le plus besoin de nous.

Son regard se réchauffa.

— Je suis d'accord. C'est pour ça que j'ai déjà établi un plan pour pister Nicolette ce soir.

— Ce soir ? Allons-y tout de suite.

Ses lèvres tressaillirent.

— Là où nous allons, ils ne nous laisseront pas entrer habillés comme ça.

— Où devons-nous aller ?

— Chez *La Fatiatia Torbeni*. Un restaurant de luxe qui sert les humains et les non humains sans distinction tant qu'ils ont de l'argent.

— Euh... Est-ce qu'on a de l'argent ?

— Oui, grâce au Conseil. Suffisamment pour un dîner agréable et les tenues nécessaires pour entrer. Tu es prête pour un petit-déjeuner et une journée shopping ?

Je fis la grimace.

— Je crois que tu me confonds avec Eliana. Je n'achète des vêtements neufs que quand mes anciens me tombent sur les genoux.

Une lueur malveillante pénétra son regard et je levai la main dans un geste très Oanenien.

— Faisons comme si je n'avais rien dit. Nourris-moi et j'irai faire du shopping.

J'EXAMINAI l'étiquette et faillis avoir un haut-le-cœur.

— Qui paie autant pour une robe ? me demandai-je.

Levant la tête, je fouillai la boutique à la recherche d'Oanen et le trouvai assis dans la salle d'attente de l'autre côté de la pièce. Une des vendeuses lui proposait un verre. C'était la même boisson que lorsque nous nous sommes arrêtés au rayon des costumes. Pendant qu'Oanen avait été mesuré, un des vendeurs m'avait amené un verre de champagne et offert un massage d'épaule. Pendant un moment, j'avais cru que le type me draguait. Mais il avait fait la même chose pour la femme qui était entrée après avec son mari. Étant donné que j'avais été droguée par du bacon et qu'Oanen vivait difficilement que je reçoive l'attention d'autres hommes, j'avais décliné les propositions de boisson et de massage.

Cependant, Oanen ne semblait avoir aucun problème à accepter son champagne et son malaxage d'épaule.

Plissant les yeux vers la femme, je leur tournai le dos et continuai à parcourir les robes. Je n'étais pas dans mon élément. Elles m'avaient toutes l'air chic. Mais la robe en dentelle que j'avais déjà également.

Je pris mon téléphone et appelai Eliana.

Puisqu'on était en plein milieu des cours, je ne m'attendais pas à ce qu'elle réponde à la troisième sonnerie.

— *Salut, Megan*, dit-elle, à bout de souffle.

— Salut. Tout va bien ?

— *Oui, je viens juste de partir en courant du cours de Mode de vie général.*

— Tu n'avais pas à faire ça. J'aurais pu laisser un message.

— *Tu plaisantes ? Un cours sur le mode de vie. Je sais comment vivre avec les humains. Cette classe est une perte de temps. Qu'y a-t-il ? Pourquoi appelles-tu ?*

— J'espérais que tu m'aides à choisir une robe. C'est censé être pour un restaurant super chic. Pense « raffiné » pas « prostitué ».

Eliana ricana.

— *Mets le chat vidéo et montre-moi tes options.*

Je fis comme demandé et fis un zoom arrière sur les robes.

— *Prends la rouge, la dorée et cette lavande-là. Ces couleurs t'iront bien.*

Chaque robe avait un décolleté plongeant. Je tournai le portable, secouant déjà la tête.

— Ça ne marchera pas. J'ai un bleu, dis-je vaguement en sachant qu'Oanen entendrait probablement. J'ai besoin de quelque chose avec un col plus haut.

— *OK. Remontre-moi.*

Elle en choisit trois autres, qui couvriraient mes brûlures sur mon buste et dans mon dos. Je m'apprêtais à les prendre sur le portemanteau, cependant elle m'en empêcha.

— *Non, non, non. Tu fais signe à un des vendeurs de venir. Ils manipulent eux-mêmes les robes et te montrent les salles d'essayage.*

Envoie-moi une photo de devant et derrière de chacune que je puisse te dire laquelle conviendra. Je ferais mieux de retourner en cours.

— Merci, dis-je rapidement.

Remettant mon téléphone dans ma poche, je jetai un œil à la vendeuse qui rôdait près d'Oanen. J'attirai son attention et lui fis signe. La femme prit les robes et me montra une cabine d'essayage. J'envoyai scrupuleusement une photo de moi dans chaque robe à Eliana.

Elle choisit celle en rose doré et me donna l'ordre strict de l'associer avec d'épais clous d'oreilles en diamants et un chignon structuré léger à cause du col haut. J'affichai un rictus en tapant ma réponse.

C'est quoi exactement un chignon structuré ?

Tu es un cas désespéré. Quand tu rentreras chez toi, on fera du shopping pendant une semaine afin que je puisse m'assurer que tu ne ressembles pas à une vieille mal fagotée.

Mal fagotée ? renvoyai-je. Depuis quand vis-tu avec ma grand-mère ?

J'envoie un message à Oanen pour lui dire que j'ai besoin d'une photo de toi avant que tu ne partes de chez toi.

Souriant, je sortis à nouveau de la cabine d'essayage avec mes vêtements normaux. Un gloussement de l'autre côté de la pièce attira mon attention. Deux des femmes étaient à nouveau auprès d'Oanen, chacune frottant une épaule. Je n'avais peut-être pas une ouïe d'oiseau, cependant la façon dont l'une se penchait et essayait d'offrir à Oanen une belle vue sur son décolleté me frappa directement entre les deux yeux avec un bâton de colère.

Oanen se leva rapidement et marcha en de grandes enjambées jusqu'à moi, capturant mon visage entre ses mains et bloquant mon champ de vision des deux femmes que j'avais besoin de tuer.

— Allons-y, dis-je les dents serrées.

— Ce n'était pas intentionnel, mais peut-être que maintenant tu comprends comment je me sens chaque fois que je vois Fenris te toucher.

Je fronçai les sourcils.

— Fenris est un ami. Un à qui je fais confiance pour ne pas dépasser cette limite. Miss Chaudasse là est une salope qui veut chevaucher ton manche.

— Tu es la seule qui a le droit de me chevaucher, Megan. Maintenant et pour toujours. Et contrairement à toi, j'adore chaque once de jalousie que tu affiches. Cependant, il est préférable de moins l'étaler en public.

Je poussai un souffle énervé.

— Désirez-vous prendre cette robe ? demanda une voix de femme.

Je plissai les yeux.

Oanen pencha la tête et m'embrassa vivement et avec tant de passion que la pièce tourna autour de moi. Je m'agrippai à ses épaules et lui rendis le baiser avec chaque goutte de besoin que je ressentais pour lui. Quand il recula, je ne pus que cligner stupidement des yeux devant son beau visage.

— Oui, nous prendrons cette robe, dit-il sans détourner le regard de moi.

Il me la saisit des mains et la tendit avant de retourner à mes lèvres.

— Seigneur, elle a tellement de la chance. Qu'est-ce que je ne donnerais pas pour une heure avec lui.

Le murmure me tira violemment de notre moment et je m'écartai d'Oanen d'un bond.

Il ne me relâcha pas.

— Je suis aveuglé par toi, Megan, dit-il. Frappé jusqu'à en perdre mes sens. Il n'y a pas de lever ou de coucher de soleil que je puisse comparer à tes yeux. Ou de tentation qui pourrait m'appâter pour m'éloigner d'une chance de passer un moment dans tes bras accueillants. Il n'y a que toi.

Je soupirai sous la défaite.

— Tu gagnes. Je ne mutilerai personne aujourd'hui.

— J'aimerais m'en assurer.

— Comment ?

— Ferme les yeux et laisse-moi te porter hors d'ici.

— J'ai acheté une robe ridiculement chère et j'ai besoin de boucles d'oreilles en diamants de la taille de l'ongle de mon petit doigt. Puisque je vais m'habiller comme une diva, autant agir comme telle. Vas-y, porte-moi jusqu'à la voiture, mec à plumes.

Il sourit et je fermai les yeux tandis qu'il se baissait pour me soulever.

— Vous n'avez pas intérêt à regarder son derrière, vous les garces, lançai-je par-dessus mon épaule tandis qu'il marchait vers la porte.

Il gloussa et s'arrêta assez longtemps pour que deux sacs soient posés sur mon ventre. Heureusement, ils ne touchèrent pas ma brûlure de devant.

J'attendis que le bruit de la circulation nous indique que nous étions dehors pour parler à nouveau.

— Alors, où vais-je acheter mes boucles d'oreilles ? demandai-je.

— Nulle part. Eliana choisira quelque chose dans ses propres bijoux et demandera à Adira de les laisser dans l'appartement avant que nous rentrions.

J'ouvris les yeux pour les lever vers lui.

— Elle a également demandé une photo, déclarant, et je cite, qu'« aucune de mes amies ne peut se pointer à La Fatiata Torbeni en ressemblant à une clocharde ».

— Un jean et un tee-shirt ne font pas de moi une clocharde.

— Ce n'est pas une bataille que je gagnerai. Parle à Eliana.

— Poule mouillée.

— Nan. Griffon. Mais j'ai entendu qu'il y a une ressemblance familiale quand on est petits.

Je ricanai et tins les sacs tandis qu'il ouvrait la portière et me déposai à l'intérieur. Malgré le trottoir animé et les boutiques bondées, seulement quelques volutes me distrayaient de mon examen attentif des fesses d'Oanen alors qu'il faisait le tour de la voiture.

— Ce n'est pas le même, tu sais, dis-je quand il monta. Ta jalousie et la mienne.

— Comment ça ?

— Je pouvais voir que cette femme voulait te mettre dans son lit. Fenris n'a pas envie de me mettre dans le sien.

— Je ne suis toujours pas certain de ce fait.

Je ricanai.

— Crois-moi, je ne l'intéresse pas de cette manière. Pas du tout.

— Il s'est assuré que ça y ressemble.

Agacée, je sortis mon téléphone et tapai un rapide message à Fenris.

Ça suffit, maintenant. Je lui dis tout.

Je comprends, répondit-il. *Mais promets de le tenir éloigné d'Uttira pendant au moins trois semaines, le temps qu'il se calme.*

D'accord.

Je me tournai légèrement sur mon siège pour faire face à Oanen.

— Je vais t'expliquer pourquoi Fenris agissait de cette façon, mais tu dois me jurer qu'une fois que tu sauras, tu ne feras rien pour le blesser physiquement, mentalement et émotionnellement.

L'expression d'Oanen se referma.

— Dis-moi.

— Promets-moi.

— Je promets que je ne ferais rien tant que nous ne serons pas rentrés.

— Et tu ne rentreras pas sans moi ?

— Non. On reste ensemble.

— D'accord. Fenris aime Eliana.

Oanen fronça un peu les sourcils et me regarda.

— Ça ne change en rien la possibilité qu'il soit intéressé par toi également. Tu sais comment il est avec les filles. Il les aime toutes.

Je grimaçai.

— Je pense que c'est plus important que ce qu'il laisse paraître. Tu te souviens comment il appréciait me serrer contre lui ? Il le faisait pour sentir l'odeur d'Eliana sur moi. Genre, carrément. Et quand j'ai découvert que tu étais intéressé par moi à cause de toute cette histoire de compagne et de lien et que j'ai paniqué, Fenris est entré dans la cuisine alors que je bouillais et s'est brûlé pour me calmer. Et pourquoi s'est-il risqué à faire ça ? Parce qu'Eliana s'inquiétait. Cela n'avait rien à voir avec moi. Et tout à voiravec elle. Le niveau d'intérêt qu'il montrait...

Je haussai les épaules.

— Je n'y connais rien à cette histoire de quête de compagne, mais je sais que Fenris a dit quelque chose sur le fait qu'une fois qu'un loup-garou repère une odeur qu'il trouve irrésistible, il n'abandonne pas. Je pense que celle d'Eliana est son irrésistible.

La prise d'Oanen sur le volant se raffermit et j'entendis le cuir craquer.

Je tendis le bras et posai ma main sur sa jambe.

— Je ne peux penser à personne de mieux pour Eliana que Fenris, dis-je.

— Dans quel monde ce frotteur de jambe est-il assez bien pour elle ?

Je souris devant son sentiment d'amour fraternel.

— Dans le monde où un succube a peur de tout ce qui est sexuel. Fenris l'attend, Oanen. Il lui donne de l'espace et du temps. Il combat chacun de ses désirs. Si ça ne signifie pas qu'il est assez bien pour elle, je ne sais pas ce qui le peut.

Oanen poussa un long soupir, et sa poigne se détendit légèrement.

— Est-ce qu'elle le sait ?

— Non. Comme tu as fait promettre à Eliana de ne rien dire, Fenris m'a fait jurer. Il pense que si elle l'apprend, elle paniquerait encore plus.

Oanen acquiesça.

— Nous avons besoin de résoudre le meurtre de ces trolls et ta maladie pour rentrer à Uttira.

— À ce sujet. J'ai promis de te tenir à l'écart de la ville pendant les trois prochaines semaines.

— Je pensais que tu avais dit vouloir te dépêcher pour retourner auprès d'Eliana.

— Oui, c'est le cas. Toi, par contre, tu as besoin de te tenir hors de leurs affaires et je ne crois pas que tu le feras si tu es dans le coin. Peut-être que tu devrais accepter de me laisser rester à Uttira le temps que tu gères des problèmes d'exécuteur ?

Il leva une main pour me retenir d'ajouter quoi que ce soit d'autre.

— Inquiétons-nous plus tard du moment où nous rentrerons. Pour l'instant, nous avons des choses plus importantes dont nous devons nous soucier.

— Comme quoi ?

— Comme notre premier vrai dîner en amoureux.

Mon ventre se lança dans une danse joyeuse.

Plusieurs heures, de multiples appels d'Eliana, et une douzaine de tutoriels de maquillage plus tard, j'émergeai de la salle de bain de l'appartement, habillée et prête pour un dîner tardif à La Fatiata Torbeni.

Je lissai nerveusement ma jupe des mains et me jetai un dernier coup d'œil. Le décolleté haut de la robe qui tombait à mes pieds s'enroulait autour mon cou, recouvrant mes brûlures, mais laissant mes épaules nues. Les fils de tissus qui chutaient sur mes flancs pour être reliés à l'avant et à l'arrière ne cachaient pas grand-chose. Entre le délicat laçage transversal, la peau sur le côté de ma poitrine était dévoilée jusqu'à ma hanche.

Même avec tant de mon corps exposé, la robe était classe. Les boucles d'oreille et la coiffure légèrement montante aidaient.

J'étais à tomber. Mais pendant combien de temps ? Mais si mon humeur était restée au calme, je m'inquiétais que ce soir elle montre sa vilaine tête.

— Ne foire pas tout, Megan. Déchire un laçage et tu auras l'air de porter un pagne, m'avertis-je dans le miroir avant de me détourner pour quitter la chambre.

Au bruit de la porte qui s'ouvrait, Oanen arrêta d'arpenter le salon et pivota pour me regarder.

Il ne dit rien tandis que je tournai lentement sur moi-même avec les bras levés.

— À couper le souffle, lança-t-il enfin.

— Tu n'es pas trop mal non plus.

Il était clairement appétissant. Le costume sombre lui allait à la perfection, accentuant son joli teint doré. L'ambre croissant envahissant ses yeux provoquait un amas de chaleur dans mon ventre.

Si nous continuions à nous dévisager avec des airs si affamés, je savais ce qui arriverait, que je me considère comme prête ou pas.

— Prêt à me nourrir ? demandai-je.

Il m'offrit son bras et m'escorta hors de l'appartement.

Je n'allais pas me mentir ; j'avais l'impression d'être une putain de princesse. Mais d'une bonne façon.

Oanen ne put s'arrêter de me regarder sur tout le trajet jusqu'au restaurant, ce qui était une grande distraction de l'agacement qui rampait sous ma peau.

Lorsque nous arrivâmes, plus d'un client bien habillé se tourna dans ma direction. Avec toute cette attention masculine me flattant, il était dur de se rappeler pourquoi nous étions là.

Le maître d'hôtel nous guida vers la salle à manger au plafond haut et me tira une chaise. Oanen le chassa d'un geste de la main. Je souris et le laissai m'aider à m'asseoir. Non pas que j'en avais besoin. Lorsque je fus convenablement installée, ses doigts balayèrent ma nuque.

— J'aurais aimé que nous soyons restés chez nous, dit-il à mon oreille.

Je frissonnai et il poussa un petit rire avant de s'asseoir sur sa propre chaise.

Un serveur nous amena un porte-document relié de cuir, et un autre apparut avec une bouteille verte qu'il ouvrit avec de grands gestes et versa pour nous dans deux verres. Pendant ce temps, le premier s'exprima à voix basse des deux options de menus par le chef ce soir.

— Nous aurons besoin d'un moment, dis-je quand il s'arrêta de parler et m'observa avec impatience.

Il s'éloigna et je jetai un regard à Oanen.

— Dans quel genre d'endroit est-on ?

— Le genre qui requiert une veste de costume, ne met pas les prix sur le menu et sert tout le monde.

J'ouvris le menu et vis qu'il avait raison. Je vis également que je ne pigeais pas la moitié de ce qui était écrit sur ce beau papier.

— C'est écrit dans notre langue ?

— Oui. La majorité. Pourquoi ?

— Les seuls mots que je comprends, c'est « anguille », « sole » et « thon ». Je vais mourir de faim.

— Le chef est merveilleux. Donne une chance à la nourriture.

— Ce n'est pas toi qui as failli être bouffé par des poissons attardés. Plein. Je ne pense pas que je serais un jour capable de remanger des produits de la mer.

— Il y a de la canette avec une sauce à la figue.

— Parfait.

Je refermai le menu et le serveur revint immédiatement.

Un éclat de rire sensuel et féminin attira mon attention de l'autre côté de la pièce, pendant qu'Oanen commandait. Une grande table de sept hommes et une femme qui m'était familière y dînaient. Nicolette se pencha vers l'homme à sa gauche et lui donna un long baiser pendant que les autres observaient avec mélancolie.

Notre serveur s'éloigna et je regardai Oanen.

— Et maintenant ?

— Maintenant, nous apprécions notre repas. Tant qu'elle est assise là-bas, il n'y a rien que l'on puisse faire. Quand elle partira, nous la suivrons pour voir ce qu'on peut apprendre.

Durant l'heure et demie qui suivit, nous ne fîmes que ça. Un plat présenté artistiquement après l'autre, nous consommions notre repas et spéculions sur l'arrivée d'Elbner et Piepen à Uttira, combien de temps j'apprécierais une maison arc-en-ciel, où voyager lorsque tout serait fini et comment je n'essaierai pas de tuer le chef pour avoir fourré un bout de thon cru dans une boule de chapelure qui avait pourtant un air innocent.

Une fois toutes nos assiettes terminées, Oanen fit le tour de la table pour m'aider à me lever à nouveau.

— Où allons-nous ? demandai-je, mon regard se détournant vers la table de Nicolette.

Ils buvaient encore leur vin et mangeaient leur repas.

Tandis que je les observais, un vieil homme bien habillé s'approcha de leur groupe depuis le bar. Nicolette lui lança un sourire séducteur alors qu'il se penchait pour lui dire quelque chose.

Son rire voluptueux résonna à nouveau dans la pièce.

— Je suis certain que tu aurais un goût divin, cependant je préfère la jeunesse à l'expérience.

Ce commentaire ne fit que confirmer encore plus que Nicolette n'aurait pas couru après un vieux troll.

Oanen mit ma main sur son bras et me guida dehors, dans la soirée fraîche de l'hiver, et m'aida rapidement à monter dans sa voiture. Positionnés pour observer l'entrée, il démarra le moteur, sans pour autant s'éloigner du trottoir.

Il tendit le bras derrière et enroula une légère couverture couleur crème autour de moi.

— D'où est-ce que ça sort ?

— De l'appartement. Je n'étais pas sûr du temps qu'il nous faudrait attendre ce soir, dit-il.

— Tu as entendu Nicolette quand nous sommes partis, n'est-ce pas ? demandai-je.

— Oui.

— Il n'y a aucun lien ici. Nous devons appeler le Conseil.

— Nous pouvons essayer.

Il composa le numéro d'Adira et la mit sous haut-parleur.

— *L'avez-vous suivie jusque chez elle ?* demanda Adira.

— Pas encore. Elle est toujours au restaurant.

— Adira, je ne pense pas qu'elle soit notre tueuse. Elle préfère les jeunes hommes. Il n'y a rien qui la relie à la mort des trolls. Et puis, je ne sens rien qui provient d'elle. Si elle était une tueuse, ma fureur ne s'emballerait-elle pas ?

La ligne resta silencieuse un long moment.

— *As-tu à nouveau perdu connaissance ?* demanda-t-elle. *Depuis la station-service ?*

Je regardai Oanen et lui jetai un air mauvais.

— Quel est le rapport avec tout ça ?

Je m'arrêtai et fronçai les sourcils.

— Savez-vous quelque chose que je devrais savoir ?

— *Furie*, répondit-elle d'un ton respectueux, *je sais bien des choses que tu ignores, mais je doute qu'elles t'aident d'une quelconque façon. Il est d'avis du Conseil que Nicolette est coupable, en dépit de ce que tu ressens actuellement. Prévenez-moi lorsque vous l'aurez maîtrisée et je viendrai la chercher.*

Adira coupa la communication.

— Maîtrisée ? Qu'est-ce que ça veut dire, bon sang ?

— Ça veut dire que je vais devoir affronter la mère enceinte d'Eliana.

CHAPITRE NEUF

— Le Conseil est si stupide. Pourquoi ne peuvent-ils pas voir qu'il n'y a pas de preuves que Nicolette est coupable ?

Je remuai sur mon siège, agacée.

— Ils le voient, dit Oanen, ne détournant pas les yeux de la porte, mais ils s'en fichent. Si je devais deviner, ils pensent que si elle n'est pas encore coupable, elle le sera bientôt.

Avant que je puisse répondre, un des hommes du groupe de Nicolette sortit du restaurant. Il s'arrêta sur le trottoir et tendit le bras vers sa poche. Depuis le bout de la rue, une paire de phares s'alluma et il marcha dans leur direction. Un moteur ronronna quelques instants et nous le perdîmes de vue.

Nicolette sortit du restaurant, entourée de sa suite, et la voiture s'arrêta devant elle. Son regard balaya la rue et Oanen tourna rapidement la tête vers moi.

— Ne la laisse pas apercevoir ton visage, dit-il doucement.

Je bougeai légèrement afin que sa tête me bloque de la vue de Nicolette.

Nous attendîmes qu'elle monte dans la voiture, et les hommes se dispersèrent vers leurs propres véhicules. Sa file d'amants ne fut pas dure à suivre jusqu'à un appartement dans un gratte-ciel de

Manhattan avec un parking souterrain et un gardien. La voiture de Nicolette mena le cortège sous terre. Chaque véhicule après elle s'arrêta pour parler à l'homme de la sécurité.

Oanen hésita, puis contourna la file et se gara dans la rue.

Je regardai l'avant du bâtiment où un autre gardien surveillait l'entrée.

— Je peux m'occuper de lui, dis-je avec confiance.

— Moi aussi, mais nous n'avons pas besoin de le faire.

Il retira sa veste d'un mouvement d'épaule et me la tendit. Je grognai.

— Je n'aime vraiment pas quand tu fais ça.

— Pourquoi ? Parce que toutes les femmes verront mon manche ?

— Je regrette à jamais d'avoir dit ça.

Ses lèvres tressaillirent tandis qu'il déboutonnait sa chemise et retirait ses chaussures d'un coup de pied.

— Tu auras besoin de transporter mes vêtements, dit-il. Il y a un sac à l'arrière.

Je me tournai dans mon siège et attrapai un sac à dos étendu sur le siège arrière à côté de sa veste d'hiver. Ses lèvres balayèrent ma nuque avant que je puisse me redresser. Les paupières se fermèrent et je m'immobilisai pour apprécier sa sensation sur le moment.

— C'était pour quoi ? demandai-je quand il arrêta.

— Un rappel de ce que je ressens pour toi est réel.

— Je le sais déjà.

Il expira lentement et leva les yeux vers le bâtiment.

— Je ne veux simplement pas que tu l'oublies lorsque nous rentrerons dans l'appartement de Nicolette.

— Je ne l'oublierai pas.

Il me tendit sa veste, ses chaussures, ses chaussettes, et sortit de la voiture. Je mis tout dans le sac à dos le temps qu'il ouvre la portière et m'offre la main.

J'acceptai son aide et souris lors qu'il tint le sac pour que je puisse enfiler sa veste. IL resta là pieds nus avec sa chemise déboutonnée.

— Fais attention, tu ne fais qu'ajouter à mon complexe de princesse. Je vais te demander de peler mes grains de raisin après ça.

— Je t'en donnerai ce soir. Prêt ?

Il tendit la main et je nouai mes doigts aux siens.

— Où va-t-on ? demandai-je alors qu'il commençait à descendre le trottoir, s'éloignant de l'immeuble.

— Dans un endroit moins public.

Nous trouvâmes un coin calme dans un parc non loin. Oanen me guida à travers les arbres et s'écarta pour se débarrasser du reste de ses vêtements. Je les récupérai et les pliai dans le sac à dos. Lorsque j'eus à nouveau le sac sur mes épaules, Oanen se tint devant moi, avec bec et ailes.

— Allons-y, mec à plumes.

Il plia un genou pour que je puisse monter sur son dos. La jupe de la robe ne me laissait pas assez d'espace donc je finis par l'entasser sur ma taille. Mes jambes étaient piquées par le froid et je fronçai les sourcils.

— Ne prends pas trop ton temps dans les airs, dis-je en passant ma main sur sa nuque.

Il claqua le bec et tourna la tête pour pousser ma jambe nue. Un moment plus tard, il se jeta vivement dans les airs et se libéra des arbres.

Je ne me lasserais jamais de voler avec lui. Mon cœur s'emballa, voyant les lumières et les voitures en dessous de nous, et les étoiles au-dessus. Je me tins fermement alors qu'il faisait son chemin vers l'immeuble de Nicolette, l'encerclant lentement.

— Là, dis-je en pointant un balcon tout en haut.

Les portes-fenêtres étaient ouvertes et l'appartement était rempli de gens, tous dévêtus à des degrés différents. La plupart étaient des hommes, cependant il y avait quelques couples qui faisaient des choses devant tout le monde et qui suggéraient que c'était le terrain de jeu d'un succube.

Oanen fonça droit vers le balcon. Le couple sur la méridienne ne remarqua pas son atterrissage.

Détournant mon regard du dos nu de l'homme alors qu'il ruait rapidement sur sa partenaire gémissante, je descendis du dos d'Oanen et fouillai le sac à la recherche de son pantalon.

Il l'enfila rapidement tout en gardant son regard sur moi.

— Ça risque d'empirer, dit-il doucement.

Le bruit de peau contre peau faillit presque noyer ses paroles.

— Comment est-ce que ça peut être pire que ça ?

La femme commença à hurler « Oui, oui, oui ! » à pleins poumons avant de pousser un gémissement d'extase. Mes joues s'échauffèrent et mes jambes n'eurent bientôt plus froid.

J'attendis que le couple nous remarque alors qu'Oanen enfilait sa chemise et ses chaussettes, mais ils n'en firent rien. Au lieu de ça, ils remirent le couvert.

Je dévisageai Oanen, choquée.

— On ne peut pas le sentir, mais ils dégagent de l'énergie sexuelle. C'est ce qui nourrit un succube, dit-il doucement. Nicolette étant enceinte, elle sera plus affamée qu'un succube normal. Comme je l'ai dit, ce sera pire à l'intérieur. Tu es prête ?

À présent entièrement habillé avec un sac vide à son épaule, Oanen me tendit la main.

Je déglutis difficilement et acquiesçai. Ensemble, nous entrâmes.

Un homme avec un plateau de champagne marcha vers nous. Il ne portait rien d'autre qu'un nœud papillon.

— Ces soirées sont merveilleuses, n'êtes-vous pas d'accord ? dit-il en me jetant un regard ardent.

Les doigts d'Oanen se serrèrent sur les miens.

— Incroyable, dis-je avec un sourire. Pouvez-vous nous diriger vers l'hôtesse ?

L'homme fit un signe de tête vers le centre de la pièce et repartit avec un clin d'œil.

— Ne t'éloigne pas de moi, m'avertit Oanen.

— Non.

Nous marchâmes dans la direction que le serveur avait indiquée, zigzaguant entre les gens, jusqu'à voir une pile d'oreillers au centre de la salle. Des personnes étaient étendues sur les coussins. Alors qu'il y avait un déséquilibre évident entre les hommes et les femmes, ces quelques dernières ne semblaient pas gênées d'être caressées par plusieurs mâles à la fois.

J'essayai de me concentrer sur Nicolette, qui se prélassait au centre de tout, sirotant un verre contenant un liquide vert. Son regard noir papillonnait d'une pile de corps transpirant à l'autre.

— Je pense que Paulette serait plus à l'aise à quatre pattes, dit-elle au groupe à sa gauche.

Les hommes s'éloignèrent immédiatement de la femme pour qu'elle puisse changer de position. Une chaleur en fusion emplit mon visage quand l'un d'eux s'agenouilla derrière Paulette et qu'un autre se coucha sous elle.

— Bien mieux, commenta Nicolette.

Même si Oanen n'était pas dépassé par tout ça, je l'étais clairement. Je le poussai du bras, désespérée qu'il fasse ce qu'il avait besoin de faire, que nous puissions déguerpir d'ici.

Le mouvement attira l'attention de Nicolette et elle nous parcourut du regard.

— N'êtes-vous pas adorables tous les deux ? dit-elle. Vous êtes ici pour vous amuser ?

— Non, répondis-je rapidement.

— Nous sommes là au nom du Conseil, déclara Oanen. Ils voudraient te parler.

— Vraiment ?

Son ton amusé avait disparu.

— Je ne pense pas, non.

Elle se leva dans un mouvement fluide, sa robe scintillant sous la lumière.

— Je pense que tu es ici pour satisfaire tes désirs, Oanen. Regarde-la.

La voix de Nicolette devint sensuelle.

— Ses jolis yeux. Deux profondes lagunes te suppliant de satisfaire ses désirs.

Oanen se tourna pour me regarder, ses iris déjà d'un doré profond.

— Oanen ? dis-je avec hésitation alors qu'il laissait tomber son sac.

— Megan.

Sa voix était rauque alors qu'il caressait ma joue.

— Sois forte pour nous deux, dit-il une seconde avant que ses lèvres s'écrasent sur les miennes.

Je tremblai sous l'intensité de son baiser.

— C'est ça, roucoula Nicolette. Vous avez tellement de passion réprimée l'un pour l'autre. Libérez-la.

De la chaleur s'amassa dans mon ventre et dériva plus bas. Je glissai mes mains dans les cheveux d'Oanen et l'embrassai en retour avec autant de passion qu'il le faisait.

— Amène-la sur les coussins, Oanen chéri. Et retire ta chemise qu'elle puisse te toucher.

Ses lèvres ne lâchèrent pas les miennes tandis qu'il me soulevait et nous déplaçait. Elles se détachèrent cependant lorsqu'il enleva sa chemise. Haletante, je scrutai l'étendue dorée qu'était son torse. J'avais envie de le toucher. De glisser ma langue sur chaque strie et chaque creux. Je désirai m'emplir d'Oanen et être emplie par lui.

— Megan, ma chérie. Je pense que cette jolie robe gêne le passage. Enlève-la.

La chaleur monta brusquement. J'avais envie d'être sous Oanen. Nue. Dans l'expectative. Exposée.

Je clignai des yeux.

Exposée ?

Mon regard dériva sur le visage aimant d'Oanen et à tous ces gens autour de nous. Même si une part de moi savait que ce qu'il se passait était mal, mes doigts trouvèrent le fermoir à mon cou.

— Le Conseil veut que vous vous rendiez à Uttira, dis-je, dégrafant le dos.

— Concentre-toi, ma chérie. Mets ta poitrine à nu pour lui. Laisse-le te goûter.

Ma peau chauffa encore plus et un picotement se réveilla entre mes jambes. Mais quelque chose avait changé. Une étincelle s'alluma dans ma poitrine. De la colère. Ma furie n'aimait pas être forcée à faire quelque chose sans son consentement.

— Vous ne comprenez pas ? demandai-je, combattant l'envie de glisser le haut de ma robe sur mes bras.

Le regard d'Oanen pista le tissu qui commençait à descendre. Je déglutis difficilement.

— Je comprends que tu essaies de lutter contre tout ça. Arrête. Vous en avez envie tous les deux.

La main d'Oanen trouva ma jambe sous ma jupe. Lentement, il remonta du bout des doigts jusqu'à mon genou.

— Le Conseil vous a tenue éloignée d'Uttira. D'Eliana. Maintenant, ils veulent que vous reveniez.

Oanen s'arrêta, sa main à l'intérieur de ma cuisse, ses doigts frôlant l'ourlet de ma culotte.

Je commençais à brûler. Par les deux bouts d'une chandelle Megan. Un bout de passion. L'autre de rage. Autour de nous, les couples continuaient leur orgie ouvertement et de tout leur cœur. Les halètements et des gémissements de plaisir ne m'aidèrent pas à conserver ma concentration.

— Eliana n'aura pas son mot à dire si vous restez cette fois, dis-je. Vous serez finalement avec votre fille.

Le noir dans les yeux de Nicolette se dissipa.

— Tu es futée, répondit-elle. Et aussi très résistante. Ça aurait pu être amusant.

Nicolette claqua des doigts.

— Terminez et partez.

Le sexe autour de nous prit un rythme frénétique. Je levai les yeux vers Oanen. Son regard affichait un air aussi tourmenté que plein d'espoir. Je retirai gentiment sa main de sous ma jupe et lui donnai une tape. J'arrangeai ma robe, faisant de mon mieux pour ignorer les cris de plaisir qui s'intensifiaient.

Tout se calma lentement et les gens ramassèrent leurs affaires sur le chemin de la porte. Un homme en particulier attira mon attention. Comme la plupart des types ici, il était jeune, fin et nu. Cependant, il était également malfaisant au possible. Une différente sorte de picotement se réveilla sous ma peau.

— Tu aimes les vilains ? demanda Nicolette en m'observant.

— Non. Pas du tout.

Lorsque je me tournai vers elle, de l'orange se refléta sur sa peau et du noir consuma brièvement ses iris avant de disparaître.

— Fais attention avec tes démonstrations de pouvoir, furie. Certains d'entre nous ne peuvent s'empêcher de relever le défi.

Elle se tourna vers Oanen.

— Appelle tes parents. Je suis prête.

Ses mains tremblaient et il sortit son téléphone de son pantalon avant de composer le numéro.

— Nous l'avons attrapée, dit-il avant de raccrocher.

Nicolette éclata de rire.

— Tu n'as rien attrapé du tout, oisillon. Mais tu as failli.

Elle me fit un clin d'œil juste au moment où un portail apparut près d'Oanen. Adira en sortit et tendit la main vers Nicolette.

— On se reverra bientôt, mes chéris, lança-t-elle avant d'ignorer Adira et d'entrer seule dans le portail.

Adira nous regarda.

— Tu n'as pas l'air bien, Megan.

— N'essayez même pas de dire que j'ai l'air pâle parce que je sais que mon visage est en feu après ce que j'ai vu ici.

— Non. Ce n'est pas ça. Ce sont tes yeux. Il leur manque leur étincelle.

— Eh bien, c'est une soirée éreintante. Je pense que j'ai le droit de ne pas étinceler.

Elle pencha la tête en signe de remerciement puis disparut.

Seuls dans l'appartement luxueux de Nicolette, je jetai un œil au visage rougi d'Oanen qui finissait de boutonner sa chemise. De la culpabilité était mêlée à ses traits.

— Tu as besoin d'améliorer tes compétences au combat, dis-je.

— Megan, je...

— Tes compétences en baisers valent un A+, néanmoins.

Ses lèvres tressaillirent et il ramassa le sac vide avant de tendre la main vers moi. Mêlant mes doigts aux siens, nous quittâmes l'appartement de Nicolette et attendîmes l'ascenseur. Je pouvais encore sentir le tremblement dans sa main.

— Est-ce que ça va ? demandai-je.

— Non. Je lutte toujours contre le désir de t'emporter sur ses coussins et de faire glisser cette robe de ton corps.

— Je suis désolée qu'elle t'ait fait ça.

Il se tourna vers moi, les pupilles de ses yeux dorés dilatées, et mon cœur manqua un battement.

— C'était moi, Megan. Elle m'a à peine poussé à faire ce que je meurs d'envie de faire... ce que je me retiens de faire. Mes doigts sont désespérés de retrouver la peau douce de tes cuisses. Dis-moi que tu es prête, et j'arrêterai de lutter.

Entendre ça ne m'emplit pas de peur. Mais même si j'avais envie de répondre oui, je ne pouvais pas.

— Je veux que notre première fois soit spéciale, pas sur des coussins usés sur le terrain de jeu d'un succube. Et pas au milieu d'une enquête pour meurtre.

Il ferma les yeux, prenant une profonde inspiration.

— Tu es en colère ? demandai-je.

— Jamais. Tu as raison. Ce n'est pas le moment. Ce n'est pas ainsi que je veux m'en souvenir non plus.

Lorsqu'il ouvrit les yeux, il y avait plus de bleu que de doré.

— Rentrons, dit-il.

L'ascenseur sonna et s'ouvrit enfin pour nous.

— Tu parles de l'appartement, n'est-ce pas ? Nous savons tous les deux que Nicolette n'est pas la tueuse. Nous devons trouver le type à capuche.

Il acquiesça et pressa le bouton du rez-de-chaussée.

— À l'appartement. On reprendra demain.

Il m'examina un long moment.

— Adira a raison. Tes yeux sont différents. Il y avait quelque chose de plus auparavant. Une chaleur. Un feu caché avant qu'ils commencent à briller orange. Je ne le vois plus maintenant.

Satanée Adira d'avoir abordé le sujet.

— Peut-être que mes pouvoirs ont changé quand mon pouvoir aussi ?

— Peut-être. Peut-être que nous devrions oublier ce type à la capuche, puisque le Conseil s'en fiche, et partir pour Saint-Louis à la première heure demain matin.

— Hors de question. On ne peut pas faire ça à Eliana. Elle va péter un câble lorsqu'elle va apprendre que sa mère est à Uttira à cause de moi.

— Non. Nicolette y est à cause du Conseil, et elle restera sous bonne garde, répliqua Oanen.

Je secouai la tête et regardai la porte lustrée.

— Je n'en sais rien. Le Conseil n'est pas stupide. Agaçant, oui. Entêté, oui. Mais pas stupide. Il y a trop de preuves qui indiquent que Nicolette n'est pas responsable. Alors, pourquoi la ramener à Uttira ? Il y a clairement quelque chose là-dessous qu'ils ne nous racontent pas.

Une autre pensée me traversa.

— Envoie un message à Adira et dis-lui qu'on choisit de ne pas poursuivre le type à capuche, pour voir ce qu'elle répond.

L'ascenseur s'ouvrit sur le hall d'entrée et nous sortîmes. Le gardien de nuit à la porte l'ouvrit pour nous et resta silencieux sur notre passage.

Oanen envoya un rapide SMS une fois que nous fûmes installés dans la voiture, puis nous conduisit jusqu'à l'appartement. Il y eut une réponse le temps que nous atteignîmes le bâtiment.

— Ils veulent que nous poursuivions cette piste, dit-il.

— C'est ce que je pensais.

Nous entrâmes et tournâmes vers l'ascenseur.

Oanen fronça les sourcils.

— Tu es sûre que tout va bien ?

— Je porte des talons. Tout va bien, sauf mes pieds à la pensée de monter toutes ces marches.

Tout en restant devant les portes, Oanen embrassa ma tempe et enroula un bras sur mes épaules. Nous observâmes les numéros des étages défiler. Les battants s'ouvrirent et Oanen recula, m'emportant avec lui. S'il ne l'avait pas fait, je n'aurais pas bougé.

Ma furie leva la tête. Mais c'était différent cette fois. La pulsion de hurler sur les mecs qui sortaient de l'ascenseur était là, tout comme la colère. Cependant, le pouvoir me parut hors de portée, d'une manière ou d'une autre. Mes lèvres me faisaient mal sous le besoin d'appeler le nom d'un homme. De demander à ce qu'il se confesse. Mes doigts me démangèrent, voulant l'attraper par le cou alors qu'il me dépassait, ne se rendant compte de rien.

Oanen me guida vers l'avant. Mes pas étaient lents, chacun plus difficile que le précédent, car ils m'éloignaient petit à petit de cet homme.

— Tu vas bien ? me demanda Oanen, tendant déjà le bras pour presser le bouton de notre étage.

Le besoin de m'en prendre à lui et de lui claquer la main me saisit durement, créant une douleur physique au niveau de la hanche. Je fronçai les sourcils quand l'élancement s'avéra être une brûlure.

Les portes se fermèrent, bloquant l'homme de moi et coupant l'attrait de mon pouvoir. Je me flétris presque sous le soulagement.

— Je vais bien. Je suis juste fatiguée.

J'étais plus que fatiguée. J'étais prête à m'écrouler par terre. Plus que ça. Je savais que je n'avais plus beaucoup de temps.

LE POIDS du bras d'Oanen me plaquait sur le matelas. Chaud et confortable, j'aurais pu dormir là pour toujours. Cependant, la sonnerie de téléphone près de ma tête insista sur le fait que ce n'était pas une option.

Je tendis le bras et donnai un coup violent en direction du son. Mes doigts frappèrent quelque chose et j'entendis un bruit sourd sur le sol un moment plus tard. Tout devint silencieux.

Le téléphone d'Oanen commença à sonner à la place.

— Je pense que c'est inévitable, dit-il avant d'embrasser mon épaule recouverte et en roulant hors du lit.

Sans ouvrir les yeux, j'écoutais son « Allô » enroué.

— Oui, elle est là. Attends.

— C'est Eliana, dit-il. Elle est contrariée.

Je frottai mon visage des mains et ouvris les yeux, cependant je ne bougeais pas de ma position latérale. Tout mon corps me faisait mal, comme chaque lendemain de tentative de bannissement en enfer. Sauf que cette fois, c'était un peu intense. Même si j'avais envie de considérer ça comme un bon signe, j'avais le sentiment que c'était parce que ma furie n'était pas vraiment passée à l'acte la nuit dernière.

Prenant le portable d'Oanen, je le posai sur mon oreille.

— Salut, Eliana.

— *Ma mère est là*, dit-elle.

Je pouvais entendre la panique et la colère dans sa voix.

— Je sais. Et je suis désolée pour mon rôle dans tout ça. Oanen et moi avons répété au Conseil que nous ne pensons pas qu'elle a un rapport avec ce qu'il se passe.

Eliana ricana.

— *Bien sûr que non. Elle ne tue pas, elle ne fait que détruire les vies.*

Elle émit un son d'agacement.

— *Arrête de te toucher quand tu es sur mon lit. J'ai vu la tache sur mon oreille ce matin. Tu as de la chance que je ne t'aie pas tué dans mon sommeil.*

— Euh... Eliana ?

— *Désolée. Piepen et Elbner sont arrivés hier soir. Elbner est chez toi avec son lait au miel. Piepen est ici.*

— C'est génial.

— *Non. Ça ne l'est pas.*

Je pus entendre une porte se fermer.

— *Il est excité, dans sa phase adolescente, et il n'arrête pas de se tripoter. Sur mon oreiller. Le désir d'un brownie n'a pas le goût que tu penses. Tu dois ramener tes fesses ici dès que possible. Le brownie et ma mère doivent partir. Ma mère est ici, Megan. Chez les Quill. Elle a déjà trouvé ma cachette de chocolat et en a mangé la moitié. Une fois qu'il n'y en aura plus, son attention va se poser sur moi. Elle a déjà fait des commentaires sur le fait que j'ai l'air sous-alimentée.*

Je pouvais entendre des coups dans le fond.

— *Je t'ai dit, j'ai besoin d'intimité quand je suis dans la salle de bain,* lança Eliana. *Si tu ne peux pas le respecter, il faudra te trouver un autre endroit où vivre le temps que Megan rentre.*

Elle baissa la voix.

— *Je l'ai surpris se lavant dans l'eau qui dégoulinait de mes poils pubiens ce matin. Quand j'ai cherché à lui donner un coup, il m'a remercié pour la vision de ma petite fleur.*

Même si mon corps me faisait mal, je ne pus m'empêcher de rire.

— *Ce n'est pas drôle, Megan. C'est traumatisant. Aide-moi. Personne ne doit voir ma fleur. Jamais !*

Je me mordis la lèvre et luttai pour me contrôler alors qu'Oanen m'observait.

— Je t'aide. Je le jure. On va continuer à suivre la piste qu'on a et qui lie quelqu'un d'autre au meurtre des trolls.

— *Qui ?*

— On ne connaît pas son nom. Juste un type à capuche qui a parlé aux victimes à L'Oie et le Gésier avant leur mort.

— *Piepen a mentionné un monsieur gentil qui a aidé ses parents à trouver la paix. Peut-être que c'est le même.*

— Peut-être. Parle-lui et vois si tu peux obtenir quoi que ce soit d'utile de sa part. Un nom, une adresse. À quoi ce type pourrait ressembler.

— *Je le ferai. Dépêche-toi.*

J'entendis la porte s'ouvrir à l'autre bout de la ligne avant qu'elle se mette à crier.

— *Pose cette culotte !*

Puis, la communication coupa.

CHAPITRE DIX

JE RENDIS LE TÉLÉPHONE À OANEN ET ME REDRESSAI AVEC PRÉCAUTION.

— Eliana flippe, comme j'ai dit qu'elle le ferait. C'est déjà assez mauvais que le Conseil veuille Nicolette à Uttira, et maintenant ils l'ont mise chez toi avec Eliana.

Oanen fronça les sourcils.

— Comme si la situation n'était déjà pas assez stressante, le brownie que je lui ai envoyé se masturbe sur son oreiller et se faufile sous la douche avec elle. Nous devons trouver l'identité de ce type à capuche, et vite.

— D'accord. Habillons-nous.

Je me levai trop rapidement et dus poser la main sur la table de nuit pour garder l'équilibre.

— Que se passe-t-il ?

Oanen fut à mes côtés un instant.

— Rien. J'ai juste eu un peu le tournis en me levant trop vite.

— Tu es pâle.

Il tendit la main pour toucher mon front, cependant je lui tapai la main.

— Et ça m'agace aussi que tout le monde me dise ça. Tu peux te changer dans la salle de bain. Je vais me changer ici.

Il m'examina un long moment, puis attrapa des vêtements et s'enferma dans la salle de bain. Je me dépêchai de m'habiller, jetant un coup d'œil à la brûlure sur ma hanche. Ce n'était pas aussi terrible que les autres, cependant elle servait de rappel sur le fait que nous avions besoin de réponses. Aujourd'hui.

Dix minutes plus tard, nous sortîmes, et je levai les yeux vers le ciel clair.

— Il est tard à quel point ? demandai-je.

— Presque midi.

— Waouh.

Je n'avais pas l'impression d'avoir dormi si longtemps.

— Tu as faim ?

— Pas vraiment.

Il me jeta un regard réfléchi puis m'ouvrit la portière.

Aucun de nous ne parla durant le trajet jusqu'à L'Oie et le Gésier. Ça ne me dérangeait pas. Je fermai les yeux et m'assoupis. Lorsque la voiture ralentit, cependant, je me réveillai d'un bon.

Oanen se gara et coupa le moteur, toutefois il m'empêcha de sortir.

— Je sais que tu n'aimes pas que je te demande si tu vas bien. Tu détestes probablement autant que je déteste te le demander. Je préfèrerais simplement que tu sois honnête avec moi et que tu me dises ce qu'il se passe. Je sais que quelque chose cloche.

— C'est plus que quelque chose. C'est tout. Des trolls morts. Nicolette. Le Conseil. Ma mère. Ma grand-mère. Je suis désolée de ne pas être moi-même ces derniers temps.

Il continua à m'étudier.

— Ce n'est pas ça. Ou du moins, ce n'est pas que ça. Si tu n'es pas prête à te confier à moi, ce n'est pas grave. Mais que tu me le dises ou pas, ça ne changera pas ce qui arrivera si ton état empire. Tu es à moi, Megan. C'est à moi de t'aimer. De m'occuper de toi. De te protéger. Même de ton propre entêtement.

— Pigé.

Il se pencha vers moi et caressa lentement ma joue.

— Et c'est pour ça que je sais que quoiqu'il se passe, c'est très sérieux. Megan Smoth ne dit jamais simplement « Pigé ». Jamais.

Il m'avait piégée, mais j'étais trop fatiguée pour protester.

— Va-t-on entrer, ou prévois-tu de jouer avec mon visage toute la journée ? demandai-je.

Il m'embrassa doucement, puis tendit le bras pour ouvrir ma portière.

— Après toi.

Je me sentais plus qu'u peu coupable en sortant et en l'attendant sur le trottoir. Il avait mes intérêts à cœur. Pourtant, si je lui racontais ce qu'il se passait, je m'inquiétais de ce que serait son plan B si nous parlions à mon arrière-grand-mère et qu'elle n'avait pas de réponse. J'avais besoin de mon propre plan B avant de dire quoi que ce soit. De plus, les choses n'étaient pas aussi terribles que ma mère l'avait laissé entendre. J'avais réussi à éviter d'essayer de condamner quelqu'un en enfer et réduit les effets du contrecoup. Je pourrais tenir assez longtemps pour trouver le tueur de trolls et établir un plan de secours pour me sauver.

Pas de problème.

Une petite voix pessimiste à l'intérieur de moi se tapait le cul par terre de rire à cette pensée.

À l'intérieur du Gizzard, quelques clients étaient déjà assis au comptoir.

— Ne mange rien, m'avertit Oanen avant de me laisser pour aller parler à une très grosse et laide dame installée seule dans un des box.

J'allais au bar et m'assis à côté de l'homme qui y était. Le barman me regarda, secoua la tête, puis approcha.

— Qu'est-ce que je vous sers ?

— Un soda. Du genre humain, commandai-je même si je n'avais aucunement l'intention de le boire.

Le barman émit un bruit qui suggérait qu'il pensait que j'étais stupide et s'en alla.

— Des boissons humaines. Bah. Ça me manque de boire des humains. Mordre dans leur chair juteuse. Le goût cuivré de leur sang recouvrant ma langue.

Je jetai un œil au vieil homme buriné, me demandant quel genre de créature il pouvait être. Peu importait, j'aurais dû ressentir de la rage furieuse à ce moment. Il venait tout juste d'admettre avoir mangé des humains. Peut-être que je ne sentais rien parce que cela faisait longtemps. Avant même la création des lois. Ou, peut-être que les effets secondaires des brûlures provoquaient une incapacité à sentir quoi que ce soit. Peut-être que c'était ce que voulait dire ma mère sur le fait d'être calme.

— Plus que ça, le ciel me manque, ajouta-t-il.

Ses épaules s'affaissèrent un peu plus.

— Mes ailes sont desséchées et ratatinées. Je peux à peine quitter le continent pour atteindre l'île maintenant. Il y a quatre cents ans, j'aurais pu voler autour du monde sous ma vraie forme.

Cet aveu confirma ma vieille théorie. Pourtant, je ne pus m'empêcher d'avoir l'impression que mon autre théorie était également confirmée.

— Pourquoi ne pas se rendre dans un endroit reclus pour voler ? demandai-je.

Il ricana.

— Les humains sont partout.

— Et pourquoi ne pas aller dans une des villes comme Uttira ? J'ai entendu qu'on pouvait prendre nos vraies formes ouvertement là-bas.

Il tourna son visage anguleux vers moi et prit un air renfrogné.

— Échanger ma liberté de voler pour ma liberté de me déplacer ne résoudrait rien. Ma vie, celle de tous les dragons, ne signifie rien à présent. Nous n'avons pas de place dans ce monde.

Le barman revint avec un burger, qu'il posa devant le vieil homme. Pendant que ce dernier soulevait son pain pour inspecter la nourriture, le patron me servit un verre de soda de couleur blanche.

— Tout va bien avec le burger, Magroal ? demanda-t-il.

Le vieux type reposa le pain.

— Aussi bien que de la chair animale adulte tuée à l'ancienne peut l'être.

Le barman acquiesça et prit un verre à moitié rempli laissé de l'autre côté du vieil homme et partit dans l'arrière-boutique. Magroal mordit une grande bouchée de son burger, mâcha méthodiquement, et avala. La nourriture avait une odeur délicieuse. Si ça avait été moi qui le mangeais, j'aurais émis des gémissements d'appréciation. Enfin, pas ici, mais dans n'importe quel autre endroit qui servait des cheeseburgers au bacon.

Il termina son burger en trois bouchées, laissa de l'argent sur le comptoir et partit. Ses frites et son verre étaient intacts. Je regardai autour de moi le reste du bar.

Oanen parlait encore à la femme moche. Il y avait un autre type âgé dans un box, et quelque chose dans ses yeux rouges qui m'observaient me faisait demeurer dans mon siège.

Je perdais vraiment avantage.

Mon ventre gronda et je regardai à nouveau les restes du repas du vieux gars, tentée de voler une frite. Je tendis le bras et tournai l'assiette.

— Megan, appela Oanen avec une voix d'avertissement depuis l'autre côté de la pièce.

Je me serais retournée vers lui en souriant si je n'avais pas capté les taches vertes de poudre sur le bord de l'assiette.

— Oanen, il y a de la poudre, là.

Il se précipita à mes côtés. Au lieu de regarder ce que je désignais, il me prit par les épaules.

— Est-ce que tu en as mangé ?

De l'inquiétude emplissait ses traits.

— Bien sûr que non.

Son regard fouilla le mien, puis il me relâcha et examina l'assiette.

Le barman sortit de la cuisine. Oanen lui fit signe et montra la poudre.

— C'est à nouveau arrivé. Avez-vous quelqu'un derrière que nous pourrions emprunter ?

— Emprunter ? demandai-je.

— Nous avons besoin de quelqu'un pour manger ça et le suivre.

— Ouais, répondit le barman. J'ai quelqu'un. Il faut qu'il revienne, cependant. C'est mon neveu et il fait la plonge.

Je ne pouvais pas dire quelle partie était plus importante pour lui. Son lien avec le garçon ou le fait qu'il faisait la vaisselle.

— Tek ! Viens ici !

Un jeune d'homme d'à peu près notre âge apparut depuis l'arrière-boutique.

— Mange ça, ordonna son oncle.

— Les frites ?

— Non. La poudre dans l'assiette.

— Pourquoi ? Ça ne vient pas de moi. Je sais que l'assiette était clean quand tu l'as prise.

— Ce n'est pas une punition. Contente-toi de manger ce truc, bon sang.

Le garçon lécha son doigt, le tapota dans les quelques granules de poudre, puis le passa sur sa langue. Nous l'observâmes tous, attendant.

— Ça n'a pas de goût, dit-il avec quelques longues secondes.

— Combien de temps a-t-il fallu pour que ça fonctionne ? demanda Oanen.

— Le type a mangé tout son burger. Je ne suis parvenue qu'à prendre quelques bouchées.

Je haussai des épaules.

— Je n'en ai aucune idée.

Nous regardâmes tous les deux Tek.

— Que ça fonctionne ? demanda-t-il. C'est quoi ce truc ?

— Un sort qui t'attire dans un certain endroit, répondit Oanen.

— Vous m'avez fait manger un sort et vous ne savez même pas ce qu'il fait ? demanda Tek, semblant un peu nerveux à présent.

Oanen l'ignora et se concentra sur le barman.

— Qui était-il ? Le gars assis là.

— Magroal. Un dragon. Il habite sur une des îles, cependant je ne suis pas sûr de laquelle.

— Le Conseil a déjà fait appel à Raider pour renifler un tueur, dis-je. Ne peut-on pas faire pareil pour voir s'il peut suivre la piste de Magroal ?

Le barman ricana.

— Dans New York ? Bonne chance.

Oanen secoua la tête.

— Il y a bien trop d'odeurs ici. Nous ne pisterions personne de cette façon.

— D'accord. Alors comment cette poudre est-elle arrivée sur le burger ? Peut-être qu'on pourrait trouver quelque chose ainsi.

Oanen et moi retournâmes visionner les images des caméras. Il ne fallut pas longtemps pour revoir les trente minutes qui avaient défilé depuis notre arrivée. Ce faisant, je fus stupéfaite.

Je nous observai entrer. Oanen partit vers la nana moche et moi au comptoir pour rejoindre les deux hommes qui y étaient installés. Deux. Directement de l'autre côté du vieux dragon était assis l'homme à capuche.

— Comment ? dis-je. Nous ne l'avons pas vu.

— Un sort puissant, répondit Oanen avec un air sombre. Il sait que nous le cherchons.

Alors que nous regardions, le vieux dragon souleva son pain.

L'homme encapuchonné tendit le bras et saupoudra la nourriture pendant que le vieux dragon parlait au barman. Au lieu de se lever et partir, il attendit que le dragon finisse son burger, puis quitta son siège avec lui et le suivit vers la sortie.

— Attends, dit Oanen en changeant les angles des caméras. Là.

Il mit l'enregistrement en pause. Cette fois, un des appareils avait capté une image claire du visage de l'homme à capuche. Il était plus jeune, juste un peu plus vieux qu'Oanen et moi. Nous avions finalement une image de lui.

Je sortis mon téléphone et le pris en photos.

— Il est temps d'aller visiter le Tabernam, lançai-je.

Nous vérifiâmes l'état de Tek avant de partir. Il semblait toujours résister.

— Probablement à cause de la faible dose, dit Oanen. Gardez un œil sur lui et appelez-moi si quoi que ce soit change.

Le barman acquiesça.

Dehors, Oanen hésita sur le trottoir, me jetant un regard avant de scruter le ciel.

— Je suis d'accord, dis-je. Tu devrais voler pour voir si tu le repères. Il n'a pas pu aller si loin.

— Non, on reste ensemble.

— Tout ira bien, Oanen. Je conduirai directement jusqu'au Tabernam.

— Jusqu'à ce que quelqu'un te distrait. Non. On reste ensemble. Toujours.

Je ne protestai pas alors qu'il continuait vers la voiture. Il avait raison. Si ma rage se réveillait, il y avait des choses que je quitte la route pour essayer de m'en prendre au responsable. Mais, étant donné ce que je ressentais, je doutais que ça arrive. Et ce n'était pas quelque chose que j'allais mentionner à Oanen.

Le trajet jusqu'au Tabernam ne prit pas longtemps, et lorsque nous entrâmes dans la boutique, la femme avança de derrière le comptoir pour nous accueillir.

— Exécuteur. Furie, dit-elle un peu trop fort. En quoi puis-je vous aider ?

Je sortis mon téléphone et lui montrai la photo de l'homme à capuche.

— L'avez-vous déjà vu ?

— Oui. Il est venu il y a quelques semaines. Je ne l'ai pas revu depuis, cependant. Et avant que vous le demandiez, je ne connais pas son nom et je ne sais pas où il habite. Tout ce que je peux vous donner, c'est la liste d'ingrédients qu'il a achetés.

— Bien, dit Oanen. Envoyez la liste au Conseil. Si vous le revoyez, appelez immédiatement le Conseil.

— Oui, exécuteur.

Oanen acquiesça et avec sa main dans mon dos, nous partîmes.

— Tu n'as pas cru à ces conneries, n'est-ce pas ? demandai-je.

— Une bonne partie. Je crois qu'elle a dit la vérité sur le fait de ne pas savoir son nom ou son adresse. Mais je pense aussi qu'elle connaît quelqu'un qui saurait. Et que ce quelqu'un était probablement dans la boutique.

Nous restâmes assis dans la voiture pendant plus d'une heure, attendant que quelqu'un émerge, cependant personne ne sortit.

— Est-ce qu'on y retourne ?

— Non. Celui ou celle qu'elle a prévenu est déjà probablement parti par une autre sortie.

Il démarra le moteur et se mêla à la circulation fluide.

— Nous avons sa photo et nous savons qu'il fait partie de la communauté non humaine, puisqu'il était au Gizzard. Et, il sait évidemment déjà que nous le cherchons s'il utilise un sort de dissimulation. Donc, commençons à visiter tous les endroits secrets non humains pour poser des questions. Quelqu'un va forcément le reconnaître.

Oanen me jeta un regard en coin ironique.

— On est à New York. Sais-tu combien d'endroits il existe qui pourvoient aux besoins des non-humains ? Et combien servent les deux ? Il nous faudrait des semaines de recherche.

— Alors, autant commencer tout de suite.

UN AUTRE APPEL de bonne heure me réveilla.

— Nous devons laisser nos portables dans la cuisine et sur silencieux, à partir de maintenant, marmonnai-je contre mon oreiller.

— Ça ne nous aiderait pas à partir d'ici au plus vite.

Oanen gloussa tout en sortant du lit pour répondre.

— Allô, dit-il en quittant la chambre.

J'avais beau avoir envie de me rendormir, je savais qu'il avait raison. Nous avions passé la journée précédente à aller d'endroit en endroit, montrant la photo de l'homme à capuche. La plupart du temps, tout le monde prétendait ne pas l'avoir vu. Dans quelques-uns des établissements, on l'avait remarqué, cependant personne ne savait qui il était. Malgré tout, j'avais noté une habitude qui aiderait à restreindre les recherches. L'homme à capuche aimait s'encanailler et ne semblait visiter que les lieux fréquentés par les anciens ou les démunis.

Grâce à ce petit bout d'information, Oanen et moi nous attendions à quelques jours de plus de recherche au lieu de quelques semaines.

Je descendis du lit et m'enfermai dans la salle de bain. Me brosser les dents fut une corvée. Des cercles noirs entouraient mes yeux. Nous étions restés dehors trop tard et j'avais une sale tête à cause de ça. Mais je ne devrais pas. Une nuit blanche ne devrait pas m'affecter du tout physiquement.

Tandis que je me déshabillais pour aller à la douche, je vérifiais mes brûlures. Elles n'avaient pas meilleure mine.

Je me glissai sous l'eau avec un soupir et commençai à me laver.

La porte s'ouvrit.

— Mauvaise nouvelle, lança Oanen. Il y a eu un autre mort. Un dragon, cette fois.

— Quelle surprise !

— C'en est une, en fait. C'est arrivé il y a quelques jours, mais le corps n'a été découvert que ce matin.

— Donc ce n'est pas le dragon d'hier.

— Apparemment pas. Mets des vêtements chauds. Nous devons y aller en volant cette fois.

La porte se ferma et je me dépêchai de terminer ma douche. J'étais un peu contrariée qu'il ne s'agisse pas du dragon de la veille. Non pas que je voulais qu'il meure, cependant si ça avait été lui, ça aurait lavé le nom de Nicolette. Je ne croyais pas l'excuse du Conseil pour la garder à Uttira.

Néanmoins, laver le nom de la mère d'Eliana n'aurait pas résolu mon plus gros problème. Je devais trouver le moyen de ne pas mourir et ne pas tuer mémé Irene avant d'aller lui parler.

Heureusement, mon espoir de retrouver le tueur hier avait été trop ambitieux. La ville était grande et la communauté non humaine trop méfiante. Ce qui signifiait que j'avais plus de temps. Ça signifiait également que l'inquiétude d'Oanen ne ferait que grandir.

Il n'avait rien dit quand j'avais commencé à bâiller à vingt heures la nuit dernière. Il s'était seulement arrêté au magasin du coin, comme demandé, pour prendre de quoi petit-déjeuner chez nous sans avoir à sortir. Ça ne me dérangeait pas de manger dans des restaurants, cependant je ne voulais pas perdre plus de temps que nécessaire... plus pour le bien d'Eliana que pour le mien.

Un bol de céréales et quinze minutes plus tard, je me tenais sur le balcon, les vêtements d'Oanen déjà dans le sac sur mon dos. Il se transforma rapidement et plia un genou.

— Tu me rends nerveuse lorsque tu ne prends pas un petit-déjeuner, dis-je en montant.

Il tourna la tête pour me regarder.

— J'ai peur qu'un pauvre lapin te distraie en plein milieu du vol.

Il claqua son bec dans ma direction et mordit l'ourlet de mon jean. Je souris.

— Allez, mec à plumes, avant que tu aies encore plus faim.

Les plumes autour de son cou s'ébouriffèrent un peu avant qu'il bondisse dans les airs avec assez de force pour me faire pousser un cri.

Le vol jusqu'à l'île ne prit pas longtemps. Située entre deux étendues d'eau, elle était assez grande pour contenir deux immeubles, mais était luxuriante de végétation à la place. Oanen tourna en rond, descendant plus à chaque passage. Au troisième, nous étions assez bas pour que j'aperçoive des bouts de ciment et d'acier dans le vert. Il atterrit en haut d'un bâtiment qui avait un grand trou dans son toit.

J'hésitai à descendre lorsqu'Oanen plia la jambe.

— Je ferais mieux de ne pas glisser, dis-je. J'imagine que tomber dans cet immeuble serait aussi mauvais que tomber dans un lac.

Il tira sur la jambe de mon pantalon avec son bec et je glissai de son dos. Il retrouva sa peau humaine et croisa les bras, me jetant un regard prêt à me faire la leçon.

— Tu n'es pas autorisé à me sermonner tout en étant à poil. Ça m'empêche de me concentrer, dis-je en lui lançant le sac avant de me retourner.

— Tu penses que je chasserais un lapin alors que tu es sur mon dos ? demanda-t-il.

— Berk. Tu mangerais vraiment un lapin cru ? le taquinai-je en l'écoutant refermer son pantalon.

— Un peu de céréales dans le ventre, murmura-t-il à mon oreille, et tu ne fais que causer des problèmes.

Je me tournai et l'embrassai légèrement.

— Tu m'aimes comme ça.

— Oui.

Il enroula ses bras autour de moi et m'embrassa plus fermement avant de reculer.

Je frissonnai légèrement, et cela n'avait rien à voir avec ce baiser faisant recroqueviller mes orteils.

— Allons te mettre à l'intérieur.

Il me guida vers la sortie sur le toit et ouvrit la porte.

— Le trou n'est pas réel, dit-il. Tu aurais dû sentir le picotement de magie à notre atterrissage.

Je grimaçai, cependant il ne dit rien d'autre, ce qui m'inquiéta plus que toute remontrance.

À l'intérieur, le bâtiment avait l'air assez sympa. Bien mieux que celui des trolls.

Nous descendîmes une volée de marches bien éclairées jusqu'au vestibule.

— Troisième porte sur la gauche, dit Oanen.

Je le suivis vers la porte ouverte et m'arrêtai vivement à cause de l'odeur. Oanen fronça légèrement les sourcils et avança plus loin dans la pièce. Je me couvris le nez et la bouche avec ma main et le talonnai.

L'homme était étendu sur son canapé, sa position sur le ventre paisible. Le sourire serein sur son visage semblait déplacé. Probablement à cause de l'air renfrogné entre ses yeux.

— Il est mort depuis plusieurs jours, c'est sûr, dit Oanen en relevant la manche de l'homme et en regardant sous son bras assombri.

J'observai la pièce autour de moi tandis qu'il continuait à inspecter le corps. Chaque élément du mobilier avait l'air ancien. Vraiment ancien. Mais tous bien entretenus. Je n'y connaissais pas grand-chose en antiquités, cependant les éléments semblaient provenir de différentes périodes.

— Je ne comprends pas, dis-je, ma manche étouffant mes mots. Pourquoi passer du meurtre de trolls au meurtre de dragon ? Mis à part que ce sont tous des hommes qui meurent en souriant, il n'y a aucun lien.

— Aucun lien que nous voyons, corrigea Oanen.

Ma manche cessa de fonctionner et j'eus un haut-le-cœur.

— Je serai sur le toit, dis-je en remontant une marche.

Oanen riva ses yeux sur moi et ouvrit la bouche. Cependant, quoiqu'il y vit en me regardant fit changer son expression.

— Je ne serai pas long. Reste là-haut et ne ferme pas la porte que je puisse t'entendre. Un peu d'air frais fera du bien à cet endroit.

J'acquiesçai et filai avant de vomir sur la scène de crime.

C H A P I T R E   O N Z E

— *Tu es sûre que ça va ?* demanda Eliana à nouveau.

— Je vais bien. Tu aurais eu le souffle coupé et tu aurais tremblé aussi si tu avais inhalé les effluves d'un dragon mort depuis quatre jours.

Mon estomac se retourna maladivement.

— C'est une odeur que je n'oublierai jamais. Je ne sais pas comment Oanen fait pour rester en bas. Il va avoir besoin d'une douche après ça.

— *J'aime les douches !* hurla une voix aiguë dans le fond.

Eliana poussa un soupir éprouvé.

— *Pitié, dis-moi que vous vous rapprochez de découvrir qui a vraiment fait ça.*

— J'aimerais. Ça aurait été génial si ce dragon venait de mourir.

— *Hein ?*

— Ça aurait été une preuve claire que ta mère n'est pas responsable.

— *Oh, ouais. Eh bien, pas que je souhaite de nouvelles morts, mais tu as raison. Ce serait opportun.*

— Comment ça se passe ? Est-ce que c'est une bonne mère ?

— *Absolument. C'est la maman succube parfaite. Elle m'a ramené tout un assortiment de jouets hier. Et je ne parle pas d'ours en peluche. Même si elle m'a assuré qu'elle me trouverait rapidement un gros nounours. Pas du genre rembourré.*

Elle baissa la voix.

— *Je crains de...*

Je donnai un coup de pied rageur sur le rebord du toit lorsque le silence s'étendit. Ma haine pour le Conseil ne faisait qu'augmenter.

— Je suis sûre que le Conseil comprendrait le matricide dans de telles circonstances, plaisantai-je, désespérée d'alléger l'atmosphère.

Eliana lâcha un petit rire.

— *Je ferais mieux d'aller vérifier comment va Elbner. Moins je suis chez moi à être inondée de l'affection de ma mère et de ses sages conseils, mieux c'est.*

— Fais-moi savoir si Piepen ou lui ont quelque chose d'utile à raconter.

— *Oui.*

Lorsque je raccrochai et me tournai, Oanen était appuyé contre la porte.

— Tu te sens mieux ? demanda-t-il.

— Oui.

Il avança d'un pas vers moi et je levai une main.

— Tu ne sens pas comme lui, n'est-ce pas ?

Oanen pencha la tête et m'examina, de l'inquiétude voilant son regard.

— Tu n'as jamais été sensible.

— Faux. Voir du sang et du gore, je peux gérer. Voir Aubrey manger quelqu'un, même si c'est dégueu, ce n'était pas un problème. Voir Trammer se faire exploser la cervelle m'a contrarié à cause d'Ashlyn, pas à cause de la vision explicite. Voir l'oracle engloutir des sirènes en entier ? Eh bien, c'était juste marrant. Mais, dans toutes ces situations, pas une seule fois, j'ai été exposée à l'odeur qu'il y a là-dedans. Je ne suis pas une âme sensible visuellement. C'est une question de nez. Alors, arrête de t'inquiéter et dis-moi que tu as trouvé quelque chose qui nous aidera à comprendre tout ça plus vite.

— Oui. C'est le dragon à qui tu as piqué le burger, le premier jour.

Je fronçai les sourcils.

— Ça veut dire qu'il a dû recroiser le mec à capuche après ça. C'est une fenêtre de trois jours.

— Trois jours d'images que nous avons déjà visionnées au Gizzard.

— Merde. Comment est-on supposés trouver ce type ?

J'arpentai le toit un moment.

— Nous avons identifié la victime, nous avons un suspect, et nous connaissons le laps de temps. Je dis que nous continuons à poser des questions. Sauf que cette fois, nous avons plus de détails.

Ça ne devrait pas être si difficile. Du moins, pas de la façon dont je pensais les choses.

Cependant, un jour plus tard, nous n'étions pas plus proches de trouver l'homme à la capuche.

— Tu es à cran à nouveau, observa Oanen alors que je jetais ma brosse à cheveux sur le comptoir de la coiffeuse.

Je lui lançai un regard qui disait « Et alors ? ».

— Il est bientôt midi et j'ai faim.

Il secoua la tête, ne croyant pas à mon explication.

— Depuis qu'on est ici, ton état empire dès que tu es nerveuse.

Je soupirai lentement et essayai d'ignorer l'agacement qui avait commencé à ramper sous ma peau la nuit dernière. Nous étions parvenus à rester dehors jusqu'à trois heures du matin avant que je dise que j'avais besoin de sommeil.

— Je vais...

— Tu vas bien, je sais.

Il se redressa de l'encadrement de la porte.

— Sortons prendre un petit-déjeuner. On posera des questions tout en mangeant.

J'acquiesçai et le suivis hors de l'appartement.

Dans la rue, je pus capter des volutes de malveillance. Rien pour me réveiller, toutefois suffisamment pour me faire penser que j'avais eu raison la veille. Dès que j'avais une brûlure, ma capacité à sentir les êtres malfaisants semblait être réprimée pendant un moment. Et Oanen avait remarqué ce schéma avant moi.

Le trajet jusqu'au restaurant était calme, à part le ding du téléphone d'Oanen.

— Tu veux que je regarde ? demandai-je.

— Nan. Ça peut attendre après le petit-déjeuner.

— Tu penses que c'est un autre cadavre, n'est-ce pas ?

— En effet.

Je fouillai dans sa poche et sortis son portable. Il n'essaya pas de m'empêcher de parcourir le message.

— Un autre dragon, dis-je, glissant le téléphone dans sa poche. Le même bâtiment que l'autre.

Je regardai par la fenêtre.

— Et ta mère veut savoir si je vais mieux.

— Tu es en colère ? demanda-t-il après un moment.

— Non. Je comprends que tu t'inquiètes et j'en suis désolée.

Nous ne dîmes rien de plus jusqu'à ce qu'il s'arrête devant le restaurant qui nous était maintenant familier. Oanen m'attrapa la main avant que je puisse tendre le bras vers la portière.

— Ne sois pas désolée, Megan. Laisse-moi simplement t'aider.

— Tu m'aides.

Je me penchai en avant et l'embrassai légèrement. De l'inquiétude à la limite de la peur me consuma puis disparut.

À ce moment, je suis que j'avais des problèmes. Cela n'avait aucun rapport avec le fait de tuer ma grand-mère ou les brûlures, mais tout à voir avec mon cœur. J'aimais Oanen. Tellement que ça me faisait mal de respirer.

— Tu as pâli d'un coup.

— Évidemment que oui, répliquai-je en tendant le bras et

passant doucement mes doigts dans ses cheveux. Tu étais dans ma tête.

Il ferma brièvement les yeux.

— Je suis navré. Je ne voulais pas laisser ça s'échapper.

— Ne sois pas désolé parce que tu t'inquiètes, Oanen.

J'expirai profondément et posai ma tête sur son épaule.

— Il me tarde que tout ça soit fini. J'ai envie de rentrer et de peindre notre maison avec des couleurs arc-en-ciel et de rendre nerveux le Conseil, juste pour m'amuser.

Il gronda un demi-rire et caressa mes cheveux de sa main. Nous nous réconfortions l'un l'autre pendant un moment de calme avant que je recule.

— Rester assis là ne va pas faire réaliser mes rêves plus vite. Allons manger, que nous puissions voir ce corps avant qu'il commence à sentir.

Ses lèvres tressaillirent et il sortit pour m'ouvrir la portière.

— Venant de n'importe qui d'autre, cette phrase pourrait m'inquiéter.

Je me dressai sur la pointe des pieds et déposai un baiser sur sa joue.

— Ça signifie juste que les filles tordues sont ton genre.

Les volutes d'agacement s'intensifièrent au moment où Oanen ouvrit la porte de l'établissement pour moi. La jouant décontractée, je n'hésitai pas. J'avançai directement vers un box libre et m'y laissai tomber. Oanen se glissa en face de moi et attrapa un exemplaire dans le porte-menu. Il essaya de me tendre la feuille seule et laminée, mais je secouai la tête.

— Je sais déjà ce que je veux, dis-je. Tu es sûr que ce n'est pas grave si on mange d'abord ?

— J'ai retenu la leçon depuis la dernière fois où on est partis sans te nourrir. En plus, ce n'est pas comme si le type pouvait aller quelque part.

La même serveuse que l'autre fois vint à notre table et posa deux verres d'eau devant nous.

— Je sais ce que je veux, dis-je avant qu'elle reparte.

— Très bien. Qu'est-ce que je peux vous amener ?

— Deux œufs, tournés. Du bacon. Une double ration. Des galettes de pommes de terre avec des oignons et du fromage. Et des pancakes en accompagnements.

— Entendu.

Elle posa son attention sur Oanen sans rien écrire ;

— Vous savez ce que vous voulez ?

— Même chose, s'il vous plaît.

Elle acquiesça et retourna dans la cuisine.

— Je vais poser des questions le temps que nos plats arrivent, annonça Oanen. Ne quitte pas cette table.

Il prit son téléphone et alluma la caméra, l'utilisant pour scanner la pièce. Il me fallut un moment pour comprendre qu'il faisait ça pour voir si le type à capuche était dans le restaurant avec nous.

— Intelligent et beau gosse, dis-je. Peut-être que je vais te garder.

Il me fit un clin d'œil et quitta notre box. Je gardai un œil sur lui alors qu'il se baladait dans le restaurant, montrant la photo aux clients. Je n'étais pas la seule qui le surveillait, cependant. La serveuse l'observait avec attention également. Avec de la chance, elle ne pensait pas à essayer de nous mettre dehors pour avoir dérangé les clients ou autre. Je voulais ma bouffe.

Le portable dans ma poche vibra, et je le sortis, m'attendant à un message d'Eliana. Au lieu de ça, je vis le numéro de ma mère.

La rumeur dit que tu n'as pas encore quitté la ville. Pour ton bien, il vaudrait mieux qu'elle soit infondée.

Ma colère se réveilla. L'ancienne moi aurait été légèrement intimidée par ce genre de message. Pas la nouvelle, abandonnée et qui était passée à autre chose.

Ta carte de mère a expiré le jour où tu m'as larguée à Uttira. Arrête de te comporter comme si tu te souciais de moi.

J'observai le téléphone, attendant une réponse, mais rien ne vint.

Oanen se glissa dans le box.

— Encore Eliana ? demanda-t-il.

Je fus sauvée et empêchée de répondre par l'arrivée de la serveuse.

Elle posa nos assiettes et ma bouche saliva d'impatience. J'étais tellement concentrée sur la nourriture que je faillis ne pas la voir poser une main sur l'épaule d'Oanen.

— L'assiette est chaude. Faites attention.

Elle s'éloigna avant que je puisse décider si je la trouvais trop tactile.

Oanen tendit la main et toucha son assiette. Avec un froncement, il prit sa fourchette et commença à manger.

— Pourquoi fronces-tu les sourcils ? demandai-je en saisissant la mienne.

Il mâchouilla lentement et fit un signe de tête vers mon plat. Je pris une bouchée et manquai de grogner. C'était si bon. Ou peut-être que j'avais juste vraiment faim.

— Tiens, dit Oanen en levant une fourchetée de son assiette vers moi. Tu penses que les œufs sont bons ? Essaie les galettes.

Je déglutis et ouvris la bouche, plus que volontaire pour manger un peu de sa part. Et je faillis cracher les galettes glacées dès que ma bouche se referma sur sa fourchette. Seule la légère pression du pied d'Oanen au-dessus du mien m'en empêcha. Je mâchai rapidement et avalai.

— Tu es un homme merveilleux pour partager ta nourriture comme ça.

Ses lèvres tressaillirent et il continua à avaler son repas froid. Après un moment et une autre pression sur mon pied, je mangeai ma propre assiette.

Qu'est-ce qui clochait avec cette terrible serveuse ? Son assiette était loin d'être chaude. Elle l'avait même probablement fourrée dans le congélateur. Ça expliquerait pourquoi il avait fallu si longtemps pour l'amener.

Je mâchai et observai Oanen tourner son assiette pour attaquer ses œufs. Puis à nouveau pour le bacon. Je n'avais jamais remarqué ce tic auparavant. Lorsqu'il termina son assiette, il tira l'assiette de pancakes vers lui tout en repoussant la froide vers moi.

— As-tu bientôt fini ? demandai-je après la première bouchée.

Je ne jouais pas avec ma nourriture. Malgré l'étrangeté de ce repas, j'avais rapidement décimé la mienne.

— Ouaip. Pas de quoi se presser, cependant. J'aime t'observer manger.

Son regard vacilla vers le mien, du doré envahissant le bleu.

— Je ne sais même pas où ton esprit a dérivé à l'instant, mais garde cette info pour toi.

Ses lèvres tressaillirent et il sortit son portefeuille pour laisser de l'argent sur la table.

— Allons-y, fauteuse de trouble.

— Hé, j'ai été un vrai ange cette fois.

Je le suivis hors du restaurant et montai dans la voiture. Il fit le tour et grimpa plus rapidement que d'habitude.

— On est pressés ? demandai-je.

— Peut-être.

Il démarra la voiture et s'engagea dans la circulation avant de mettre la main à sa poche et de sortir un bout de papier plié.

— Qu'est-ce que ça dit ? demanda-t-il.

Il tapota ses doigts sur le volant pour montrer son agitation.

Je regardai le mot.

— C'est une adresse. Rien de plus. Où as-tu eu ça ?

— La serveuse. C'est tombé sur mes genoux lorsque j'ai bougé l'assiette froide.

— Elle t'observait pendant que tu montrais la photo du type à capuche, dis-je. Penses-tu que c'est son adresse ?

— Oui. Elle nous a dit de faire attention. Ce n'était clairement pas parce que l'assiette était chaude.

— Le cadavre ou la mystérieuse adresse ? demandai-je, plus à moi-même.

Voir le corps tout de suite signifiait réduire les odeurs et innocenter Nicolette plus vite, si nous pouvions prouver qu'il était mort après qu'Adira l'ait emmenée. Vérifier l'adresse signifiait trouver le tueur, innocenter Nicolette et se rendre auprès de mon arrière-grand-mère plus vite. Une chose à laquelle je n'étais pas préparée.

— Le corps, dis-je.

— La mystérieuse adresse, lança-t-il en même temps.

Il me jeta un regard.

— Tu ne penses pas que nous devrions vérifier l'adresse en premier ? demanda-t-il.

— Non. Je n'ai pas confiance en cette serveuse. Et si c'était une embuscade et que quelqu'un nous attendait ? Les personnes impatientes font des erreurs. Autant les faire attendre et les agiter.

Il se concentra sur la route et resta silencieux un moment.

— Est-ce la seule raison ?

— Non. Je veux aussi laver le nom de Nicolette pour Eliana. On ne peut pas dire que trouver ce mec à capuche, sans prouver que le meurtre a été commis alors que Nicolette était à Uttira, entraînera la libération de celle-ci. Nous avons besoin que ce type avoue. Et, honnêtement, je ne suis pas sûre d'être prête à tirer les vers du nez de qui que ce soit pour l'instant.

— Tu as raison. On vérifie le corps d'abord.

Cette fois, au lieu de s'envoler depuis l'appartement, il roula jusqu'à Port Morris et trouva un endroit calme où se garer.

— Comment va-t-on faire ? Les nuages sont plus hauts aujourd'hui.

— On va voler et bas et vite. L'île est juste là.

Il la montra, juste au large de la côte. Je pouvais voir des bouts du bâtiment en ruines de là où j'étais, et je me demandais si c'était une autre illusion.

Un froissement d'habits fut le seul avertissement que j'eus avant que le pantalon d'Oanen atterrisse sur ma tête.

— Tu es bizarre, tu le sais, ça ? dis-je.

— Sois juste reconnaissante que je ne porte pas de sous-vêtements.

— Berk. Et en aucun cas, tu ne dois commencer à en mettre, répliquai-je.

— Parce que cette vue impressionnante te manquerait ? demanda-t-il à mon oreille.

Je frissonnai, et cette fois c'était en rapport avec sa proximité, alors qu'il me contournait et posait le reste de ses vêtements dans mes bras.

— Je n'en sais rien, nuançai-je. Je n'ai jamais vraiment vu quoi que ce soit d'impressionnant.

Il gloussa d'une voix grave à mon oreille.

— Là, tu es juste méchante. Prête à me chevaucher, furie ?

Une rougeur bourgeonna sur mon visage et fonça jusqu'à mes orteils. Le désir submergea mon esprit avant de disparaître une seconde plus tard, lorsque la tête emplumée d'Oanen me poussa dans le dos.

— Oui. Attends. Ce dernier commentaire m'a volé ma capacité à parler et j'ai encore besoin de ranger tes vêtements.

Je pris un moment pour éventer mon visage, puis remplis le sac à dos.

Le trajet jusqu'à l'île fut aussi rapide que promis. Et le vent glacial sur mon visage était en fait agréable, cette fois.

Quand nous atterrîmes sur le même toit qu'auparavant, je n'hésitai pas à descendre, lâcher le sac et faire face à la porte. Le gloussement grave et complice d'Oanen entretint ma rougeur pendant quelques instants supplémentaires alors qu'il s'habillait.

— J'aime ça, dit-il en me tournant dans ses bras.

Je jetai un rapide coup d'œil et vis que tout avait été caché.

— Déçue ? demanda-t-il.

— Soulagée. J'ai l'impression que mon visage est sur le point de prendre feu.

— C'est presque aussi séduisant que lorsque tes yeux brillent.

Il embrassa le bout de mon nez puis me guida vers la porte.

— Ce ne sera pas aussi mauvais cette fois, promit-il.

— Ça veut dire que l'autre corps n'est plus là ?

— Oui.

— Qui l'a pris ? demandai-je.

— Nous avons notre propre version des pompes funèbres et de croque-morts.

— Nan. N'en dis pas plus. Je ne veux pas savoir.

Nous descendîmes une seule volée de marches et nous rendîmes à un autre appartement au même étage que la veille. Nous ne dépassâmes pas la première porte du couloir cette fois.

— C'est ici, dit-il.

Il ouvrit et entra. Heureusement, il n'y avait aucune odeur. Je parcourus du regard l'appartement nu, remarquant que, contrairement à l'autre, son habitant ne collectionnait pas grand-chose. Cependant, je notai des bosselures dans le tapis.

— Est-ce que quelqu'un a déjà vidé l'endroit ? demandai-je.

Oanen prit quelques photos des bosselures avec son téléphone et passa un peu de temps à examiner les motifs du sol.

— Je vais demander plus d'informations.

Il se déplaça vers le séjour. Comme une bonne petite ombre, je le talonnai de près.

Nous trouvâmes le dragon dans la chambre. Le lit avait été proprement fait sous lui et un papier plié attendait sur la table de nuit.

Exécuteur,
Arrête de le chercher. Il nous rend service à tous.
Magroal.

JE REGARDAI le visage souriant du dragon, essayant de le rapprocher avec le dragon amer rencontré la veille.

— C'est celui qui a mangé le burger et est parti. Appelle le Conseil. Je suis témoin oculaire, je l'ai vu après que Nicolette ait été embarquée. En plus, avec cette note, ils doivent la libérer.

Oanen acquiesça, mais continua son examen du type et de la chambre. Alors que j'attendais, j'envoyai un SMS à Eliana.

La liberté n'est plus qu'à un coup de fil. Prépare-toi à dire au revoir à ta chère maman !

J'attendis sa réponse, cependant rien ne vint. Une boule d'inquiétude se forma dans mon estomac. On parlait de la fille qui avait couru hors de son cours pour répondre à mon appel.

Tout va bien ? écrivis-je après trois minutes.

Tout va bien. On se revoit bientôt, j'espère.

Soulagée, je rangeai mon téléphone et partis regarder par la fenêtre. Nicolette serait innocentée aujourd'hui et je n'avais toujours pas de plan. Cependant, ça n'avait pas vraiment d'importance. Alors que je pouvais déjà prédire ce que serait la réaction d'Oanen, l'ultime décision quant à la suite me revenait. Et il était hors de question que je tue quelqu'un juste pour survivre.

— C'était un grand soupir. Prête à y aller ? demanda Oanen.

— Ouais. As-tu appelé le Conseil ?

— Pas encore. J'allais attendre d'être de retour dans la voiture.

Il n'y eut pas de strip-tease provocateur sur le toit, ce qui fit que le trajet retour jusqu'à Port Morris fut plus froid.

Avant même d'atterrir, je sentis un brin de malveillance m'appeler. Il grandit à chaque battement des ailes massives d'Oanen. Je me préparais à accueillir cette traction.

Dès qu'Oanen atterrit, je glissai de son dos et filai vers la voiture. À la dernière minute, je jetai le sac à dos sur le sol puis claquai la portière. Fermant les yeux, j'essayai de me concentrer.

— Retiens. Ne lâche pas, me marmonnai-je.

L'intensité de la malveillance que je ressentais rampa sous ma peau. Elle suppliait mon attention. Elle demandait mon intervention.

— Tu peux le faire. Tu peux te retenir.

La portière de la voiture grinça. Mes yeux s'ouvrirent et je dévisageai Oanen. La lueur orange se reflétant sur ses traits disait tout.

— Est-ce que tout va bien ? demanda-t-il calmement, affichant avec prudence un visage neutre.

— Non, je dois aller aux toilettes. Grimpe, qu'on puisse y aller.

Il pencha la tête tout en montant lentement.

— Tu viens de me mentir.

— Stupide détecteur de mensonges. Dépêche-toi, c'est tout, Oanen. Il faut y aller.

Il démarra la voiture et fit demi-tour. Je refusais de regarder l'homme qui descendait lentement la petite rue vers nous.

— J'essaie d'être patient, lança calmement Oanen. J'essaie d'être compréhensif. Mais c'est difficile quand tu ne me dis pas ce qu'il se passe. Ou pire. Quand tu me mens.

Plus nous mettions de la distance entre l'homme qui descendait la rue et la voiture, plus il était facile de penser clairement. Ça ne signifiait pas que j'étais hors de danger. Je pouvais à présent sentir les volutes de malveillance ramper sous ma peau. Combien de temps encore pouvais-je tenir avant de ne plus parvenir à y résister ?

— Parle-moi, Megan. Maintenant.

L'autorité totale dans sa voix réveilla ma fureur.

— On est dans un de ces moments où tu ne veux pas me pousser, Oanen.

— C'est un de ces moments où je pense que je dois te pousser.

Je grondai à moitié et grommelai :

— Très bien. Je voulais dégainer ma carte de furie sur ce type qui marchait dans la rue, d'accord ? Étant donné nos objectifs actuels, je ne pensais pas que c'était le bon moment pour m'arrêter et punir quelqu'un. Mieux ?

En réponse, le volant crissa sous la prise de ses jointures blanchissante.

Sa peur me frappa durement et je chancelai mentalement sous ce poids.

— Non. Il y a plus que tu ne me dis pas.

— Ce soir, Oanen. Que nous trouvions quelque chose ou pas à cette adresse, nous parlerons. Je le promets. Peux-tu juste me donner ce temps que nous nous concentrions pour aider Eliana et arrêter ce tueur sans distraction ?

— La distraction est là, Megan, que nous en parlions ou pas. Mais oui, je peux laisser tomber pour l'instant, et nous en parlerons ce soir.

Il tourna son regard doré sur moi.

— Pas d'exception. Plus de délais.

CHAPITRE DOUZE

Nous nous garâmes dans la rue de l'autre côté d'une maison qui avait l'air exceptionnellement normale. La bâtisse bien entretenue à deux étages était pressée entre deux autres jolies maisons. Celles-là correspondaient au reste du quartier, ce qui était la raison pour laquelle un picotement continuait à fourmiller sous ma peau. Ça me démangeait de sortir de la voiture pour aller confronter son origine. Cependant, j'avais assez de jugeote pour savoir qu'il ne valait mieux ne pas m'y abandonner. Au lieu de ça, j'essayais de me concentrer sur la moitié de conversation qu'avait Oanen avec le Conseil.

— Megan lui a parlé le lendemain où Nicolette a été mise en garde à vue. Cela prouve qu'elle n'est pas responsable.

Une pause interminable suivit cette déclaration. Je tentai de lire l'expression d'Oanen à la recherche d'indice, mais il ne révélait pas grand-chose. Pas depuis ma promesse de discuter avec lui quand nous en aurions fini ici.

— Je ne suis pas d'accord, dit-il, et je peux parler au nom de Megan avec assurance en disant qu'elle n'est pas d'accord non plus.

Je fronçai les sourcils. Je faisais confiance à Oanen. Il me connaissait assez bien pour parler pour moi s'il le pensait nécessaire.

Pourquoi était-ce nécessaire, néanmoins ? L'indice ne pouvait être plus clair.

— Non. Rien n'a changé. Elle semble plus fatiguée et ne se met plus en colère aussi rapidement.

— Elle est également assise juste à côté, dis-je, et ressent tout un paquet de colère. Que se passe-t-il ?

— Je comprends, répondit-il avant de raccrocher.

Sans que j'aie besoin de le menacer de le blesser physiquement, il se tourna vers moi et commença à parler.

— Ils ne pensent pas que Nicolette est innocente et ne mettront pas fin à son assignation à résidence.

— Quoi ? Est-ce qu'ils sont sourds ou aveugles ? Ou juste stupides ?

Je serrai les poings et souhaitai être à Uttira.

— Aucun des deux. Ils pensent qu'elle travaille avec une ou peut-être plusieurs personnes. Adira n'a pas voulu me donner plus d'informations. Elle m'a demandé comment tu allais et si tu étais tombée sur un être malfaisant.

Ce qui m'énerva encore plus. Elle savait quelque chose. J'en étais sûre.

— Très bien. Adira et le Conseil sont à nouveau inutiles. Sans vouloir insulter tes parents.

— Pas de souci. Je suis d'accord avec toi. Ils complotent quelque chose. Nous devons prouver que Nicolette est incontestablement innocente en trouvant le vrai tueur.

Il regarda à nouveau la maison.

— Je pense qu'il est temps d'aller dire bonjour, déclarai-je en tendant la main vers la portière.

Dormir jusqu'à midi signifiait que nous n'avions pas eu beaucoup d'heures ensoleillées pour commencer la journée. Après nous être rendus sur île, puis dans le New Jersey, il ne restait plus grand-chose. Tandis que nous passions le portail, une touche de crépuscule se faufilait dans le ciel.

— Je veux que tu restes derrière moi, dit Oanen doucement, tenant le battant pour que j'avance.

— Très bien.

Je savais qu'il essayait de garder un œil sur moi. Peu importait où je me trouvais, si le type à capuche était vraiment malveillant, je ne serais pas capable de me retenir. Même si Oanen était sur mon chemin.

Je le suivis en haut des marches et attendis sur le petit porche alors qu'il toquait.

Un rideau sur notre droite bougea quelques instants avant que la porte ne s'ouvre. Au lieu de tomber sur le type du bar, une jeune femme nous regarda avec un air interrogateur.

— Puis-je vous aider ?

— Je l'espère, répondit Oanen. Nous cherchons quelqu'un.

Il sortit son téléphone et lui montra la photo de l'homme encapuchonné.

Je vis une lueur de reconnaissance dans ses yeux avant qu'elle les lève vers nous.

— Je suis désolée. Je ne peux pas vous aider.

— Vous ne pouvez pas ou vous ne voulez pas ? demandai-je.

— Mon nom est Oanen Quill. Voici Megan Smith. Nous sommes ici au nom du Conseil d'Uttira, annonça-t-il. Et vous savez ce dont il s'agit, parce que vous saviez qu'il ne fallait pas nous mentir. D'où connaissez-vous cet homme ?

Elle commença à fermer la porte.

Oanen avança d'un pas pour la bloquer avec sa main. Dès qu'il traversa l'encadrement du seuil, il fut projeté en arrière. Il percuta la clôture dans un bruit métallique et s'écrasa par terre.

La rage m'envahit et je me tournai vers la porte.

— Elizabeth Sias, ouvrez cette satanée porte.

— Megan, tais-toi, dit Oanen.

La tension dans sa voix ne fit qu'empirer ma colère.

Je serrai le poing, prête à cogner le piètre panneau qui

m'empêchait de botter les fesses de la fille qui venait de frire mon copain.

Les doigts d'Oanen se refermèrent sur les miens.

— Je vais bien. Et tu viens de trouver son nom, dit-il doucement. Et maintenant, elle parle à quelqu'un au téléphone. J'essaie d'écouter.

Son explication et un rapide regard vers lui dissipèrent un peu de ma colère.

— Il faut plus qu'une clôture pour me blesser. Tu le sais.

Il embrassa ma tempe gentiment et m'attira lentement loin de la porte.

— Nous cherchons un homme qui s'appelle Zayn. Elizabeth le connaît bien. Elle lui a dit de ne pas rentrer à la maison.

— Donc, une petite amie, une femme ou un membre de la famille.

— Exactement ce que je pense. Et si c'est le cas, il est déjà en chemin jusqu'ici parce qu'il voudra la garder en sécurité.

— Elle n'est pas en danger.

— Il ne le sait pas. Et pour l'instant, elle nous regarde nous en aller. Lorsque la voiture ne bougera pas, elle lui fera savoir.

Nous retournâmes à la voiture. Les lampadaires s'allumèrent et le rideau de la fenêtre remua encore.

— Reste ici. Peu importe ce qu'il arrive, dit-il en mettant la main sur sa portière.

— Où vas-tu ?

— Sur le toit. Je serai capable de mieux voir de là-haut.

Il s'arrêta et me lança un regard austère.

— Dis-le. Dis que tu garderas tes fesses dans ce siège quoiqu'il arrive.

Ma fureur se réveilla à nouveau et je ne pus maintenir la bouche fermée.

— Non. Ce que tu veux vraiment que je dise, c'est que tu es

mignon quand tu es tout autoritaire. Ça ne risque pas d'arriver, mec à plumes. Les tyrans ne sont pas attirants.

Ses pupilles se dilatèrent visiblement.

— Megan...

— Je resterai dans la voiture. Maintenant, arrête de jouer les brutes et vole.

Il expira lentement et s'éloigna sans m'embrasser, indiquant à quel point je l'avais poussé à bout.

Boudant, j'observai la maison.

Qu'est-ce qui clochait chez moi ? Tout était éteint. Ma température. Mon humeur. Ma capacité à sentir la malveillance. Ma capacité à envoyer les êtres malfaisants en enfer. J'étais une furie cassée. Et si je ne faisais pas attention, j'allais briser une des rares choses qui fonctionnaient encore ce soir.

Agitée et me sentant désolée pour moi, je sortis mon téléphone et appelai Eliana.

— *Oui, quoi de neuf ?* répondit-elle, semblant agacée.

— Est-ce que tout va bien ?

— *Descends de mon oreiller. Je t'ai dit de ne pas le faire*, dit-elle d'une voix tendue et légèrement étouffée.

Avant que je puisse demander de quoi elle parlait, ses paroles devinrent claires à nouveau.

— *J'ai besoin de trouver une meilleure maison pour Piepen.*

Un cri aigu surgit dans le fond, suivi par des suppliques ferventes.

— Fais ce que tu dois faire, dis-je, me sentant mal d'avoir mis le désordre dans la vie d'Eliana.

On aurait dit que j'étais en état de grâce pour gâcher les relations.

— *Merci. Je dois y aller.*

La communication coupa.

Soupirant, je mis le portable dans ma poche et m'affaissai dans mon siège. Au lieu de me concentrer sur les volutes de malveillance autour de moi, je fermai les yeux.

— Tu peux le faire, Megan.

— RÉVEILLE-TOI

Le mot fit écho dans mon esprit, me tirant de mon profond sommeil. Sans l'élancement dans mon épaule et le froid pénétrant mes jambes, j'aurais essayé d'ignorer cet ordre. Mal à l'aise et plus qu'un peu grincheuse à cause de cette sensation pénible, j'ouvris les yeux pour chercher mon oreiller et ma couverture.

Au lieu des murs familiers de la chambre, je vis un visage que je connaissais bien grâce à l'image sur mon téléphone.

— Toi, dis-je en essayant de me redresser.

Je ne pouvais retirer mes mains de sous mon corps.

— Là, dit-il en tendant le bras. Laisse-moi t'aider.

Il m'assista en le relevant de ma position latérale pour m'asseoir contre une poutrelle.

Je fronçai les sourcils devant les liens attachant mes jambes et mes mains, perdue. Je ne me rappelais pas l'avoir affronté ou avoir essayé de l'envoyer en enfer. Rien de nouveau ne me faisait mal. Pas de brûlure. Alors, qu'était-il arrivé ? Pourquoi n'étais-je plus dans la voiture, et pourquoi n'étais-je pas en colère ?

Tentant de tirer sur mes liens, j'examinai l'homme à présent sans capuche.

— Zayn, c'est ça ?

— Oui. Et ce sont des chaînes magiques, dit-il, comme la dernière fois.

Il pencha la tête et m'étudia.

— Comment t'es-tu détachée la dernière fois ?

— Pourquoi n'ai-je pas envie de t'envoyer en enfer ?

Il sourit légèrement.

— Parce que j'ai été bon ces temps-ci, je n'ai brisé aucune règle. Humaine ou non humaine.

Un miroitement dans l'air dans son dos attira mon attention. J'étais assise au centre d'un autre grand espace. Une table illuminée par une ampoule au pendant du plafond se trouvait juste derrière le type agenouillé devant moi. Cependant, entre lui et la table, le miroitement se déplaçait dans les airs, créant une bulle autour de nous.

— Plus de magie ? demandai-je.

— Oui. Pour ta protection. J'ai invité plusieurs personnes ici et je n'étais pas sûr que tu sois prête à les affronter.

— Comment ça ?

Il remua légèrement sur les talons de ses pieds, pivotant juste assez pour exposer les trois vieux hommes assis à la table. Leurs visages bruts et burinés étaient tournés dans notre direction. Leurs yeux sombres étaient emplis d'une acceptation lasse que j'avais déjà vue auparavant.

— Ce sont des dragons qui ont vécu plus de temps que nous deux pouvons espérer voir. Et beaucoup d'erreurs ont été commises avec ces années.

Il haussa légèrement les épaules.

— Oui, plutôt, des choix avec lesquels une furie ne serait pas d'accord.

Cette dernière déclaration attira à nouveau mon attention sur l'homme à capuche.

— Tu sais ce que je suis et tu m'as tout de même enlevée ?

Son sourire s'agrandit.

— La barrière n'est pas là pour te protéger d'eux, mais pour te protéger de toi-même. Tu es une furie de la quatrième génération, et je ne veux pas que tu te consumes. La dernière chose que je souhaite c'est que les trois autres me prennent en chasse parce que je n'ai pas fait attention.

Je ricanai.

— C'est ça.

— De quelle partie doutes-tu ? De ma crainte ou de ma préoccupation pour toi ?

— Tout. Tout ça.

— Je sais beaucoup de choses que je ne devrais pas. Crois-moi quand je dis que je prendrai le plus grand soin de toi. Maintenant, sois patiente et écoute. Tu comprendras bientôt ce qu'il se passe.

Il tapota ma jambe tendue et se leva, sortant de la barrière. Dès qu'il le traversa, le miroitement devint d'un vert opaque, comme si j'étais assise dans un bol en verre retourné. Mes oreilles se débouchèrent douloureusement, mais je pouvais soudainement entendre. Des mouettes qui hurlaient. La circulation au loin. Le murmure grave de voix profondes provenant de la table.

Je pouvais également sentir.

Un de ces dragons n'était pas comme les autres. Oh, ils avaient tous un certain degré de malveillance qui faisait se rétrécir ma peau. Cependant, l'un d'eux avait commis des actes qui me suppliaient de l'envoyer directement en enfer. Mon regard se verrouilla sur celui avec de longs cheveux marbrés de gris, qu'il gardait en arrière dans une queue de cheval basse.

J'ouvris la bouche, les mots exigeant une confession de Rylee McGoan sur le bout de la langue. Cependant, aucun son n'émergea.

De la rage griffa mon ventre, et je luttai avec mes liens.

— Nous devons vite parler, dit Zayn Sias. Je ne sais pas combien de temps ce sort va la retenir.

— Pourquoi est-elle ici ? Pourquoi sommes-nous ici ? demanda le dragon le plus près de moi.

Ses yeux sombres me regardaient au lieu de Zayn.

— Elle est ici en tant que témoin. Vous êtes ici parce que chacun de vous m'a parlé de son désir de revenir à leur vie d'avant. De votre mécontentement avec la façon dont se passent les choses aujourd'hui. Je ne peux pas changer vos existences pour vous. Je ne peux pas miraculeusement accomplir votre rêve de voler librement ou de manger ce que vous voulez. Aucun de nous ne peut briser ces règles sans conséquence. Et c'est pour ça qu'elle est là. Pour être témoin. Pour qu'elle sache, et que vous sachiez, que je raconte la vérité et que ce que je fais est dans les limites de ce que nous sommes autorisés à faire.

Alors qu'il parlait, ma colère et l'envie de me libérer redoublèrent. Savoir ce qui arriverait quand je m'abandonnerais au désir m'agrippant puissamment ne me donnait pas de répit.

Mon regard resta concentré sur le plus éloigné des trois hommes, et le besoin intense et ardent de le punir ne fit qu'augmenter chaque seconde. L'espace dans ma cage magique commença à se réchauffer et à refléter une lueur orange. Et, elle ne provenait pas que de mes yeux.

Je pouvais sentir le feu grandir en moi. J'essayais de le retenir. Je savais ce qui arriverait si je lâchais totalement prise. Je pouvais sentir mes anciennes brûlures commencer à me picoter de douleur. Pourtant, j'étais impuissante et il m'était impossible d'arrêter ce qu'il se passait ou de réprimer mon besoin de le punir.

— Va droit au but, druide, grommela le dragon du milieu.

— Oui, bien sûr. Je suis ici pour vous offrir une opportunité de vous libérer de votre oppression. De prendre position contre elle. De donner votre vie. Je ne promets pas la rédemption. Je ne promets pas que vous irez dans un monde meilleur après. Mais je peux promettre que votre âme sera utilisée pour créer quelque chose qui se dressera toujours contre ceux qui souhaitent oppresser l'unique et l'indésirable.

Un picotement puis une douleur encerclèrent mes poignets, et je baissai les yeux sur mes liens. Des étincelles vertes volèrent du métal alors que des flammes engouffraient mes mains. Comme les quelques dernières fois où du feu était apparu, il grilla ma peau. Et, de la même manière, je ne pus pas l'en empêcher.

J'ouvris ma bouche pour pousser un cri, mais rien n'en sortit. De douleur, j'enrageai contre mon silence, la fureur me nourrissant au point que je cessais de ressentir quoi que ce soit.

— Tu veux nous tuer ? demanda le premier dragon. Nous utiliser dans une sorte de sacrifice rituel ?

— Oui, répondit Zayn sans une once de honte ou de remords.

Il avait juste avoué vouloir les tuer. Pourtant, je ne ressentais toujours pas la moindre pointe de malveillance chez lui ; tout venait des trois dragons.

— Vous m'avez tous avoué que vous étiez las de votre existence. Fatigués de ce que ce monde a à vous offrir. Je propose de vous aider à trouver une fin rapide et paisible. Une occasion d'utiliser ce qui reste de votre existence de manière à frapper un petit coup de représailles contre ceux qui vous oppressent. C'est tout. Si vous n'êtes pas intéressés, vous êtes libres de partir. Aucun sort ne vous maintient ici. Si vous êtes intéressés, j'accepterai de bonne grâce le cadeau de votre âme et respecterai toute dernière volonté que vous pourriez avoir.

Le métal liant mes poignets craqua bruyamment en deux. Zayn, qui avait été concentré sur les dragons, me jeta un œil alors que je me penchai sur mes attaches aux jambes.

— Nous n'avons pas beaucoup de temps, dit-il. Dès que la furie sera libre, vous voudrez partir.

Je posai mes mains sur mes chevilles et regardai les flammes brûler mes chaînes. Libérée, je me remis sur pieds et avançai vers le mur vert m'entourant. Il crépita et étincela à mon approche.

Les quatre hommes m'observaient à présent. Les yeux de Zayn étaient emplis d'urgence. Nous savions tous les deux qu'il ne faudrait plus très longtemps.

— Il n'y a rien d'autre que je puisse dire pour vous convaincre de ce dont j'ai besoin, dit rapidement Zayn. Bon nombre d'autres ont déjà offert leur âme pour ma cause. Ils pensaient que leur sacrifice volontaire leur ferait gagner une place dans tel ou tel royaume divin à leur mort. Je ne peux pas dire que j'ai les mêmes croyances, cependant je jure que vous continuerez à exister à travers le sacrifice de votre âme. Qui parmi vous est prêt à faire quelque chose pour ce monde ? Qui parmi vous est prêt à commettre un acte de défiance supplémentaire contre ceux qui vous oppressent ? Qui parmi vous m'aidera ?

Je pressai les deux mains sur la barrière. De la lumière m'engloutit au point qu'il était difficile de voir. Derrière le bol magique, les hommes plissèrent les yeux.

Le dragon qui avait été silencieux jusqu'à présent, celui qui tirait sur mes fils de malveillance, parla enfin.

— Moi.

Et avec ce simple mot, il mit mon monde en feu.

— Il est à moi ! hurlai-je.

La rage me consuma. Embrasée, je pouvais sentir ma peau s'abandonner à la furie. Je frappai le bouclier avec mes poings, faisant pleuvoir les coups sur la magie du druide.

Deux dragons disparurent quelques secondes avant que je brûle un passage dans la barrière.

— Non ! hurla Zayn alors que je traversais les restes du miroitement. Pitié, j'ai besoin de lui.

Pourtant, il n'essaya pas de m'empêcher d'atteindre le dragon.

Le plus âgé se levant lorsque je m'arrêtai devant lui, son regard ferme sur moi. Il ne broncha pas quand je tendis la main pour le saisir par le cou.

— Ne fais pas ça, supplia Zayn. Combien de brûlures as-tu déjà ? Tu ne peux pas le condamner à l'enfer. Tu ne peux que te condamner toi-même.

Ses mots parvinrent à peine jusqu'à moi, ricochant sur mon esprit.

— Ryle McGoan, confesse-toi.

— Furie, j'ai fait bien des choses dans ma vie. Plus que la plupart. Me confesser prendrait plus de temps que nous voulons en donner. Emmène-moi en enfer. Si tu le peux.

Son regard se posa sur le druide qui marmonnait quelque chose que je ne pouvais comprendre.

— Peut-être la prochaine fois, furie, dit le dragon avec un léger sourire.

— Non. C'est fois, je vais le faire correctement. Rylee McGoan, je te bannis...

Une douleur à faire craquer les os explosa en moi. Ma bouche s'ouvrit dans un cri silencieux tandis que les flammes terminaient de m'engloutir.

Les ténèbres anéantirent ma vision, mais pas avant que je visse le feu se répandre sur Rylee, qui me souriait d'un air serein.

— Furie ?

Un filet d'eau froide m'éclaboussa le visage. Je tournai la tête et ouvris la bouche, buvant une petite gorgée et toussotant.

— Remercie ces dieux inutiles, dit une voix familière. Je pensais que tu étais allée trop loin et que tu t'étais réduite en cendres.

Je n'étais pas sûre que ce ne fut pas le cas. Ma peau me semblait à vif, exposée. Comme si j'avais été brûlée partout. La pensée créa une avalanche de souvenirs qui s'abattirent sur moi tous d'un coup.

Ouvrant les yeux, je gémis.

— Je crois que je peux aider à te guérir un peu, si tu me laisses faire, dit Zayn.

— Oui.

Je me fichais de ce qu'il faisait. Je voulais juste que la douleur s'arrête. Même mes paupières me faisaient mal.

Il leva une boîte, dévissa le couvercle et y passa un doigt enduit de baume.

— Ouvre et essaie d'avaler le plus vite possible. Ton envie de vomir ne fera que s'accentuer si tu le laisses s'attarder dans ta bouche.

Je m'exécutai et il déposa la pâte si loin dans ma gorge que je faillis vomir quoiqu'il arrive.

— Avale, ordonna-t-il.

J'obéis, juste au moment où je fus frappée par le goût. La saveur forte et rance me fit avoir un haut-le-cœur après coup.

— Je suis désolé. Il n'y a aucun moyen de rendre ça plus agréable au palais sans ruiner le sort.

Il tendit la main et tira une couverture pour me protéger. J'avais envie de la prendre et la pousser en jurant, mais je ne pouvais pas bouger. Tout me faisait mal.

— Pourquoi suis-je nue ? demandai-je d'une voix rauque.

— Tu as tout brûlé.

J'avais brûlé mes vêtements ? Ce n'était jamais arrivé auparavant.

Il continua à me regarder. Je faisais de même, toutefois je dus tourner la tête en voyant ma chair à vif. Avais-je été si proche de m'autoconsumer comme Zayn l'avait dit ?

Je captai la coquille carbonisée d'un cadavre non loin de moi et poussai un cri. Le dragon. Il avait été brûlé jusqu'à ce que presque plus rien ne demeure. Comme moi, il n'avait plus de vêtement. Contrairement à moi, son corps était noirci de la tête aux pieds. Un os fin jaillissait dans son dos, tout ce qui restait de ses ailes.

Je fermai les yeux sous ma colère impuissante et ma frustration. Je ne savais même pas ce qu'il avait fait pour mériter ce genre de fin.

Les dieux avaient fait ça. Ils m'avaient fait ainsi en me donnant un pouvoir que je ne pouvais pas contrôler et ne comprenais pas. Toute la colère que je ressentais à ce moment était dirigée vers eux pour m'avoir volé la vie que j'aurais dû avoir.

Quelque chose de mouillé coula du coin de mon œil.

— Je ne comprends pas, dit Zayn. La pâte devrait aider.

CHAPITRE TREIZE

L'INQUIÉTUDE DU DRUIDE COUPA COURT À MA HAINE POUR MOI-MÊME. Je détournai la tête de ce que j'avais fait et ouvris les yeux. En bougeant, je remarquai que j'avais moins mal qu'auparavant.

— Le baume aide. Ce n'est plus aussi douloureux, lui assurai-je.

— Tu pleures du sang, cependant.

— Oui, c'est juste quelque chose que je fais quand je suis contrariée.

J'essuyai les larmes, faisant attention à ma peau sensible.

— Ou quand tu ressens une extrême douleur, répondit Zayn.

Je me mettais à l'aise dans une position assise et rentrai les bords de la couverture sous mes fesses, une fine barrière contre le ciment froid.

— Comment en sais-tu autant sur les furies ? demandai-je.

Il m'offrit un sourire en coin.

— Je préfère ne pas répondre. Pourquoi es-tu aussi contrariée ?

Je montrai le dragon de la main et expirai lourdement.

— Je déteste ce que je suis. Ce que je fais. Je ne sais même pas ce que le dragon a fait pour mériter ça, mais je ne pouvais pas l'empêcher.

Zayn, qui s'était accroupi sur les talons, s'assit et m'étudia. En retour, je fis de même. C'était la première fois que je le regardais vraiment sans sa capuche. Et, tout ce que j'avais remarqué auparavant s'était transformé en un brouillard de panique et de colère. Je n'avais pas remarqué les mouchetures vertes dans ses doux yeux noisette ni que ses cheveux étaient assez longs pour onduler et retomber de sa tête en désordre. Surtout, je n'avais pas remarqué les rides marquant son front. Un signe de constante inquiétude ou de constante surprise ?

— De toutes les recherches que j'ai faites, dit-il doucement, je n'ai jamais entendu parler d'une furie qui n'embrassait pas ce qu'elle était.

— Oui, eh bien, je n'ai appris ce que j'étais qu'il y a quelques mois. Ma mère m'a abandonnée à Uttira sans un mot d'explication. Je pensais que j'étais humaine.

— Ça a dû être un choc.

Je haussai légèrement les épaules.

— Pas autant que ça aurait dû. Je suppose qu'au fin fond de moi, je savais que quelque chose clochait.

— Clochait ?

— Je ne veux pas être ce que je suis. Bon sang, la moitié du temps je ne sais même pas ce qu'il se passe. Je hais ce besoin que j'ai de blesser les gens sans même savoir pourquoi. Les dieux sont des enfoirés pour m'avoir faite ainsi.

— Pas les dieux. Juste un. Tu sers Hadès.

— Génial. Tu sais où il est ? J'aimerais lui filer un coup à la gorge.

Zayn éclata de rire.

— Il trouvait probablement ça amusant. Les furies sont comme ses filles. Je ne suis pas sûre qu'il n'y a pas grand-chose de mal que tu pourrais faire à ses yeux.

— Charmant.

— Tu ne l'as pas tué, au fait. Le dragon, je veux dire.

J'arquai un sourcil et regardai le corps calciné.

— Sa condition actuelle n'est pas de son avis.

— Il était mort bien avant que les flammes le consument. Je lui ai offert la mort rapide et paisible qu'il demandait. Ce n'était pas un meurtre. J'avais son consentement.

— Je suis trop fatiguée et j'ai trop mal pour me préoccuper des détails. Tant que tu es parti au moment où je retrouverai mon radar à malveillance, nous sommes quittes.

J'examinai un moment ses yeux noisette.

— Pourquoi fais-tu ça ? Tuer toutes ces créatures ?

— Je ne les tue pas, répondit-il avec un geste apaisant. Je récupère leur énergie vitale, ou leur âme, en fonction de tes croyances, et ils me la donnent librement.

— D'accord. Mais pourquoi ?

Il devint sérieux et légèrement triste.

— Tu as vu ma sœur. C'est une prisonnière dans sa propre maison. À cause de la magie. À cause des dieux, qui sont cruels et ont fait de ma jumelle une mortelle.

Jumelle ? Je ne m'attendais pas à ça.

Quelque part non loin, un téléphone vibra.

— Quel est ton nom ? demanda-t-il.

— Megan Smith.

— Je suis content de t'avoir rencontré. J'espère que tu te souviendras de cette conversation à ton réveil.

LE BOURDONNEMENT insistant à mon oreille me réveilla de mon sommeil déclenché par magie. Je n'étais pas désorienté ou groggy cette fois. Je savais exactement où j'étais et ce qui était arrivé. Il était difficile de ne pas se rappeler la douleur palpitante qui vrombissait dans mon crâne et la danse nauséeuse dans mon ventre. J'ouvris les yeux et je parvins à me soulever suffisamment pour que je puisse vomir.

Lorsque j'eus fini de me vider, je regardai autour de moi.

Zayn était parti. Il avait laissé sa veste derrière lui cependant, qu'il avait étalée sur moi pour me réchauffer encore plus. Et mon téléphone. Il avait dû le prendre dans mon manteau avant de me bloquer dans son bouclier. Je n'avais même pas pensé à le vérifier une fois mes mains libérées. J'avais été trop occupée par le feu de furie brûlant en moi.

Alors que j'étais reconnaissante que le reste de mes affaires n'ait pas cramé, je l'étais encore plus de ne pas avoir vomi dessus. J'avais besoin d'appeler Oanen. Il devait probablement s'inquiéter comme un fou.

En soupirant, je m'assis et grimaçai à la douleur sur mes avant-bras. La pommade de Zayn avait guéri la plupart des brûlures que j'avais récoltées lors de mon petit coup d'éclat, cependant les plus profondes sur mes avant-bras demeuraient. Elles palpitaient en cœur avec les autres brûlures.

Je poussai un soupir et souhaitai avoir plus de cette pâte à m'enfiler.

Je fronçai les sourcils à cette pensée, sachant que ce n'était pas un bon plan.

Mon téléphone vibra à nouveau, me distrayant, et je décrochai. Le nom d'Oanen illumina l'écran.

— Allô ? répondis-je.

— *Où es-tu ?*

Son ton sec et en colère me fit sourire. Je n'avais jamais été si contente d'entendre sa voix.

— Je ne suis pas sûre. Et non, je ne vais pas aller dehors pour vérifier. Je suis couchée nue sur le sol avec une couverture et une veste pour me protéger.

La seule chose qui me répondit, ce fut le silence.

— *De qui ?*

— De qui, quoi ?

— *À qui appartient la veste qui te recouvre ?*

— On s'en fiche. Viens juste me chercher. Je vais allumer mon GPS et je t'enverrai l'endroit par message.

La ligne coupa. Ça me semblait un peu mélodramatique. Je fronçai le nez en regardant le portable, cependant je fis comme j'avais dit. Moins d'une seconde après, il me répondit qu'il était en chemin.

Dans un soupir, je m'éloignai de mon tas de vomi et me recouchai sur le sol froid. Ça me faisait du bien à la tête, toutefois tout le reste de mon corps me faisait mal.

Je somnolai légèrement jusqu'à ce qu'une porte claque non loin.

— Megan ? appela la voix d'Oanen.

— Ici.

Je ne cherchai pas à me rasseoir. J'étais trop fatiguée. J'avais trop froid.

Des bruits de pas éraflèrent le sol, se rapprochant.

Lorsque je clignai des yeux, Oanen était là, se penchant déjà vers moi. Son masque qui ne glissait jamais restait prudemment neutre, cependant l'emprise sur ce qu'il ressentait oui. De la rage, quelque chose proche de celle d'une furie, emplit ma tête ainsi qu'une peur paralysante.

— Pitié, dis-moi que tu es venu en voiture, dis-je doucement. J'ai trop froid pour voler.

Il émit un bruit de douleur et me souleva dans ses bras. Sans un mot, il tourna les talons et repartit dans la direction par laquelle il était venu.

Je fermai les yeux et calai ma tête contre son cœur au battement rapide.

Ma conscience partit et revint. Lui attachant ma ceinture. Les vibrations des pneus sur la route. Le son des autres voitures. La sensation d'être portée à l'étage. Les draps doux frottant certains endroits encore à vif sur ma peau. Puis, rien pendant un moment.

Lorsque j'ouvris les yeux, la douleur dans mon crâne était

descendue à un mal de tête moyen, et le soleil s'était levé pour illuminer la chambre.

Je roulai sur le côté pour me mettre sur le dos et grimaçai.

Le lit à côté de moi bougea et je levai les yeux vers Oanen, qui était appuyé contre la tête de lit.

— Combien de temps suis-je restée inconsciente ?

— Presque six heures.

Je grommelai et luttai pour m'asseoir, la veste et la couverture de Zayn entravant mes mouvements.

— Qu'est-il arrivé, Megan ? Tu avais promis de ne pas quitter la voiture.

Son ton me fit lutter à moitié pour tourner vivement la tête vers lui.

— Tu es sérieux, là ? Tu sais mieux que quiconque ce que je suis. Le peu de contrôle que j'ai sur ce que je fais. Qu'est-ce que tu crois qu'il est arrivé, bon sang ?

— Je ne sais pas. Où sont tes vêtements ? À qui est cette veste ?

Ma furie leva péniblement la tête.

— Non, dis-je fermement. Je ne vais pas faire ça. Je ne vais pas me mettre en colère contre toi. Et je n'ai pas envie d'avoir affaire à ta possessivité boudeuse pour l'instant.

Ignorant mes douleurs et mes élancements, je repoussai la veste et la couverture pour me lever nue du lit.

— J'ai brûlé mes vêtements et une bonne partie de ma peau. Zayn Sias, le druide qu'on cherchait, m'a recouverte et m'a donné une sorte de pâte pour s'assurer que le pire soit guéri. Quand tu seras dans le bon esprit, je respecterai ma promesse et nous parlerons.

Je lui tournai le dos, ignorant son petit juron, et marchai cul nul jusqu'à la salle de bain. Après les toilettes et un brossage de dents, je tentai une douche. Elle ne dura pas plus longtemps qu'un shampoing rapidement pour me débarrasser de l'odeur de vomi. Au lieu de prendre une serviette pour me sécher, je restai juste là, dégoulinante.

De l'autre côté de la cloison en verre froid, la porte de la salle de bain s'ouvrit.

— L'as-tu envoyé en enfer ? demanda Oanen.

— Non. Je ne peux envoyer personne en enfer. Tout ce que je fais c'est me blesser chaque fois que j'essaie.

— Tu t'es blessée en essayant de l'y envoyer ?

— Non. Il est innocent, en ce qui concerne ma furie. Je ne lui ai rien fait à lui.

Il y eut un long silence.

— J'essaie de comprendre, Megan, mais tu rends les choses difficiles.

Je savais qu'il essayait de comprendre ce qui m'était arrivé, cependant, il se concentrait sur qui j'étais au lieu de ce qui m'était arrivé. J'ouvris la porte en grand pour qu'il ait une vue d'ensemble.

Son regard me balaya, s'attardant sur les brûlures sur ma poitrine, ma hanche et mes bras.

— Il y a celle dans le dos, aussi. Quatre fois, Oanen. Depuis le lac, j'ai essayé d'envoyer des gens en enfer quatre fois. Et à chacune, je suis tombée dans les pommes et je me suis réveillée avec une brûlure et l'incapacité de ressentir la malveillance.

La compréhension commença à illuminer ses yeux alors qu'il croisait les bras.

— L'engourdissement ne dure pas longtemps. Un ou deux jours, au maximum. Puis je recommence à la sentir. C'est ce que je sentais hier dans la voiture. La malveillance était partout, mais j'étais assise là, essayant de résister à l'envie de sortir et de tabasser quelqu'un parce que je t'ai promis de ne pas bouger. Je ne sais pas ce qui est arrivé ensuite. Je ne me souviens pas d'être partie, seulement de me réveiller là où tu m'as trouvée. Zayn était présent avec trois dragons. Il n'est pas ce que nous pensions qu'il était.

— C'est-à-dire ? demanda doucement Oanen.

— Un tueur. Il ne tue pas les gens que nous retrouvons morts. Il leur demande leur énergie vitale. Et certains sont si malheureux dans leur vie qu'ils la lui donnent volontiers.

Je regardai les brûlures sur mes bras.

— Celles-là, c'est parce qu'un des dragons était malfaisant. Vraiment, vraiment malfaisant. J'avais tellement envie de lui faire mal que je ne pouvais pas m'arrêter.

Je fermai les yeux et pris une profonde respiration.

— Je me souviens de l'avoir attrapé par la gorge et d'avoir eu mal. Tellement mal. Lorsque j'ai repris connaissance, le dragon avait été carbonisé. Mais Zayn était toujours là. Il s'inquiétait que j'aille trop loin et essayait de me soigner. La pommade qu'il m'a donnée m'a aidée à chasser une partie de la douleur et à guérir quelques brûlures. Je ne sais pas ce qu'il fait avec les énergies vitales qu'il récupère, mais je ne pense pas que ce soit quelque chose de mauvais. Si c'était le cas, j'aurais senti sa malveillance la nuit dernière, avant d'essayer de punir le dragon.

— Je me fiche de qui est malfaisant ou puni ou autre chose, répliqua Oanen marchant lentement vers moi. Ce dont je me soucie, c'est ce qui se tient devant moi. Recouverte de bleus et de blessures. Se tordant de douleur. Et je ne peux rien y faire. Tu me tues, Megan. Lentement. Méthodiquement. Et je ne peux pas m'éloigner.

Il s'arrêta devant moi et posa gentiment son front contre le mien. Je sentais chaque pointe de son angoisse.

— Je suis désolée, murmurai-je, ayant mal pour nous deux.

— Ce ne sont pas les mots que je veux entendre.

Je savais ce qu'il voulait. Et même si l'admettre me terrifiait, je lui devais la vérité.

— Je t'aime, Oanen. Tellement que respirer me fait mal à la pensée que tu pourrais m'abandonner.

Sa main prit l'arrière de mon crâne en coupe.

— Jamais, dit-il juste avant que ses lèvres ne touchent les miennes.

Il me coupa le souffle à chaque douce caresse et toucher jusqu'à ce que je m'éloigne, pantelante. Il posa à nouveau son front contre le mien.

— Merci, dit-il doucement.

— Je n'ai rien fait.

— Si. Tu m'as donné ton cœur. Il est mien. Maintenant et pour toujours. C'est tout ce que je voulais depuis notre premier vol.

Je souris doucement avant que la réalité s'immisce entre nous.

— Nous devons appeler le Conseil et leur dire ce qui est arrivé.

Il expira bruyamment et recula.

— Je doute qu'ils nous écoutent. Ils savent que quelque chose cloche avec tes capacités et ne croient pas ta parole.

Ma furie essaya à nouveau de lever la tête.

— Non, dis-je fermement. Ça ne vaut pas le coup. Garde tes forces.

Oanen me jeta un regard étrange.

— Je ne vais pas laisser ma furie s'énerver contre le Conseil. Elle a besoin d'une pause ou sinon mes pouvoirs vont me tuer.

Son expression devint sérieuse et tandis qu'il s'éloignait pour prendre de l'onguent, je continuai à sécher à l'air libre et fixer le vide.

— On ne peut pas s'asseoir là et ne rien faire. Nous savons comment est Nicolette. Comment elle entre dans la tête des gens et leur fait faire des choses qu'ils ne feraient pas dans d'autres circonstances. Si elle fait ça à Eliana...

— Eliana est plus forte que tu le penses, dit-il.

— Elle est aussi plus fragile que tu ne veux l'admettre.

Oanen commença à étaler l'onguent sur mes brûlures, apaisant le reste de mes douleurs. C'était agréable d'avoir quelqu'un pour vous servir.

Mes yeux s'écarquillèrent.

— Elbner, dis-je assez fort pour faire grimacer Oanen.

— Désolée. Je viens de me rendre compte que nous avons un témoin. Elbner peut dire au Conseil que c'était Zayn.

— Elbner est toujours sous les effets du sort.

— Oui, mais si nous savons déjà que c'est Zayn, cela devient de notoriété publique et il sera capable de parler. C'est comme pour la bibliothèque, non ?

Les lèvres d'Oanen tressaillirent.

— J'aime voir l'enthousiasme dans tes yeux, dit-il.

— Il me faut mon téléphone.

Je bougeai pour sortir de la salle de bain au même moment où il tendit le bras pour tamponner plus de baume sur mon buste. Au lieu de toucher la brûlure, ses doigts balayèrent le dessus de mon sein droit. Nous nous immobilisâmes tous les deux.

Du doré explosa dans ses yeux, et sa paume se referma lentement sur moi, faisant fourmiller ma peau avec une chaleur qui se répandait.

— S'il te plaît, ne le prends pas mal, dis-je le souffle court, mais ce n'est vraiment pas le moment.

Il acquiesça, cependant ses doigts commencèrent à caresser la peau sensible. Je me pressai contre sa paume. Sa main soupesa légèrement, analysant sa silhouette. Puis, son pouce balaya la pointe.

Je luttai pour garder mes esprits alors que la chaleur léchait son chemin jusqu'à mon ventre. Le besoin me brûla de l'intérieur et je savais que ce n'était pas que de mon fait lorsque ses pupilles se dilatèrent.

— Oanen. Nous devons penser à Eliana.

Il émit un bruit douloureux et retira sa main.

— Vas-y.

Je quittai la salle de bain et attrapai mon téléphone sur la table de nuit. Il était difficile d'entendre la tonalité avec le martèlement de mon cœur.

— Eliana, tu dois rejoindre Elbner, dis-je dès qu'elle répondit. Dis-lui que je sais que son maître était Zayn Sias. Je sais que Zayn est le seul responsable de toutes les créatures mortes avec un sourire. Dis-lui que je fais en sorte que tout le monde le sache. Quand ce sera fait, tu devrais pouvoir l'amener au Conseil en tant que témoin. Compris ?

— *Oui. Zayn Sias. Compris. Merci.*

Elle raccrocha sans rien dire d'autre. Je ne pouvais qu'imaginer à quel point elle devait être stressée avec sa mère à côté.

Un contact doux dans mon dos me fit regarder par-dessus mon épaule. Le regard d'Oanen était verrouillé sur la brûlure qui s'y trouvait, cependant je pouvais dire à ses yeux que son esprit était toujours concentré sur autre chose.

— Je pense qu'il n'y a plus rien à faire pour nous ici, dis-je.

— Oh, je pense qu'il y a beaucoup de choses à faire.

— Je veux dire, maintenant que nous connaissons la cause de ces morts, nous devrions partir. Traquer mon arrière-grand-mère.

Même si je l'avais dit, je grimaçai mentalement à cette idée.

— Il n'y a pas de quoi se presser. Nous pouvons attendre quelques jours afin que tu guérisses.

Je savais ce qu'il avait à l'esprit en attendant et je me tournai complètement pour saisir ses mains.

— Je ne pense pas que tu comprennes.

— J'admets que c'est un peu difficile de se concentrer quand tu te balades toute nue.

— Tu le fais tout le temps.

Il acquiesça lentement, laissant son regard dériver vers le bas, et soupira avec mélancolie.

— Mais je ne te ressemble pas.

Je ricanai.

— Ne bouge pas.

Il resta là pendant que je le laissais pour atteindre sa valise et prendre une de ses chemises à col boutonné. Elle était grande et le tissu agréable, plus facile à enfiler qu'un tee-shirt. Avec les manches roulées et seulement les boutons du milieu attachés, elle ne titillait aucune de mes brûlures non plus.

Il gémit alors que je marchais vers lui.

— Tu n'as aucune idée, d'à quel point, tu es sexy. Mettre ma chemise ne fait que l'accentuer.

— Concentre-toi, Oanen.

Il poussa un soupir et s'assit sur le bord du lit.

— Qu'est-ce que je ne comprends pas ?

— Je suis coincée dans une spirale autodestructrice. Je sens quelqu'un de malveillant, j'essaie de l'envoyer en enfer, je me brûle ce faisant, et je perds mes capacités pendant quelques jours avant de tout recommencer. Sauf que je ne guéris pas. Je ne régule pas ma température comme j'en avais l'habitude. Je suis de plus en plus fatiguée chaque fois.

L'inquiétude sur son visage s'accrut au fur et à mesure que je parlais.

— Qu'est-ce que tu essaies de dire ?

— Lorsque je me suis réveillée sur le sol avec Zayn au-dessus de moi, il m'a dit qu'il pensait que je m'étais consumée. Et il n'est pas le premier à dire quelque chose comme ça.

Je m'assis près d'Oanen et pris sa main dans la mienne, sachant déjà à quel point il allait être en colère.

— Arrête de dire son nom, dit-il. J'essaie de ne pas penser au fait qu'il t'a volée juste devant mon nez. J'ai envie de le tuer pour ça.

— Il n'a rien fait de ça.

— Comment peux-tu dire ça ? Tu as dit qu'il t'avait forcée à dormir.

— Adira également.

— Exactement. Je pense qu'il est sûr de dire que tu la détestes.

— Pour des raisons différentes. Adira est emmerdante et ne partage pas ses informations. C'est difficile de détester un type qui vous donne son manteau sans se rincer l'œil. Enfin, je ne pense pas qu'il l'ait fait.

L'expression d'Oanen se durcit.

— Tu n'aides pas, commenta-t-il.

— Et tu continues de t'éloigner du sujet.

— D'accord. Arrête simplement de dire son nom, et tout ira bien.

— Comme je le disais, le type à capuche...

— Ce n'est pas mieux.

— N'est pas le seul qui a dit que je me consumerai. Je ne t'ai pas raconté tout ce que ma mère m'a dit ce jour-là au restaurant.

Oanen attendit que je continue.

— Ses mots exacts étaient « Tu ne peux pas envoyer les êtres malfaisants en enfer sans tes ailes, car sans elles, tu n'es pas une furie et ton pouvoir te consumera. »

Ses doigts frémirent autour des miens.

— Pourquoi ne m'as-tu rien dit ?

— Je savais ce que tu voudrais que je fasse. Et je ne peux pas, Oanen. Si je tue mon arrière-grand-mère juste pour réclamer mon pouvoir, ne deviendrais-je pas un des êtres malveillants que je cherche à punir ? Je ne peux pas la tuer simplement pour vivre. Il doit y avoir un autre moyen.

Il ne répondit rien, baissant juste les yeux sur nos mains jointes, son pouce caressant tranquillement la peau du dos de la mienne.

— Que veux-tu faire ? demanda-t-il finalement.

— Je n'en sais rien. Je ne t'ai pas raconté tout ça plus tôt parce que je pensais que je trouverais quelque chose de mieux que de simplement aller à Saint-Louis pour parler à ma mémé et voir si elle a des réponses.

— Pourquoi n'est-ce pas une option ?

— C'est une option. Je suis juste inquiète qu'une fois là-bas, elle n'ait pas de réponses ou ne veuille pas les donner. Et alors, tu voudras que je fasse ce que ma mère veut que je fasse, juste pour m'empêcher de me blesser plus que je ne le suis déjà.

Il acquiesça lentement, et lorsqu'il leva les yeux vers moi, ses yeux étaient à nouveau bleus.

— Tu as raison. C'est ce que je voudrais parce que je suis égoïste et désespéré de te garder avec moi. Cependant, si les dernières vingt-quatre heures nous ont appris quelque chose, c'est que je ne peux pas te forcer à faire une chose que tu ne veux pas. Ou t'empêcher de faire quelque chose qui est dans ta nature. Je ne veux pas te changer, Megan. Je veux t'aimer comme tu es.

Je me penchai vers lui et posai ma tête contre son épaule.

— Idem, mec à plumes. Je suis désolée de t'avoir engueulé pour avoir été jaloux. Si les rôles avaient été inversés, j'aurais probablement réagi pareil.

— La différence c'est que j'aime quand tu es jalouse.

Je souris et le poussai.

— Tu es fou de provoquer ma furie ainsi. Je ne pense pas que je serai très partageuse une fois que nous serons officiellement...

— Compagnons ?

Mon visage rougit.

— Oui. Ça.

Son téléphone sonna, me sauvant de plus de gêne.

— Allô ?

Il écouta calmement pendant une minute.

— Non. Il vous faudra envoyer quelqu'un d'autre. Megan a besoin d'aller à Saint-Louis. Ses pouvoirs sont en train de la tuer. Et je vous tiendrai responsable si cela arrive.

Il raccrocha et me regarda.

— Pitié, dis-moi que ce n'était pas ta mère, dis-je.

CHAPITRE QUATORZE

Les lèvres d'Oanen tressaillirent et il tendit le bras pour jouer avec les pointes de mes cheveux.

— Non, ce n'était pas ma mère. C'était Adira.

— Oh, je parie que lui dire « non » a dû la rendre vraiment heureuse. Doit-on s'attendre à un portail ?

Il secoua la tête.

— J'en doute. Elle ne l'admettra pas, mais elle a peur de toi. Ils ont tous peur.

— Bien.

Je me frottai la tête et souhaitai pouvoir juste faire une sieste.

— Tu as faim ? demanda-t-il.

— Non. Mais je devrais manger.

Alors qu'Oanen partit nous commander de la nourriture, je me plongeai dans le *Livre des Furies* pour le lire à nouveau. Obtenir le tout petit peu de compréhension que je n'avais pas m'aida à saisir plus de données du manuscrit. Cependant, les parties qui parlaient du pouvoir me consumant avaient à présent plus de sens.

Oanen m'amena finalement un burger et des frites, que je picorai tout en restant étalée sur le lit. J'avais dû m'endormir, parce que lorsque je me réveillai ensuite, il était au lit avec moi et nous étions tous les deux étendus à plat. Dès que je me mis dans une position plus confortable, il ouvrit les yeux et me regarda.

— Désolée. Le point dans mon dos me faisait mal.

— C'est bon. Je m'assurai juste que tu n'allais nulle part.

— Non. Je pense qu'il faudra un jour ou deux avant que je sente la malveillance à nouveau.

Je me déplaçai un peu plus près de lui et posai ma tête sur son épaule.

Il me caressa le dos, faisant attention à éviter l'endroit à vif.

— Bien, mais je ne pense toujours pas que je dormirai très profondément ce soir. Juste au cas où.

Je n'avais pas le même problème. Je dormis à poings fermés et me réveillai à contrecœur juste avant l'aube quand ma vessie refusa d'être davantage ignorée.

— Je vais dans la salle de bain, murmurai-je en m'éloignant d'Oanen.

Il émit un bruit d'affirmation et roula sur le côté, sa respiration toujours légère et régulière. Je me demandai combien de temps il était resté réveillé pour garder un œil sur moi. Probablement un moment, car sa position était toujours identique quand je revins.

Faisant ma place dans le lit sans le déranger, je m'installai près de lui. Sa chaleur m'apaisa et j'expirai de satisfaction. Cependant, j'avais tellement dormi que je ne pouvais pas me rendormir. Je restai donc étendue là, à réfléchir.

Pourquoi était-ce si facile pour moi de savoir ce que tout le monde voulait que je fasse, et si difficile de savoir ce que moi je voulais ? Je savais exactement ce que je ne voulais pas faire. Mais qu'est-ce que je voulais ?

Je décidai que ce dont j'avais vraiment envie était de continuer ma vie à ma façon et pas selon ce que les dieux attendaient de moi. Cela ne signifiait pas que j'étais réticente à avoir une tâche ou un travail. D'être utile d'une certaine façon. Quand j'y pensais vraiment, j'aimais l'idée de faire partie de quelque chose de plus grand que moi. Je ne souhaitais simplement pas me sentir acculée ou manipulée pour faire quelque chose que je ne voulais pas faire.

Enfin, pourquoi faire en sorte que certains d'entre nous désirent la chair et ensuite les condamner à l'enfer pour avoir répondu à ce désir ? Tout était-il vraiment un test pour voir comment nous exercions notre libre arbitre ? Et en ce qui concernait les pulsions que certaines d'entre nous ne pouvaient contrôler ? Je ne pouvais combattre la rage qui me consumait dès qu'il y avait quelqu'un de malfaisant dans le coin. Quel était le but de mon existence, alors ? Étais-je seulement, là pour blesser les autres ?

Mes pensées tournèrent en boucle jusqu'à ce que le soleil se lève et qu'Oanen se réveille en sursaut. Je souris quand il roula sur le côté, me cherchant.

— Bonjour, dis-je.

Il expira lorsqu'il vit que j'étais là où il m'avait laissée et mon sourire s'agrandit.

— Inquiet d'avoir encore perdu quelque chose ?

— Tu n'as pas idée. Depuis quand es-tu réveillée ?

Je haussai les épaules et penchai la tête pour regarder l'horloge.

— Presque deux heures, je pense.

Il me tira gentiment à lui à nouveau, et ses lèvres frôlèrent la longueur de ma gorge. Mes yeux roulèrent dans leurs orbites à la sensation.

— Mmh.

Je ne pus retenir ce son. Chaque fois qu'il me touchait, la sensation était plus agréable.

Il gronda et déposa un autre baiser sur ma peau avant de sortir du lit.

— Ne fais pas des bruits comme ça, Megan. Je n'ai pas de retenue.

Je le regardai marcher jusqu'à la salle de bain, contente qu'il ne puisse voir mon sourire stupide. J'aimais le fait d'être sa faiblesse.

Pendant qu'il se douchait, je me rendis dans la cuisine et me servis un bol de céréales. Il réémergea avec un short tombant bas sur ses hanches et des cheveux mouillés et emmêlés avant que je termine mon petit-déjeuner. Comme un reflet, je savais qu'il était ma faiblesse aussi.

— Alors, à quelle heure veux-tu partir ? demandai-je.

— Je ne sais pas encore. C'est toi qui décides.

— Comment ça ?

Je n'avais pas manqué la façon dont son regard parcourut mes jambes nues tandis que j'étais assise là dans sa chemise.

— C'est toi qui dois affronter ton arrière-grand-mère, et tu as raison en pensant qu'elle doit avoir de meilleures réponses que celles que t'a déjà données ta mère. Je ne vais pas te pousser à partir avant que tu sois prête.

— Mais, et quand je recommencerai à sentir des choses ?

— Cet endroit est protégé. Contrairement à la maison du druide, notre barrière bloque les sons et les émotions. Tu es en sécurité ici tant que tu en auras besoin.

— Et dès que je mettrai un pied dehors, la malveillance collective de cette ville me mettra à genoux. C'est mieux si nous partons avant que je récupère mes pouvoirs. Nous n'avons pas à aller à Saint-Louis. Nous pouvons aller n'importe où. Un endroit calme.

Je me rendis compte du défaut de mon plan tout en l'énonçant. Si j'attendais avant d'aller à Saint-Louis, je rencontrerais le même problème que j'essayais d'éviter en quittant New York.

— Merde, dis-je entre mes dents.

— Pourquoi n'essaies-tu pas d'appeler ta mère à nouveau ? suggéra-t-il.

Je ricanai.

— Pour quoi faire ?

— Tu en sais plus maintenant. Tu comprends de quoi elle parle. Peut-être que cette fois tu seras capable de lui faire comprendre pourquoi tu ne veux pas tuer ton arrière-grand-mère.

Je soupirai lourdement.

— Les humains normaux n'auraient jamais cette conversation. Personne ne tue des mémés.

— Je ne sais pas. Les humains ont des chansons de Noël à ce sujet.

— Ça ne compte pas. C'était le père Noël.

Je m'immobilisai et regardai Oanen avec des yeux écarquillés.

— Est-ce que le père Noël existe ?

Oanen balança sa tête en arrière et explosa de rire. Ce son fit des choses à mon ventre et me fit souhaiter de ne pas être blessée.

Il se détourna, gloussant toujours.

— Je vais chercher ton téléphone, dit-il.

Je terminai de manger et posai mon bol dans l'évier avant qu'il revienne. Cette fois, il avait également un short à me faire enfiler.

Souriant, j'acceptai le portable et laissai le short sur le côté. Je m'assis à nouveau et croisai les jambes pour exposer une de mes cuisses jusqu'à ma hanche. Du doré apparut dans son regard.

Laissant ça me distraire, je composai le numéro de ma mère.

— *Tu n'as pas intérêt à m'appeler encore de New York*, répondit-elle.

— Nous devons nous voir et parler face à face.

— *Pourquoi ? Tout ce que tu as besoin de savoir est dans le livre.*

— Évidemment que non, ou je n'aurais pas quatre grandes brûlures sur le corps. Dont deux par ta faute.

— *Le mot disait de descendre tes fesses jusqu'à Saint-Louis pour tuer Irene. Je t'ai donné un nom et une adresse. C'est tout ce dont tu as besoin, Megan. Maintenant, mets ton cul dans la voiture de ton petit amant et va chez elle.*

La frustration me rongea de l'intérieur, car je savais que même si ma mère la fermait et m'écoutait deux secondes, elle se ficherait complètement de ce que je ressentais à ce sujet.

— Comment une mère peut-elle simplement arrêter d'aimer sa fille ? J'espère que je n'aurais jamais d'enfants.

Sans attendre sa réponse, je raccrochai.

Oanen rattrapa le téléphone quand je le lançai.

— Ne laisse pas les maigres compétences parentales de ta mère fermer la porte sur le fait d'avoir tes propres enfants, dit-il doucement.

Je grimaçai, me rendant compte de ce que j'avais dit.

Le portable dans sa main commença à sonner, et il baissa les yeux dessus.

— C'est ta mère.

Je secouai la tête.

— Non. C'est Paxton. Et je n'ai pas besoin de lui parler.

Au lieu de poser le téléphone, il répondit et mit l'appareil sur haut-parleur.

— Megan écoute, dit-il.

— *Je n'ai jamais cessé de t'aimer, Megan*, dit-elle sur un ton plus calme. *Je te dis d'aller chez ton arrière-grand-mère pour te sauver. Tu as libéré tes pouvoirs, mais sans tes ailes, tu ne peux pas les utiliser. Il te brûlera. Tu dois aller chez elle.*

— Non. Je ne vais pas la tuer juste pour me sauver. Ça n'a pas de sens. Nous punissons les êtres malveillants. Comment la tuer ne peut-il pas l'être ?

— *Ça le sera. Mais ce n'est pas important. C'est comme ça que nous sommes. Tu dois la tuer, Megan.*

— Jamais.

La ligne coupa. Je fis une grimace et regardai Oanen.

— Je déteste dire ça, mais je te l'avais dit. Elle est inutile.

Je tapotai les doigts sur le comptoir, essayant de penser à ce que je voulais faire ensuite.

— La chose la plus intelligente à faire serait de quitter New York maintenant, dis-je, surtout à moi-même.

Puis, je fus frappée par l'inspiration.

— Ma mère n'est pas la seule qui a des informations, dis-je en regardant Oanen. Celui dont on ne doit pas prononcer le nom sait aussi des choses. Peut-être qu'il saura quelque chose qui...

— Je t'arrête tout de suite. Nous n'allons pas le pister pour que tu puisses lui demander conseil. Tu sembles oublier qu'il t'a enlevée.

— Il m'a empruntée pour laver son nom. Et il m'a rendue indemne.

— Il ne t'a pas rendue. Il t'a abandonnée, brisée et brûlée dans une flaque de ton propre vomi.

— Cette flaque n'était pas là quand il est parti.

— Je m'en fiche.

Je poussai un soupir exagéré.

— Entre ta jalousie et ma peur de tuer mon arrière-grand-mère, qu'est-ce qui gagne ? demandai-je.

Son expression se fissura.

— Très bien. On ira vérifier sa maison demain.

— Demain ? Pourquoi pas aujourd'hui ?

— J'ai à peine survécu à hier, répondit-il. Donne-moi du temps pour récupérer. Je veux simplement te garder là où tu es en sécurité. Vingt-quatre heures juste pour nous. C'est tout ce que je demande.

— D'accord, mais tu as intérêt à me garder occupée. Je ne supporte pas l'ennui.

Du doré se faufila à nouveau dans son regard.

— Je suis certain que je peux trouver quelque chose d'amusant à faire.

JE ME RÉVEILLAI en m'étirant et en souriant. Fidèle à ses paroles, Oanen m'avait gardée très occupée durant la journée d'hier. La douche mixte était à présent mon nouveau sport favori. Il avait fait attention à ne pas toucher les zones douloureuses, ce qui signifiait qu'il n'avait pas fait beaucoup. Cependant, ce que nous avions réussi à faire était merveilleux.

Quand nous avions été à court d'eau chaude, il avait eu des films pour nous divertir. Et beaucoup de câlins sur canapé. J'étais contente qu'il ait demandé vingt-quatre heures. Nous en avions besoin.

Je regardai l'horloge, vis qu'il n'était pas encore six heures du matin, et roulai avec un sourire, prête à lui dire qu'il nous restait deux heures. Mon sourire disparut lorsque je vis que sa place était vide. Je tendis une main et sentis les draps qui étaient déjà froids.

Sortant du lit, je partis le chercher. L'appartement s'avéra vide, mis à part pour moi et une boîte de céréales qui avait été posée sur le comptoir avec mon téléphone. Je pris ce dernier et vis un message d'Oanen et un autre d'Eliana. Je lus celui d'Oanen en premier.

J'ai mis le portable ici pour qu'il ne te réveille pas. Je suis parti chercher Zayn. J'appellerai quand je l'aurai trouvé, pour que tu puisses lui parler au téléphone. Reste dans l'appartement.

Je souris légèrement et débattis intérieurement sur le fait de l'appeler ou pas pour avoir oublié notre promesse de rester collés l'un à l'autre. Je décidai que ça n'en valait pas le coup. Je savais pourquoi il m'avait laissée derrière. L'appartement était l'endroit le plus sûr pour moi avec le sort qui me protégeait de l'extérieur. Rester ici me gardait aussi à une bonne distance de celui qui m'avait enlevée. Cette fois, mon sourire s'agrandit face à la jalousie d'Oanen. Je ne l'admettrais jamais, cependant c'était mignon quand cela le rendait protecteur. Mais pas lorsqu'il devenait étouffant.

J'ouvris l'autre message d'Eliana.

Ma mère est libre, mais elle ne part pas.

Jurant doucement, je composai son numéro. Elle décrocha tout de suite, malgré l'heure. Mais ça ne signifiait pas nécessairement quelque chose. Je n'étais même pas sûr du jour de la semaine.

— Comment ça, elle ne part pas ? demandai-je. Est-ce qu'elle a le choix ?

— *Apparemment, elle l'a maintenant,* répondit Eliana.

— C'est-à-dire ?

— *Adira pense voir un changement positif chez moi depuis qu'elle est là. Elle croit aussi que j'ai l'air en meilleure santé. Je n'ai pas l'air en meilleure santé, j'ai l'air plus en colère. Le Conseil ne peut clairement pas voir la différence. Je pense qu'ils me confondent avec toi.*

Je ris légèrement.

— Fais-leur voir l'enfer, alors, dis-je.

— *Oh, j'en ai l'intention.*

— Donc, mis à part ta mère qui reste, comment ça se passe à la maison ?

— *Pas trop mal. J'ai trouvé des brownies qui ont accepté de prendre Piepen. Il était un peu contrarié, cependant je pense qu'il s'adapte bien. Je prévois de lui rendre visite plus tard aujourd'hui. Et, Elbner fait de gros progrès avec ta maison. Pour une bête ronchonne et négligée, il fait clairement en sorte pour qu'elle rende bien. Il a même commencé à racler la peinture qui s'effrite à l'extérieur.*

— Waouh. Je suis impressionnée, dis-je. Il sait qu'on est en hiver, hein ?

— *Ça ne semble pas le déranger.*

— Mis à part ça, rien de neuf ?

Je mourrais de lui demander ouvertement des nouvelles de Fenris, cependant je ne voulais pas révéler mes cartes si elle n'était pas encore prête.

— *Rien qui mérite d'être mentionné*, répondit-elle rapidement.

Je souris au téléphone. Si elle n'était pas prête à l'admettre, ce n'était pas un souci.

— *Et toi ?* demanda-t-elle. *C'est vrai qu'un druide est impliqué dans ces morts ?*

— Oui. On parle de Zayn. Il n'est pas malfaisant, cependant. De ce que j'ai pu sentir.

— *Fais attention avec lui, Megan. Les druides ne sont pas dignes de confiance.*

— La plupart d'entre nous ne le sont pas, répliquai-je.

— *N'est-ce pas ?*

Une fois que nous eûmes raccroché, je me servis un bol de céréales et allumai la télévision. Je parvins à perdre une heure de cette façon, puis partis prendre une douche. Se laver n'était pas pareil sans l'aide d'Oanen. Quand j'eus terminé, je retournai au téléphone et vérifiai mes messages. Rien.

Décidant de jouer la petite amie en manque, je commençai à taper un SMS à Oanen.

T'as réussi à te perdre avec le GPS ? Reviens me voir. On cherchera Zayn ensemble.

Je posai le téléphone et me remis à essayer de trouver quelque chose à regarder à la télévision. Chaque minute qui passait, je jetai un œil à mon portable. Il ne vibra jamais, cependant.

À l'approche de midi, j'eus enfin un message. Sauf qu'il n'était pas d'Oanen, mais de ma mère.

Retrouve-moi au Gizzard dans 20 minutes.

Je grommelai. Oanen avait la voiture. Cela signifiait marcher dans les rues de New York. Même si ce n'était pas si loin, si je ressentais quelque chose, j'étais foutue. Malgré tout, maintenant que ma mère acceptait enfin de me revoir, je ne voulais pas lui répondre pour lui demander de reprogrammer ça.

Après avoir écrit une note rapide pour la poser sur le comptoir, j'enfilai mon manteau et mes bottes et quittai l'appartement. Heureusement, lorsque je sortis dans la rue, je ne sentis rien. J'étais toujours merveilleusement insensible à cause de ma dernière brûlure.

Gardant mes mains dans mes poches et mes pas rapides, j'arrivai au Gizzard dans le temps imparti. Un picotement de magie ondula sur ma peau au moment d'ouvrir la porte sur un intérieur sale et vide. Je fronçai les sourcils et vérifiai mon téléphone. Ça faisait exactement vingt minutes depuis le message de ma mère. Je regardai à nouveau autour de moi, me demandant où elle était passée.

La porte qui menait au couloir du fond s'ouvrit et ma mère en sortit. Elle me parcourut des yeux et croisa les bras.

— Bien. Tu es là. Maintenant, tu vas écouter.

— Moi ? J'aurais dû savoir que tu n'étais pas prête à vraiment m'aider.

Je me tournai pour partir.

— Oanen est parti depuis un moment, n'est-ce pas ? demanda-t-elle, m'immobilisant sur place. Depuis quand n'as-tu pas eu de ses nouvelles ?

Je me tournai lentement, une pesante boule de peur et de furie se formant dans mon ventre.

— Qu'est-ce que tu as fait ?

— Rien qu'une mère aimante ne ferait pas.

Elle me lança un téléphone, que je rattrapai par réflexe.

— Je te donne une motivation, Megan.

Je regardai l'écran du portable et vis le visage rougi d'Oanen lançant un regard noir.

— Qu'est-ce que tu as fait ? répétai-je d'une voix calmement mortelle.

À travers le brouillard de ma colère, je notai quatre petits ovales sur sa mâchoire qui paraissaient plus rouges que le reste de sa peau.

— L'as-tu brûlé ?

— C'était un effet secondaire non intentionnel pour l'avoir emmené chez ton arrière-grand-mère. Rester tous les deux côte à côte si proche a provoqué...

Je plongeai sur ma mère avec un hurlement étranglé, trop aveuglé pour raisonner ou être prudente. Avec le dos de la main, elle m'envoya voler de l'autre côté de la pièce.

— Calme-toi. La photo te prouve qu'il est vivant et dans un assez bon état.

Je me redressai sur mes pieds et arrachai de mon bras une écharde de la taille d'un crayon. Elle avait fait un accro à ma veste, mais je remarquai à peine le trou ou le sang qui commença à goutter immédiatement sur mon bras.

Concentrée sur ma mère, je marchai vers elle. Contrairement à la fois d'avant, je ne fonçai pas sur elle.

— Me combattre ne résoudra rien, dit-elle en m'observant.

— Non, mais te faire saigner me fera sentir sacrément mieux.

Les yeux de ma mère virèrent à l'orange vif tandis que je me rapprochai.

— Megan Smith, dit-elle de sa voix de furie.

J'embrassai la mienne, ou ce qu'il en restait, et me déplaçai assez vite pour la frapper au visage. Sa tête bougea à peine.

— Paxton Smith, dis-je de ma propre voix furieuse. Va te faire foutre.

Ses yeux s'illuminèrent encore plus et la chaleur de sa colère commença à faire fondre la première couche de ma veste. Le parquet sous nos pieds craqua et noircit.

Avec une effroyable vitesse, elle tendit le bras et me saisit par la gorge.

— Je ne te perdrai pas à cause de ta propre stupidité. Bouge ton cul jusqu'à Saint-Louis, maintenant, et sauve ton petit ami.

Elle me poussa durement et je volai à nouveau en arrière. À peine une seconde après mon atterrissage, je me relevai, jetant un regard mauvais dans sa direction. De la fumée flottait dans l'air entre nous, une brume trouble et bleue qui aurait été difficile à voir si le feu ne consumait pas lentement ma mère.

Tandis que je l'observai, des ailes poussèrent dans son dos, jumelles vives et infernales qui se plièrent vers l'avant pour s'enrouler autour de son buste dans une démonstration audacieuse de jaune et d'orange. Je savais ce que je voyais. Sa vraie forme. Ma future vraie forme, vêtue des feux de l'enfer.

Le commentaire de Zayn sur le fait que nous étions les filles d'Hadès semblait plus que probable quand je la regardais comme ça.

Les ailes de feu la recouvrant développèrent une lueur incroyablement vive, puis disparurent en un clin d'œil, l'emportant avec elle.

Je crachai de la fumée et regardai le téléphone toujours dans ma main. L'écran s'était fissuré durant une de mes chutes. La lézarde ne m'empêchait pas de voir le beau visage en colère d'Oanen. Ou ses brûlures. La rage me titilla à nouveau quand je remarquai que ses épaules semblaient tirées en arrière. L'image ne montrait pas pourquoi, cependant je savais qu'elle avait attaché ses bras dans son dos.

D'abord, ma mère l'avait pris puis ligoté à un arbre. À présent, elle voulait que j'aille le sauver. Ou quoi ? Je songeai aux possibles conséquences. Ma famille était folle. Assez folle pour tuer l'homme qui possédait mon cœur ? Absolument.

Le sol sous mes pieds commença à se consumer.

— Sauver mon petit ami ? dis-je doucement. Ils n'ont aucune idée de ce qu'ils ont relâché.

C H A P I T R E   Q U I N Z E

Quinze

D ANS LA SALLE ENFUMÉE DU G IZZARD, MON ESPRIT RÉFLÉCHIT À MILLE
à l'heure. Oanen avait pris sa voiture pour retrouver Zayn. Comment
étais-je supposée me rendre à Saint-Louis ? C'était un voyage d'une
journée si je trouvais un véhicule et que je conduisais directement
sans m'arrêter. Un bus prendrait le double du temps. Et vu comment
je me sentais, je blesserais quelqu'un bien avant d'arriver à
destination. J'avais besoin d'une voiture.

Je pourrais essayer d'appeler le Conseil. Ou peut-être, la mère
d'Oanen. Cependant, je doutais qu'elle apprécie que tous les secrets
et informations que nous avions cachés soient la cause de
l'enlèvement de son fils. Et, étant donné que ma mère et mon
arrière-grand-mère étaient impliquées et que le Conseil me
craignait, je doutais également qu'ils se mêlent de notre querelle
familiale.

Ignorant la douleur de la brûlure à mon bras, la fumée qui me
suivait à chaque pas vers la porte et mon mal de tête me martelant, je
quittai le Gizzard. Le vent froid arracha la chaleur accumulée autour

de moi et me vida assez l'esprit afin que je réfléchisse à une autre option.

Je connaissais quelqu'un qui pourrait m'aider. Peut-être.

J'utilisai une application de covoiturage sur mon téléphone pour me faire déposer à l'adresse d'Elizabeth Sias.

La maison ne paraissait pas avoir changé, compléter avec le rideau qui bougeait à droite tandis que j'approchais. Je tambourinai à la porte, ne faisant pas semblant cette fois.

— Elizabeth ! appelai-je. J'ai besoin de son aide.

La porte s'ouvrit en grand et la sœur de Zaun me dévisagea.

— Il n'est pas là.

Je jurai.

— As-tu une voiture ?

Son regard vacilla vers ma veste.

— Sais-tu que tu fumes et que tu as du sang sur toi ?

— As-tu une voiture et des affaires de rechange ? me corrigeai-je.

Elle hésita un moment.

— Pitié, Elizabeth. Je ne suis pas après Zayn. J'ai parlé en son nom. Ce qui m'arrive maintenant n'a aucun rapport avec ça. Le garçon avec qui j'étais ? Quelqu'un l'a enlevé. Et je veux le récupérer.

— Très bien. Attends là.

Elle bougea pour s'éloigner puis me regarda à nouveau.

— N'essaie pas d'entrer.

— Je me souviens de ce qui arrive. J'attendrai là.

Je l'observai disparaître dans les profondeurs de la maison et me demandai nonchalamment si la barrière magique gardait la chaleur à l'intérieur, parce que je ne ressentais rien. Je patientai et ignorai les véhicules occasionnels qui roulaient lentement dans la rue.

Elizabeth revint plusieurs minutes plus tard avec un sac ainsi que des clefs. Elle me jeta le sac, puis pressa un bouton de télécommande et une jolie voiture bipa à presque une rue de là.

— J'espère que tu pourras la remplacer si tu l'abîmes, dit-elle.

— Je ne peux pas, mais je connais des gens qui peuvent. Alors, tu es couverte.

Elle sourit légèrement.

— Bonne chance, Megan. Zayn a dit que tu étais sympa.

Je hochai la tête et partis, me dirigeant vers la voiture. Lorsque je l'atteignis, je regardai à l'intérieur du sac. Elizabeth et moi étions loin d'avoir la même taille. Elle était bien plus grande que moi. Le pantalon ne m'irait pas, cependant la chemise et la veste, oui. Je me déshabillai et restai en soutien-gorge, là dans la rue. Quelqu'un me siffla.

— Recommence, et je t'arracherai la gorge et te regarderai la manger ! criai-je sans me retourner.

Plus personne n'émit un son. Mais je pouvais les sentir. Je n'aurais pas dû en être capable. Pas encore. Du moins, je ne pensais pas en être capable si tôt.

Ignorant le désir de mettre ma menace à exécution, je déchirai la manche de ma vieille chemise et l'utilisai comme bandage avant d'enfiler le nouveau haut et la veste. Pour tous ceux qui passeraient et me voyaient, j'avais l'air complètement respectable et non pas comme quelqu'un qui avait failli embraser un bâtiment.

Je jetai le sac et mes vêtements sales à l'arrière et montai dans la nouvelle berline. Je ne savais pas exactement ce que faisaient les druides, cependant Zayn semblait bien se débrouiller. Ou peut-être que sa sœur était la présidente géniale d'une sorte de compagnie.

— Nan, dis-je en démarrant la voiture. Prisonnière de sa propre maison. Je doute que ça rende bien sûr un CV.

Je tapai l'adresse de ma très chère mémé dans le GPS et m'engageai dans la rue tandis que l'application me trouvait la route la plus rapide.

L'horloge embarquée disait qu'il était presque quatorze heures. L'application annonçant que j'arriverais demain juste avant le lever du soleil. Je serrai les dents et appuyai l'accélérateur jusqu'à dépasser de huit kilomètres la vitesse autorisée, espérant ne pas avoir de problème.

Huit heures et un plein d'essence plus tard, je reconsidérai ma définition de problème lorsque j'avalai un expresso et une boisson énergisante à la station. J'avais l'impression d'avoir les globes oculaires enveloppés dans du papier de verre et qui devenaient de plus en plus rêches au fur et à mesure que j'essayais de les garder ouverts.

— Il y a intérêt à ce que ça marche, dis-je en jetant la canette et la tasse vides sur le siège passager.

Aussi fatiguée que je fusse, je ne voulais pas m'arrêter, même pour quelques heures de sommeil. Je pouvais sentir l'agacement sous ma peau et craignais ce qu'un retard de quelques heures me ferait au moment d'entrer à Saint-Louis.

Malgré tout, vingt-cinq minutes plus tard, je stoppai sur la bande d'arrêt d'urgence, urinant dans un fossé et toujours aussi sacrément fatiguée. Sauf que, en plus de tout ça, je ne pouvais cesser de trembler.

— Stupide caféine. Stupide burnout de furie.

Je remontai mon pantalon et retournai dans la voiture juste au moment où mon téléphone commença à sonner. Ce n'était pas un numéro que je reconnaissais. Par le passé, ça ne signifiait rien d'autre que des problèmes, et ma colère envers le potentiel merdier dans lequel ma mère ou le Conseil allaient me jeter maintenant me fit brûler toute ma caféine quand je répondis.

— Allô ?

— *Megan ? C'est Elizabeth. Zayn m'a donné ton numéro et m'a demandé de t'appeler. Peux-tu t'arrêter ?*

Je regardai autour de moi l'étendue noire de la route.

— Je suis déjà arrêtée.

— *Génial. Attends une minute.*

Sa voix devint étouffée.

— *Elle est arrêtée.*

Une lumière vive et aveuglante emplit la voiture.

— C'est quoi, ce bordel ?

Je lâchai mon téléphone pour frotter mes yeux qui me piquaient.

— Désolé, Megan, dit Zayn à côté de moi. Je ne maîtrise pas encore les portails sans la lumière.

Je clignai plusieurs fois des yeux jusqu'à le voir.

— Je ne savais pas que les druides pouvaient faire des portails.

— La plupart ne peuvent pas. Je suis désolé que ça m'ait pris si longtemps pour te rejoindre. Il y avait certaines choses qui requéraient mon attention avant que je puisse disparaître quelques heures pour t'aider.

— M'aider ?

— Elizabeth a dit que tu avais besoin de mon aide.

Il se pencha et ramassa mon portable.

— Je l'ai retrouvée. Merci.

Il raccrocha et me le rendit.

— Si tu veux bien être gentille, je préfèrerais que tu effaces ce numéro.

Je frottai mon visage avec fatigue, essayant de rester concentrée sur ce qu'il disait.

— J'avais juste besoin d'une voiture, dis-je. Pas toi, personnellement.

— Pour récupérer Oanen chez ton arrière-grand-mère. Je sais.

— Alors pourquoi es-tu là ? Et comment es-tu au courant pour Oanen ?

Il tapota son oreille.

— J'écoute les murmures. Et je suis ici parce que je pense que tu as besoin de plus qu'une simple voiture. Tu es épuisée. Maintenant, faisons un exercice d'évacuation que je conduise un moment.

J'échangeai volontiers de place avec lui, me disant que j'avais une meilleure chance d'atteindre ma destination plus vite et indemne ainsi.

— Oanen est parti te chercher, dis-je, lorsque Zayn s'engagea sur la route.

— Je sais. Elizabeth me l'a dit. Je n'étais pas chez moi à ce moment.

Je penchai la tête sur le siège et observai Zayn conduire. Il était assez beau, cependant il y avait quelque chose chez lui qui était impossible à saisir. Je me demandai s'il était proche de qui que ce soit à part sa sœur.

— Tu ne sembles pas souvent être chez toi, dis-je pour faire la conversation. Une petite amie ? Un petit ami ?

Il gloussa.

— Célibataire et indisponible, répondit-il en confirmant mes pensées. Et, non, je ne suis pas souvent chez moi. Je travaille beaucoup et c'est pour ça que je m'inquiète pour Elizabeth. Alors, pourquoi Oanen me cherchait-il ?

— Quoi ? Quelque chose que tu ne sais pas ?

Un sourire apparut sur son visage.

— Cela arrive de temps en temps.

— Il te cherchait à cause de moi. Tu semblais en savoir beaucoup sur ce que je traverse. Quatrième génération et tout ça. J'espérais que tu connaîtrais une façon pour moi de devenir une furie à part entière sans avoir à tuer quelqu'un.

— Ah, dit-il.

J'attendis la suite, mais il resta silencieux.

— Ah ? C'est tout ?

Il sourit à nouveau.

— Tu es unique pour une furie, Megan. La plupart de celles de ton espèce embrassent leur instinct pour chercher et punir les malveillants.

— C'est ce qu'on m'a dit, dis-je en soupirant, puis en bâillant.

— Sais-tu pourquoi une furie doit se confronter à la plus vieille de sa génération lorsqu'elle développe ses pouvoirs ? demanda-t-il.

— Non. C'est en bonne partie pour ça que toute cette histoire m'énerve. Nous faisons tellement de choses sans même comprendre pourquoi. Comme de bons petits moutons bien entraînés, continuant leurs petites affaires.

Il gloussa.

— Je ne serai plus jamais capable de voir une furie sans imaginer un mouton, à présent. Les furies se tuent entre elles à cause de leur malfaisance. Plus la furie est âgée, plus elle en a. C'est à force de punir tous les êtres mauvais dans sa vie.

— Waouh, attends, attends.

Je levai ma tête du siège.

— Tu es en train de dire que je vais être bannie en enfer pour ce que je suis destinée à faire ?

— Oui. Mais pas comme tous les autres êtres malveillants envoyés là-bas. La malveillance des furies est pardonnée au moment où leurs ailes leur sont arrachées, les privant de leurs pouvoirs. Elles finissent mortelles et ont un endroit spécial où reposer en enfer. Un lieu paisible pour compenser leurs vies tourmentées et rageuses sur Terre.

Nous étions en paix. Mais seulement à notre mort ?

— C'est quoi, ce bordel ? Rien de tout ça n'était écrit dans le *Livre des Furies*.

— Il y a un livre pour les furies ? demanda-t-il en me jetant un regard. J'adorerais le lire.

Je l'examinai un moment. Étant donné le voile de mystère que toutes les créatures maintenaient concernant leurs informations, ainsi que les sorts de protection sur la bibliothèque super secrète de l'académie, je savais que je devais répondre non. Mais j'avais également lu le livre de long en large et savais qu'il ne contenait pas grand-chose.

— Je te dirai quelque chose si tu promets de me donner plus d'informations.

Il leva sa main vers lui.

— Ce que je t'ai raconté est de notoriété publique.

— Pas si public si je n'étais pas au courant. Que sais-tu d'autre ? demandai-je en posant la tête sur mon siège à nouveau.

Le sommeil me tiraillait, cependant je ne voulais pas m'y abandonner.

— Probablement pas autant que tu aimerais. Je n'ai aucune réponse à ton problème. Je comprends que tu seras submergé par la rage lorsque tu affronteras ton arrière-grand-mère. Tu arracheras ses ailes, tu la priveras de son pouvoir et la condamneras en enfer. Et en le faisant, tu réclameras ton pouvoir.

— Parce qu'il ne peut y avoir que trois furies, dis-je avec frustration.

— Exactement. Maintenant, dis-moi quelque chose que je ne sais pas.

— Les furies ne peuvent avoir que des filles.

— Tout le monde sait ça, dit-il avec un rictus.

— Ah oui ? Les griffons ne peuvent avoir que des garçons.

— Tout le monde sait ça aussi.

J'attendis qu'il fasse le lien et sus qu'il y était parvenu lorsque son rictus disparut. Il sembla songeur un moment.

— Sortir avec Oanen pourrait te causer des problèmes.

— Oui, ma mère a déjà tenté de me dissuader. Économise ta salive.

— Je n'essaie de te dissuader de rien.

— Alors de quoi parles-tu ?

— De rien en particulier, répondit-il avec un haussement d'épaules. Les choses qui pourraient bousculer l'équilibre m'intéressent toujours.

— Quel équilibre ? demandai-je.

— L'équilibre que les dieux ont créé.

— Ils sont morts ?

— Vraiment ?

— J'aime parler avec toi, Zayn. Tu es futé et tu ne gardes pas les informations pour toi. Ne commence pas à t'y mettre maintenant.

Il sourit à nouveau, son visage s'illuminant sous les phares d'une voiture qui passait.

— Je ne fais pas de rétention d'informations, dit-il. Je ne sais vraiment pas si les dieux sont morts ou pas. Mais s'ils ne le sont pas, où sont-ils ? Pourquoi décider soudainement de ne plus intervenir auprès des créatures pour lesquelles ils se sont battus ?

— Bonne question. Je me la pose moi-même.

— Peu d'entre nous ont l'opportunité de voir ce qui se trouve dans un royaume divin. Lorsque tu y livreras ta première âme, essaie de jeter un coup d'œil autour de toi.

— Et de te faire mon rapport ?

— Nan. Il vaudrait mieux que tu ne viennes pas me chercher après ça. Mais peut-être qu'à l'avenir, je passerai te voir pour te saluer.

Je ricanai en imaginant cette scène potentielle se produire dans ma tête.

— Oh, que tu te pointes sur notre perron rendra Oanen tellement heureux, dis-je.

— Détecterais-je du sarcasme ?

— Eh bien, tu m'as laissée toute nue sur un sol en ciment.

— Avec une couverture et ma veste. Et je n'ai pas regardé. Enfin, si, mais d'une façon clinique pour m'assurer que tu allais bien.

— À ce sujet, il vaudrait mieux que tu ne mentionnes plus ce fait devant lui.

Je m'arrêtai un moment, songeant à lui.

— J'espère qu'il va bien.

Zayn tapota le volant avec ses pouces, perdu profondément dans ses pensées.

— Les griffons sont particulièrement focalisés sur le bien-être de leur compagne, dit-il.

— Ne m'en parle pas. Et, aussi, tout le monde sait ça.

Zayn me regarda. Il n'y avait pas une pointe d'humour dans ses yeux.

— Tu ne comprends pas. Oanen ne peut pas être près de toi lorsque tu l'affronteras.

Je me rendis durement compte de ce qu'il disait. Oanen essaierait de me protéger. Pas de mon arrière-grand-mère, mais pour m'empêcher de faire une chose pour laquelle je me détesterais. Et ce faisant, il serait blessé. Ou pire. J'avais déjà vu ce que le feu de furie pouvait lui faire.

Donc quoiqu'il se passe, en arrivant chez elle, je devais m'assurer qu'Oanen soit parti. Ça n'allait pas être facile.

— Merci, dis-je doucement. Tu m'as aidé plus que d'autres qui étaient censés être mes gardiens ou mes conseillers.

— J'en suis content. Ce monde peut être effrayant sans les bonnes informations, les bonnes compétences ou les bons amis.

Il tendit le bras et posa une main sur mon épaule.

— Si tu me laisses faire, j'aimerais t'aider à dormir. Je te garderai ainsi jusqu'à l'arrivée. Tu te réveilleras plus reposée et prête à l'affronter comme ça. Mais c'est toi qui choisis.

— Peut-être dans un moment. Il y a quelque chose d'autre que je veux te demander.

Il retira sa main.

— Vas-y.

— Pourquoi n'es-tu pas malfaisant ? Il y a très peu de personnes que j'ai rencontrées et qui soient aussi nettes que toi. Et ils le sont parce qu'ils sont restés coincés à Uttira et ne font rien. Mais tu es dehors, à faire des choses pour gagner assez d'argent pour acheter une voiture comme celle-ci pour ta sœur.

Il gloussa à nouveau.

— Merci de l'avoir remarqué. Et pour confirmer quelque chose dont je me doutais depuis longtemps.

— C'est quoi ?

— De toute l'histoire écrite, de tous les mythes et les fables, il y a beaucoup de choses en commun. Pas seulement dans les anciennes croyances ou fois, mais aussi dans les celles d'aujourd'hui. Et l'une de ces choses que l'on retrouve encore et encore, c'est le concept de rédemption. J'ai fait de mauvaises choses, Megan. Mais j'ai toujours cherché à les expier d'une certaine façon.

— Donc, tu n'es pas malveillant à cause de ça ? Repenti ? demandai-je, pas sûre de croire que retirer la malfaisance était si facile.

— Non. C'est sur le fait d'être désolé de ce que j'ai fait. Du moins, pas seulement ça. Je fais beaucoup de magie. Toute la magie n'est pas bonne. Mais, je garde une trace de ce que je fais. Un barème mental, si tu veux. Quand les mauvaises choses commencent à se rapprocher des bonnes, je fais plus de bonnes choses pour ramener l'équilibre en ma faveur.

Je réfléchis à ses paroles et observai les étoiles par la fenêtre.

— Tout ça donne l'impression que nous sommes programmés pour jouer à ce jeu. Pour divertir les dieux, tu sais ?

— Je sais. Sauf qu'ils ont cessé de nous observer il y a longtemps. Et je pense que cela nous laisse un peu plus de marge pour interpréter les règles en notre faveur.

— Et s'ils recommencent à faire attention ? demandai-je en le regardant.

Son expression ne changea pas quand il répondit.

— Alors, nous sommes tous foutus.

Il me jeta un regard en biais.

— Sauf pour toi, peut-être, fille d'Hadès, lança-t-il avec un léger rictus.

Je souris en retour. Zayn était différent. Comme il le disait ni bon ni mauvais. Juste Zayn.

— Je pense que je suis prête pour une dose de Zaynatonine, maintenant.

Il tendit le bras et posa la main sur mon épaule.

— Les choses que nous faisons pour protéger ceux que nous aimons ne devraient pas faire pencher la balance d'un côté ou d'un autre, dit-il. Mais parfois, c'est le cas. S'il te plaît, souviens-t'en lorsque tu devras t'occuper des êtres malveillants à l'avenir.

Avant que je puisse lui demander ce qu'il voulait dire, il lança :

— Dors.

Et j'obéis.

UNE CRAMPE dans ma nuque me réveilla. Avec un petit cri de douleur, j'attrapai le muscle qui se rebellait et le frottai légèrement en ouvrant les yeux. La voiture ne bougeait plus, arrêtée sur la bande d'arrêt d'urgence d'une route de campagne et le siège conducteur était vide.

Fronçant les sourcils, je me redressai et regardai autour de moi. Il faisait toujours sombre et il n'était pas facile de voir sous les rayons de la lune. Cependant, je constatais que Zayn n'était plus là. J'ouvris la portière et m'étirai.

— Zayn ? appelai-je.

Seul le vent frais me répondit.

Je me penchai et tendis le bras dans la voiture pour prendre mon téléphone, qui était toujours au milieu du tableau de bord, pour vérifier l'heure.

L'écran était ouvert sur un brouillon de SMS.

DÉSOLÉ, j'ai dû partir. La situation est compliquée avec Elizabeth, et ma priorité est de la garder en sécurité. Je ne t'ai pas abandonnée, cependant. Avec de la chance, les avancées que j'ai faites pour protéger Oanen le garderont en sécurité le temps que tu arrives. Bonne chance. Zayn.

J'ÉTAIS SI ÉNERVÉE que je faillis balancer mon portable. Au lieu de m'amener jusqu'à Irene comme promis, il m'avait lâchée on-ne-savait-où sur le bord de la route.

— Eliana avait raison. Ne jamais faire confiance à un druide.

Il me fallut un moment pour me calmer et relire le message. La colère devint de l'inquiétude. Qu'avait fait Zayn pour protéger Oanen ?

Allumant la carte de mon application GPS, je vis que j'avais encore deux heures de route avant d'atteindre l'adresse de mémé Irène. Néanmoins, la route qu'elle voulait me faire prendre m'envoyait directement à travers la ville. Je savais bien qu'il ne valait mieux pas. Il me fallait la contourner, ce qui signifiait encore plus de temps avant d'atteindre Oanen.

Cette fois, je balançai vraiment mon téléphone. Sauf que je m'assurai qu'il atterrisse sur le siège passager. Je claquai la portière et contournai la voiture d'une démarche rageuse pour me mettre derrière le volant. Lorsque je démarrai, je vis que Zayn m'avait au moins laissé le réservoir plein.

Projetant des graviers, je quittai la bande d'arrêt d'urgence et écoutai les instructions de l'application.

Il ne me fallut pas longtemps pour comprendre que j'avais un autre problème. Je devais soit m'arrêter à nouveau et me soulager dans un fossé, soit trouver une autre station. Un grondement dans mon ventre prit la décision pour moi, même si je détestais avoir encore plus de retard. Selon l'application, il y avait une station non loin de là où je me trouvais.

Je suivis les directions et entrai dans un parking assez calme en périphérie d'une petite ville. Des volutes d'agacement survolèrent ma peau avant de se faufiler dessous. Je ne serais pas capable de rester longtemps, avec tous ces crétins partout ça ne pouvait pas finir bien.

Grondant d'agitation, j'ouvris la portière et la claquai violemment derrière moi. Je grimaçai, me souvenant de ma promesse de rendre la voiture en un seul morceau.

— Tu peux le faire, Megan. Respire.

La porte s'ouvrit et deux adolescents en sortirent. Ma peau se chauffa et mon humeur se réveilla alors que je marchais vers eux. La première avait des clefs dans sa main et me regarda avec nervosité. La seconde était captivée par son téléphone et faisait à peine attention à ce qui l'entourait.

— Qu'as-tu volé ? demandai-je en m'arrêtant devant elles.

La première avec les clefs leva les mains et avait l'air d'être sur le point de pleurer.

— J'ai juste payé pour mon essence. Je n'ai rien volé. Je le jure.

— Pas toi. Toi, dis-je en regardant l'autre avec son portable.

Son amie se tourna vers elle.

— Sérieux, t'as piqué un truc, Heather ?

Cette dernière leva des yeux surpris.

— Quoi ? Non. Je lisais tout le temps.

— C'est vrai, confirma la première. C'est tout ce qu'elle fait tout le temps.

J'examinai Heather un moment. La malveillance ne mentait pas. Elle avait fait quelque chose pour briser une règle humaine ou non humaine, assez souvent afin que j'avais le besoin de lui faire du mal.

— As-tu payé pour le livre que tu lis ? demandai-je.

— Euh. Non. Je l'ai téléchargé gratos.

— Comment ?

— J'ai cherché des sites qui l'avaient gratuitement. En général des forums où les gens partagent des fichiers de livres.

Je frottai ma main sur mon visage et essayai de garder mon calme.

— Lorsque tu télécharges des livres gratuitement sur des sites qui postent des copies non autorisées qui sont normalement disponibles à l'achat ailleurs, cela s'appelle du piratage littéraire et c'est illégal. Combien de livres as-tu téléchargés ?

L'écho de ma voix de furie s'était immiscé dans mes paroles.

— Mille deux cent vingt-trois.

Elle cligna des yeux de confusion.

— Comment je sais ça ?

— Et combien vaudrait un livre si tu t'étais embêté à l'acheter ?

— Trois ou quatre dollars, dit-elle.

— Tu peux faire le calcul ?

Elle blêmit et acquiesça.

— Tu as volé environ quatre mille dollars, et tu as quoi, seize ans à peine ? Il me tarde de te voir dans dix ans, dis-je en pensant à l'échelle de Zayn. Tu seras assez malfaisante d'ici là et je serai capable d'y faire quelque chose.

J'avançai pour les contourner.

— Je n'ai pas beaucoup d'argent, dit-elle comme si cela rendait ses actes acceptables.

— Je n'en ai pas beaucoup non plus. Est-ce que cela implique que j'ai le droit d'entrer dans ce magasin et de prendre ce que je souhaite dès que le caissier a le dos tourné ? Non. Tu veux du divertissement gratuit ? Allume la télé et regarde les nouvelles, putain. Arrête de voler des livres.

J'entrai dans la boutique sans un regard en arrière et demandai la clef des toilettes. Le vendeur me reluqua de haut en bas avant de me tendre un bout de bois auquel était attachée une clef.

— Nous avons des problèmes avec des gens qui volent la clef, dit-il en me jetant un regard insistant.

— Oui. Ça semble être à la mode.

Lorsque je sortis à nouveau, les deux filles étaient parties et je fus capable d'aller jusqu'aux toilettes sans incident. Toutefois, j'aurais été bien mieux sur le bord de la route.

Secouant la tête devant le mépris des anciens usagers face à l'hygiène, j'essuyai le siège, le recouvris de papier toilette et fis rapidement mes petites affaires. J'essayai de toucher aussi peu de choses que possible et me lavai deux fois les mains avant d'utiliser mon coude pour sortir. Ce n'était pas facile.

Une fois de retour dans la boutique, je jetai la clef au caissier.

— Quelqu'un devrait aller là-bas et nettoyer. C'est dégoûtant.

— Si ça ne vous va pas, ne l'utilisez pas.

Mes doigts me démangèrent.

— Ne me cherche pas Anthony, dis-je. Je ne suis pas d'humeur et je sais que tu as fait de mauvaises choses aussi.

Il me lança un regard surpris.

— Comment connaissez-vous mon nom ?

Je pointai le badge sur son torse.

M'éloignant de lui, je me rendis à la section réfrigérée, espérant y trouver de la nourriture comestible. Il n'y avait rien, cependant ils avaient des petits pains chauds et un truc qui ressemblait à des tacos secs. Tout à coup, les options plus saines d'Uttira me manquaient.

Secouant la tête, j'observai une femme entrer. Elle était habillée joliment, dans un pantalon et un haut de type tailleur. Son rouge à lèvres et son maquillage étaient parfaits, ainsi que ses cheveux. Pourtant, l'extérieur ne comptait pas. Pas quand l'intérieur était aussi pourri.

— Ne fait rien, Megan. Ne fais rien. Contente-toi de sortir. Tu n'as pas le temps pour ça.

J'avançai d'un pas vers la caisse et hésitai tandis que la femme demandait la clef des toilettes.

La réponse à la protection d'Oanen était juste devant moi. Si j'essayais d'envoyer cette femme en enfer, j'aurais une autre brûlure. J'étoufferais également mes capacités et serais incapable de sentir la malveillance de mon arrière-grand-mère.

D'un autre côté, j'ai failli me tuer la dernière fois. Je pensais à l'image d'Oanen attaché à un arbre. À nouveau, j'ai été laissée avec un non-choix.

La femme sortit et je payai rapidement mon petit-déjeuner merdique avant de la suivre.

Personne n'était dans le parking pour me voir attendre devant les toilettes. Ou pour me voir prendre la femme d'affaires blonde par la gorge dès que la porte s'ouvrit à nouveau.

La soulevant haut, j'embrassai ma colère.

— Mabel Cartwater, confesse-toi.

L'écho rude de mes paroles engendra la confession en pleurs de la femme.

J'écoutais comment elle avait maltraité à répétition son enfant. Poignet cassé. Clavicule cassée. Fémur cassé. À des occasions séparées. Toutes justifiées comme étant des facéties d'enfant. La pire dans tout ça était que cette pitoyable mère cherchait déjà un moyen de trouver comment se débarrasser pour de bon du gamin.

Son propre enfant. C'était quoi toutes ces mères pourries ?

— Si ça ne fonctionne pas, dis-je, sache que je te retrouverai.

Je relâchai mon pouvoir de furies au moment où je la serrai fort.

CHAPITRE SEIZE

Lorsque je me réveillai, j'étais seule sur le bitume devant les toilettes. Il n'y avait plus aucun signe de la femme ou de sa voiture. Je jurai dans ma barbe. Ce n'était pas important. Je connaissais son nom, et je savais, en quelque sorte, que je la reverrais très bientôt. Les êtres malfaisants ne pouvaient échapper à ma furie.

Lentement, je me mis sur pieds et grimaçais devant la nouvelle douleur sur le côté de mon cou. Utilisant la clef qui était tombée à côté de moi, j'entrai dans les toilettes et vis la brûlure. La marque laide et rouge serait impossible à dissimuler.

Laissant la clef sur la porte, je retournai à la voiture. Conduire n'était pas facile. Je dus m'arrêter deux fois pour vomir, et j'avais l'impression que ma tête allait exploser. Finalement, j'arrivai aux abords de Saint-Louis, dans les territoires de campagne en périphérie.

La maison de mon arrière-grand-mère était petite comparée à ses voisines, cependant elle était bien entretenue. Pittoresque. Je m'engageai dans l'allée et éteignis le moteur.

Un papillonnement blanc sur la porte d'entrée attira mon attention. Sortant, j'essayai de sentir la malveillance environnante.

Rien. Soulagée, j'avançai jusqu'à la porte et découvris que le papillonnement de blanc était un mot à mon intention.

MEGAN,

Fais comme chez toi. Il y a des cookies sur le comptoir. Prends-en un avec du lait avant de sortir dans le jardin.

Mémé Irene.

J'ARRACHAI le mot de la porte.

— C'est quoi ce bordel ?

ON N'AURAIT PAS CRU un message d'une arrière-grand-mère furieuse qui voulait me botter les fesses. Cette pensée me fit m'arrêter. Pas une fois je n'avais envisagé le fait qu'elle ne souhaitait pas m'affronter. Le livre disait seulement que je devais la combattre. Peut-être qu'elle savait que ma venue était inévitable, pas parce que c'était quelque chose qu'elle voulait. Cette idée me fit froncer les sourcils alors que je posai la main sur la poignée et entrai.

Le parfum de cookies tout juste sortis du four emplissait l'air. Exactement le genre d'odeur que j'aurais associée à une maison de grand-mère normale.

Avant que je puisse faire deux pas dans la direction de la cuisine, j'entendis un léger martèlement. Je m'arrêtai, penchai la tête et écoutai.

Les bruits semblaient provenir du couloir à ma gauche. Je bougeai dans cette direction, jetai un œil dans une chambre, une salle de bain, puis une autre chambre. Chaque pièce était vide et joliment décorée. Chaleureuse et accueillante.

La dernière porte sur la gauche était fermée. Et derrière, les coups continuèrent. J'hésitai, la main sur la poignée. Et si la gentille mémé Irène qui préparait des cookies n'était pas dans le jardin comme la note le disait ? Et si c'était un piège ?

Je reculai d'un pas ou deux de la porte.

— Bonjour ? appelai-je en rassemblant toute once de fausse innocence que je possédais.

Les coups s'arrêtèrent.

— Megan ? répondit une voix familière et étouffée de l'autre côté.

— Oanen !

Je fonçai sur la porte et l'ouvris en grand. Avant que je fasse plus d'un pas à l'intérieur, Oanen me serra dans ses bras. Son parfum venteux emplit mon nez et j'inhalai profondément tout en l'étreignant fermement.

— J'ai eu si peur, dis-je. Tu vas bien ?

J'essayai de reculer pour le voir par moi-même, cependant il ne me relâcha pas.

— Je vais bien, marmonna-t-il dans le creux de ma nuque.

Heureusement, le bon côté. Je frissonnai à la sensation de son souffle sur ma peau.

— Je suis tellement désolé, Megan.

— Non. Ce n'est pas de ta faute.

Il relâcha sa prise et je tournai la tête pour croiser son regard bleu. Je grimaçai, me rendant compte de tout ce qui avait changé depuis la dernière fois que je l'avais vu. La photo sur le téléphone était correcte. Il avait été brûlé, quelque chose qui m'était familier. Ses sourcils étaient un peu fondus et roussis. Et la légère puanteur de cheveux brûlés était accrochée à lui.

Malgré ma récente brûlure, je pouvais sentir ma furie lever la tête.

— Qu'est-il arrivé ? Comment ma mère t'a-t-elle trouvé ? demandai-je.

— J'étais chez Zayn, attendant que le druide se montre, lorsque j'ai reçu un message d'un numéro inconnu. J'avais distribué mon numéro à tellement de gens quand nous cherchions Zayn que je n'y ai même pas réfléchi. Le message disait d'aller au Gizzard. Que Zayn y était.

— Mais il n'y était pas, dis-je, sachant déjà ce qu'il raconterait ensuite.

— Non. Je n'arrive pas à croire que j'ai été aussi stupide. J'ai marché droit dedans. Ta mère était là, m'attendant. Dès qu'elle m'a touché, il y a eu un bref flash de lumière et j'étais là, dans le jardin.

— Elle s'est téléportée ?

Même après l'avoir vue disparaître devant moi, j'avais du mal à croire qu'elle en était capable. Qu'un jour, je serai capable de faire de même.

— Oui. Elle m'a dit de me considérer comme chanceux. Que la plupart des gens qui faisaient de l'auto-stop avec une furie allaient droit en enfer.

— Et la téléportation t'a brûlé ?

— Non. C'était un accident. Ta mère avait à peine fini de m'attacher à un arbre dehors que la porte de la maison s'est ouverte à la volée. Ton arrière-grand-mère est arrivée d'un pas décidé et bon sang, elle était furieuse. Elle s'est mise à hurler le nom de Paxton et à lui demander de se confesser. Ta mère a commencé à faire la même chose. Ces brûlures sont dues au fait qu'elles étaient très proches l'une de l'autre. Elles étaient toutes les deux enveloppées de flammes. C'était comme ce jour à côté de la voiture. La seule chose qui m'a sauvée était l'arbre. Ta mère m'avait attaché sur le côté.

J'examinai son visage et frôlai les points rouges que j'avais deviné être des marques de doigts.

— Et ça ? m'enquis-je.

— Une fois que ta mère est partie, Irene m'a rejoint et m'a demandé qui j'étais. Je ne crois pas qu'elle se rendait compte à quel point elle était encore chaude.

J'affichai un rictus.

— Donc, tu penses que mon arrière-grand-mère était chaude ?

Il gémit et posa son front contre le mien.

— Tu m'as manqué, dit-il doucement.

— Tu m'as manqué aussi.

Je levai la tête pour embrasser délicatement ses lèvres.

— Mais j'ai besoin que tu t'en ailles.

Il émit un bruit colérique et me relâcha pour montrer le mur. Il y avait des bosselures de la taille d'une chaise dans le mur autour de la porte, des fenêtres et même le plafond. Étant donné que la chaise était sur le lit, tout était logique. Non. Pas vraiment.

— Euh, qu'est-ce que tu trafiquais ?

— J'essayais de sortir d'ici.

Il passa une main dans ses cheveux et me regarda.

— Ce druide ne cause que des problèmes, et je continue à souhaiter que tu aies été capable de l'envoyer en enfer.

— Explique.

— Ce taré s'est montré il y a quelques heures. J'étais toujours attaché à l'arbre dehors. Irene désherbait son jardin dans la soirée. Elle me tenait compagnie le temps que tu arrives.

— Reste sur le sujet principal, Oanen. Et Zayn ?

— Il a marché droit vers sa maison et a passé la porte de derrière comme s'il était chez lui. Si tu penses que tes yeux brillent, tu devrais voir ceux de ta grand-mère. Elle l'a pris par la gorge en un clin d'œil. Ensuite, il l'a calmement informée qu'il ne violait pas sa propriété, mais qu'il avait été envoyé pour protéger le compagnon de Megan.

Oanen tendit la main et noua ses doigts aux miens.

— Quand ton arrière-grand-mère a demandé qui j'étais, j'ai répondu que j'étais un ami proche. Vu la réaction de ta mère sur le fait que nous soyons ensemble, je n'étais pas sûr que lui en dire plus était sage.

— Donc, tu lui as menti ? À quoi pensais-tu ?

— Je ne mentais pas. Je suppose que je suis un de tes plus proches amis. Non ?

Je fondis un peu et lui souris.

— Après cette douche ensemble, je ne peux pas dire non.

Il fronça légèrement les sourcils.

— J'espère sincèrement que cela ne signifie pas que tu vas prendre des douches avec tous tes amis proches.

Je haussai la tête d'un air indifférent et observai les mouchetures dorées se faufiler dans ses yeux.

— Tu fais exprès de me provoquer ?

— Oui.

Je souris doucement et il soupira.

— Une fois que ton arrière-grand-mère a entendu que j'étais ton compagnon non consommé, la situation a changé. Zayn a négocié un marché avec elle. Je suis enfermé dans cette pièce, incapable de partir à cause du sort du druide, tant que tu n'auras pas réclamé ton pouvoir.

— Je ne comprends pas. Pourquoi accepterait-elle ça ?

— C'est ce que tu ne comprends pas ? D'un, je ne comprends pas ce que Zayn fichait ici. Deux, je ne comprends pas pourquoi, avec tout son pouvoir, il m'enfermerait dans cette pièce au lieu de simplement m'emmener ailleurs. Parce que je sais très bien qu'il peut se téléporter.

— Il est venu te protéger parce que j'ai demandé son aide. Le sort s'assurera que tu resteras à l'écart de mon combat avec ma mémé. Et je suis presque certaine qu'il ne peut pas t'emmener sans faire basculer son barème de malveillance.

Je retirai ma main de celle d'Oanen et embrassai doucement ses lèvres. Lorsque je reculai, ses yeux dorés m'examinèrent de près. Je vis le moment où il repéra la nouvelle brûlure.

— Megan, qu'est-ce que tu as fait ?

Il tendit le bras et je reculai vivement vers le couloir.

— Souhaite-moi bonne chance, murmurai-je.

— Megan !

Il courut vers la sortie, se cogna contre le vide et vola en arrière. La porte se referma toute seule lorsqu'il atterrit.

Le cœur lourd, je partis vers la cuisine, j'attrapai un cookie et regardai par la fenêtre au-dessus de l'évier. Le jardin clôturé était grand, au moins un demi-hectare. Sur la droite, vers le fond, se dressait un seul vieil arbre, avec des branches nues et anguleuses. À gauche se trouvaient les restes du potager de cette année. Les plantes brunes et ratatinées dissimulaient partiellement la femme penchée en plein milieu.

Je ne pouvais pas voir exactement ce qu'elle faisait, cependant on aurait dit qu'elle arrachait des plantes. Elle tenait une espèce de longue poignée. Quelque chose pour se soutenir, vu son âge ? Ou peut-être une arme pour quand je la rejoindrais ?

L'espace entre la maison et l'arbre était calciné. L'herbe sèche de l'hiver n'avait eu aucune chance contre ce qui était arrivé entre ma mère et Irène. Je me demandais si la même chose surviendrait lorsque je passerai la porte.

Je mordis le cookie, souhaitant ne pas devoir tester ma théorie sur le désir de mon arrière-grand-mère de me combattre, souhaitant qu'il y ait une autre réponse.

— Bouquin des furies inutile, marmonnai-je, me dirigeant vers la porte de derrière.

Mémé Irene leva les yeux au grincement des gonds. Une lumière orange embrasa immédiatement ses yeux. Je ne sentis aucune peur. Pas d'agacement ou de colère non plus.

— Megan ? appela-t-elle.

— Oui, c'est moi.

Je marchai vers l'arbre, lentement et calmement, tandis qu'elle se redressait. Elle portait un long pull tricoté, quelque chose qui semblait usé et confortable, sur un pantalon brun clair.

— C'est un peu tard pour désherber, non ? demandai-je. Je veux dire, je n'ai jamais jardiné, mais j'aurais pensé que le désherbage se ferait lorsque les trucs poussent.

La lumière orange vacilla dans ses yeux et disparut. Sans un mot, elle posa sa binette sur le côté et se fraya un chemin à travers les rangées craquantes pour s'éloigner de son parterre. Elle ne se rapprocha pas, cependant. Elle attendit sur l'herbe brune normale, juste en bordure de la partie brûlée.

Je continuai à avancer jusqu'à ce que quatre ou cinq mètres nous séparent. Juste assez pour voir la vraie couleur marron de ses yeux et l'épaisse touffe de cheveux blancs à l'arrière de son crâne.

Avec l'arbre à ma droite et la maison à ma gauche, je lui faisais face, attendant la suite.

Son regard me balaya de la tête aux pieds, s'attardant sur la brûlure exposée à mon cou.

— Combien de brûlures as-tu, poussin ? demanda-t-elle, semblant incroyablement calme et aimante.

Ce n'était plus quelque chose que j'étais habituée à entendre de la part d'une figure maternelle.

— Cinq, répondis-je.

— Celle dans ton cou est-elle la plus récente ?

— Oui. Je l'ai faite juste avant d'arriver ici. Il y a environ deux heures, je pense.

La pitié emplit son regard.

— Tu l'as fait exprès ? demanda-t-elle.

— Bien évidemment.

— Oh, chérie, dit-elle tristement. Tu vas finir par te consumer à essayer de combattre ce que tu es.

— C'est ce qu'on m'a dit. À répétition.

Je regardai le jardin, puis le cookie que j'avais toujours en main.

— C'est vraiment bon, au fait.

— C'est une recette qu'un voisin m'a donnée il y a très longtemps. Vers la Grande Dépression.

J'observai à nouveau le biscuit.

— Waouh. Ça ne date pas d'hier.

— Fais attention, m'avertit-elle sans réelle colère. J'étais plus âgée que toi à cette époque.

Mes yeux s'agrandirent de surprise.

— Tu as plutôt bien vieilli.

— Tu n'as pas idée. Mais tu le sauras. Tu sais que ton copain ne peut quitter cette pièce tant que tu n'as pas fait ce que tu dois faire, n'est-ce pas ?

— Oui, je sais. Ça complique les choses.

— Comment ?

— Je ne veux pas te tuer. Je ne veux tuer personne juste pour pouvoir vivre.

— Tu es assez grande pour savoir que ce n'est pas parce que tu as envie de quelque chose que tu peux l'avoir, répliqua-t-elle d'un ton austère, mais sans méchanceté. Comme ce garçon à l'intérieur.

Une lueur de colère explosa dans mon ventre.

— Pas ça, dis-je.

Ses yeux scintillèrent d'orange en réponse à mon ton d'avertissement. Elle n'avait pas l'air énervée, toutefois.

— Je savais que cela ne durerait pas longtemps, dit-elle. Pas en étant si proche de moi. J'ai géré des punitions et livré des êtres malfaisants en enfer pendant bien trop longtemps pour que tu ne puisses pas le sentir. C'est ce que nous sommes. Ce pour quoi nous sommes faites. Et c'est pour ça que tu as besoin de laisser partir le garçon quand tout sera fini ici. Il n'est pas bon pour toi.

— Tu n'en sais rien.

— Si. Notre espèce n'a que des filles. La sienne n'a que des garçons. Les furies et les griffons ne sont pas faits pour se mélanger. Et crois-moi lorsque je dis que tu veux que la prochaine génération naisse. Tu n'auras pas envie de punir les êtres malveillants pour toujours.

Chaque mot qu'elle prononçait contre ma relation avec Oanen creusa plus profondément sous ma peau et alimentait la boule de colère grossissant dans mon ventre.

— Il doit y avoir un autre moyen, dis-je avec entêtement.

— Bien sûr que oui. Couche avec un humain. Ils sont fertiles et faciles à quitter.

L'idée d'être avec quelqu'un d'autre qu'Oanen me déchira les entrailles. Même maintenant, je pouvais sentir son inquiétude et sa crainte pour moi. Et son amour. Ce qu'elle suggérait était de le tromper.

Je serrai les poings devant sa proposition irrévérencieuse et luttai pour maintenir un contrôle sur mes actions et mes pensées.

— Je voulais dire qu'il doit y avoir un autre moyen de gagner mon pouvoir. Un moyen qui n'implique pas de te tuer. Ce n'est pas juste de te punir pour quelque chose que tu ne pouvais pas t'empêcher de faire. Les dieux t'ont fait ainsi. Et, je me détesterai pour avoir entretenu leur système injuste.

— Je comprends. Je me hais depuis plus de cent ans maintenant. J'aimerais pouvoir t'épargner ça. Mais c'est impossible. À présent, si tu veux libérer ton ami ailé, tu ferais mieux d'arrêter de nier ce que tu ressens et de faire ce que tu es destinée à faire.

— Non, dis-je, les dents serrées.

— Oh ? Tu te fiches de lui ? Eh bien, c'est une bonne chose, car il n'a rien eu à manger ou à boire depuis qu'il est ici.

Ma rage grandit.

— Je sais que tu veux me faire mordre à l'hameçon et m'appâter, dis-je, essayant de renier ma colère.

— Non, ça, c'est pour t'appâter.

Elle sourit, la courbure de ses lèvres ne contenant aucun humour.

— Je savais que je le brûlerais quand je l'ai touché.

Je ne pus empêcher la fureur de m'assaillir et une fois que le mal fait à Oanen la réveilla, je pus sentir chaque once de malveillance émaner de la vieille femme debout devant moi. Le besoin de la punir me consuma.

— Irene Firestorm, l'enfer t'attend, dis-je, ma voix à double tranchant secouant les branches de l'arbre roussi.

— Viens chercher ton droit de naissance, oisillon. Si tu penses en être capable.

Elle leva légèrement les mains. Des flammes s'allumèrent au bout de ses doigts, se répandant lentement sur ses bras et ses épaules pour atteindre son dos.

Comme lorsque j'avais affronté ma mère, je pus sentir la chaleur quand des ailes jaillirent de son dos. Il ne s'agissait pas des petites ailes que j'avais vues sur ma photo au lac. Elles étaient belles et énormes, dansant avec les flammes de l'enfer.

L'herbe aux pieds de la vieille furie commença à fumer. Pour moi, les volutes blanches agirent comme un coup de canon pour marquer le début du combat.

La rage en moi me demanda de crier ma colère et de me jeter sur elle. Je tremblai du besoin de la blesser. De lui arracher les ailes de son dos. De la faire saigner en punition de ses actes.

Dans mon esprit, je pouvais voir le nombre incalculable d'êtres malfaisants qu'elle avait condamné et livré en enfer. L'image de son visage fut brûlée de plus en plus dans mon esprit, à chaque voyage dans le monde souterrain.

Mes pas ralentirent.

Il n'y avait aucune joie dans son expression. De la résolution. De la colère. De l'impatience. Tellement d'autres émotions. Mais jamais de la joie.

— Ne le combats pas, Megan. Il te tuera.

Je me concentrai sur les yeux ardents de mon arrière-grand-mère et vis la même chose à présent. Tant d'émotions. Surtout, de la pitié.

Je ne pus m'empêcher d'avancer. Je ne pouvais retenir la rage de l'atteindre ou les larmes de commencer à couler lentement sur mon visage.

— Mon pauvre oisillon, dit Irene, ouvrant grand ses bras.

J'avançai de trois pas jusqu'à elle et la laissai m'étreindre, alors que je tendais les bras vers ses ailes.

— Fais ce que tu dois faire, murmura-t-elle à mon oreille.

Attrapant la base de son aile droite, je tirai durement. Elle haleta, sans essayer de me blesser en retour. Au lieu de ça, elle me réconforta, passant une main derrière ma tête.

— Bonne fille, dit-elle, la voix rauque de douleur.

L'aile rapetissa dans mes mains, le pouvoir perçant ma paume et m'emplissant de son poids enivrant. Je n'avais pas seulement faim de plus. Ma furie en avait besoin. Je pouvais sentir à présent à quel point j'étais brisée. Toutes les brûlures sur ma peau n'étaient pas que ça, elles étaient des trous dans mon existence. Le pouvoir s'affairait à les remplir. Pour me réparer. Sans l'autre aile, je mourais.

Sachant ça, même avec le besoin de la blesser me consumant encore, je luttai contre moi-même et tendis la main vers l'autre aile. Je tremblai dans ses bras.

— Chut, maintenant. C'est presque terminé, dit-elle.

— Cela ne sera jamais terminé, répliquai-je en saisissant l'aile. Je ne pardonnerai jamais aux dieux pour m'avoir forcée à faire ça.

Je tirai violemment, lui arrachant ce qui restait de son pouvoir.

Elle s'affaissa contre moi, et tout à coup je fus celle qui la soutenait. Je remarquai à peine son poids.

La haine et le pouvoir me consumèrent. Un nouveau feu brûla mes veines, me déchirant en deux et me reconstruisant en quelque chose d'infiniment plus fort que ce que j'avais été. Des brasiers jumeaux poussèrent dans mon dos et s'épanouirent en deux ailes, assez grandes pour nous entourer.

Dans le cocon de leurs flammes, je pouvais sentir quelque chose me tirer, me pressant de permettre à la terre de m'avaler entière. Mais je l'ignorai, ne souhaitant pas le laisser me distraire de la pensée emplissant mon esprit. Eras. L'incube du *Roost*, qui avait harcelé Zoé et Kelsey. Il avait été malveillant, cependant ses crimes étaient insignifiants, pas assez mauvais pour l'envoyer en enfer.

Je me souviens de mes paroles à son encontre. *Repends-toi et purifie-toi.*

J'avais pris un autre chemin avec la fille de la station. Je lui avais dit qu'il me tardait quelques années pour la punir de son vol.

Le druide avait raison. Nos actions pesaient dans une balance que seulement certains pouvaient sentir. Faites-la pencher et allez en enfer. Mais, qui décidait quels faits penchaient de tel ou tel côté ? Je me rendis compte que ce n'était pas qui, mais quoi. Nos lois et nos règles déterminaient ce qui était malfaisant.

Et, juste comme ça, la vision que j'avais du monde changea.

CHAPITRE DIX-SEPT

Je relâchai ma prise sur mon arrière-grand-mère et la laissai s'avachir sur le sol. Elle leva vers moi ses yeux marron terne. De la sueur perlait sur son front et sa peau pâle commençait à rougir. Pourtant, je ne voyais aucune peur dans son regard.

— Irene Firestorm, tu es condamnée à une vie mortelle, et ta place dans ta paisible dernière demeure en enfer t'est assurée.

Elle lutta pour se relever et je mourrais d'envie de la réconforter, comme elle l'avait fait avec moi. À la place, je reculai de plusieurs pas pour son bien.

— Mais ce n'est pas ton heure, annonçai-je, ma rage disparaissant.

La porte de derrière s'ouvrit à la volée et Oanen sortit de la maison en courant.

Je levai la main.

— Attends. Donne-moi une minute pour me rafraîchir, dis-je.

Il s'arrêta, son regard passant sur mon arrière-grand-mère qui me scrutait, sous le choc.

— Qu'as-tu fait ? demanda-t-elle.

— Exactement ce que j'étais censée faire.

— Non, tu étais censée me livrer en enfer pour sceller ton pouvoir.

— Je n'ai pas besoin qu'on me répète les lois édictées par les humains ou non humains, parce que je les connais au moment où elles sont créées ou modifiées. Elles sont en moi. Elles sont ce que je suis, autant que je suis le juge, le juré et le bourreau de l'enfer. Et, je peux les interpréter comme je veux. Pour obtenir mon pouvoir, je dois l'arracher à la première génération vivante. Pour sceller mes pouvoirs nouvellement acquis, une âme malfaisante doit être livrée en enfer. Il n'y a rien d'écrit qui dit que cette âme doit être la tienne, ou que tu dois mourir lorsque je t'arrache ton pouvoir.

Sachant que j'étais plus fraîche, je m'approchai de la femme qui m'avait accueillie avec des cookies, puis m'avait provoquée pour m'épargner.

— En tant qu'humaine, tu n'as rien fait de mal. Ta vie est une page blanche. Les restes de tes jours t'appartiennent.

— Mais, l'âme, Megan.

Je souris, mon esprit cherchant déjà celle dont j'avais besoin.

— Peux-tu garder un œil sur Oanen pour moi ? Il a tendance à disparaître quand je ne suis pas à ses côtés.

Elle acquiesça une fois, puis je laissai l'image de la femme de la station essence emplir mon esprit. Ses cheveux parfaits, son maquillage immaculé, ses jolis vêtements et son âme fétide, nauséabonde. Alors que mes ailes poussaient et m'enroulaient, je la vis clairement. Pas dans un souvenir, mais parce que je pouvais discerner ce qu'elle faisait à ce moment exact. Elle conduisait sa voiture sur une route en ville. Je pouvais sentir ses pensées et savais ce qu'elle prévoyait. Elle avait attendu que son mari dépose leur fils à la garderie et maintenant elle était en chemin pour le récupérer. Le garçon mourrait.

J'écoutai l'attrait de la terre et me laissai plonger dans les ténèbres. J'avais une forme, cependant rien autour de moi n'en avait. À un moment, on aurait dit que je tombais dans le vide. Puis, je m'élevai. Tout ce temps, la femme, où elle était et ce qu'elle faisait n'avait jamais quitté mon esprit. Je pouvais me sentir me rapprocher d'elle. Une seconde avant que les ténèbres disparaissent, l'instinct me fit me baisser dans une position assise.

Mon apparition soudaine sur le siège passager la fit sursauter et pousser un cri. Elle fit tourner le volant et envoya la voiture foncer dans un tronc. C'était un gros arbre, et elle avait été pressée d'en finir avec la vie de son fils.

J'écoutai chaque craquement d'os alors que le métal s'écrasait. Je valsai en avant également, les airbags amortissant chaque choc, même si je n'en avais pas besoin. J'étais officiellement une des filles préférées de l'enfer, à présent. Très peu de choses pouvaient me toucher.

Lorsque la voiture s'arrêta, je regardai la femme. Sa tête se tourna lentement vers moi. Des vaisseaux avaient éclaté dans ses yeux.

— Je ne prends aucune joie à te condamner, dis-je. Mais en le faisant, je sauve une vie et je maintiens mon équilibre.

Un râle lui échappa alors que je me penchais vers elle. Comme le vide que j'avais utilisé pour la rejoindre, elle sembla perdre sa substance. Je pouvais voir une lueur blanc bleuâtre irradier d'elle. Elle s'étendait dans une forme ovale de sa tête à son cœur, le centre se trouvant à la base de sa gorge. Je saisis la lueur dans mon poing et laissai mes ailes se refermer sur nous.

La même sensation d'être attirée vers le bas m'emplit, mais plus forte cette fois-ci. Je tombais dans le vide, tenant toujours l'âme dans ma main. La femme me regardait avec un mélange de terreur et de colère dans les yeux. Si mes doigts ne tenaient pas bon l'illusion de son cou, j'aurais pu croire qu'elle était en vie.

La chaleur de mes ailes resta enroulée autour de moi tandis que nous plongions vers le bas. À l'extérieur de notre protection enflammée, la température baissa jusqu'à ce que nous ralentissions.

Sous moi, l'obscurité commençait à se dissiper pour révéler une vaste étendue de glace noire, faiblement éclairée par le léger vacillement de flammes bleues. L'âme remua dans ma poigne, une volute de rien qui n'avait pas de vraie force.

Son regard se détourna de moi pour observer le monde autour de nous, et je fis de même. À gauche, un terrain recouvert de neige, de montagnes et d'orages. À droite, un feu doré éclairait le sommet d'une forteresse nous surplombant, au pied d'une autre grande montagne.

Dès que je vis le feu, je savais que c'était là que j'étais censée aller.

J'ouvris mes ailes et volai dans cette direction. Mes ailes ne battaient pas pour me propulser en avant ; mon esprit me déplaçait. À une incroyable vitesse, je traversai la glace noire et atteignis un littoral sombre et rocheux, semblant dénué de vie.

Bien en dessous, des rivières luisantes d'orange et de rouge s'entortillaient autour des roches dans un sentier sinueux jusqu'à la forteresse. Au début, je crus que les courants étaient de la lave en fusion. Puis, j'entendis le léger cri et regardai plus près. Des âmes, tordues et torturées, se tortillaient de douleur en des sillons de feu et de sang. Comme l'âme que je transportais, elles avaient toutes une forme.

Les voir ne me dérangea pas. Je savais que chaque âme dans les rivières de l'enfer avait gagné sa place. Mais ce n'était pas là que celle que j'avais devait aller. Il y avait un endroit pour chaque degré de malveillance. Les ruisseaux étaient pour les pires. Et celle-là ne faisait pas partie des pires.

Un vrombissement retentit sur le côté de la forteresse. Quelque chose de blanc bougea contre le noir. Et, alors que je me rapprochais, j'aurais pu jurer que c'était un homme dans une robe, poussant un énorme rocher vers le haut. Cependant, j'étais trop loin pour être sûre.

L'âme et moi volâmes au-dessus des rivières vers la forteresse elle-même. Les flèches sombres étaient silencieuses et peu accueillantes. Aucune ne se démarquait des autres, pourtant je savais simplement où aller. Ma destination atteinte, je passai par une fenêtre, rentrant mes ailes pour atterrir avec légèreté sur mes pieds. Le point d'entrée, nu et illuminé de torches, était froid et humide, tout comme le couloir qui suivait.

Avec l'âme à mes côtés, grâce à ma poigne ferme, je la guidai vers une porte. Tout ce que j'avais fait jusqu'à maintenant avait été instinctif. Une connaissance de ce qui était juste. Et, à présent, je savais que j'avais presque fini. Au lieu d'ouvrir la porte, je poussai l'âme à travers. Elle lutta, ses mains traversant mes bras même si je pouvais l'empoigner par la base de sa gorge. Elle passa au travers de la barrière de bois comme si elle n'existait pas. Je relâchai ma prise et reculai ma paume vide.

Âme livrée. Une ondulation de soulagement secoua mes ailes toujours visibles et je me sentis complète. Entière et en bonne santé.

Un bruit d'éraflure au bout du couloir attira mon attention. Sous le vacillement des torches, un spectre pâle appuyé contre la pierre me dévisageait. Il ressemblait au sosie d'Ashlyn, sorti tout droit de l'antiquité grecque, si je me fiai à sa robe blanche flottante. Elle leva une main et me pointa du doigt, ses lèvres bougeant. Comme l'âme que j'avais livrée, aucun son ne sortit de sa bouche.

Je me sentis tirée à nouveau, tirée vers le haut, un signal pour ne pas m'attarder. Tournant les talons, je retournai sur mes pas dans le couloir et sautai par la fenêtre. Mes ailes se déployèrent et je montai une nouvelle fois vers le néant.

Oanen emplit mes pensées et je me retrouvai derrière la maison de mon arrière-grand-mère. Mes ailes avaient disparu et je regardai autour de moi son jardin détruit. La plupart des plantes extérieures avaient été réduites en cendres.

La porte de derrière grinça.

— Ne t'inquiète pas de ça, Megan. Viens à l'intérieur et prends un autre cookie.

Je jetai un œil à mon arrière-grand-mère, une femme que je ne connaissais pas vraiment. Pourtant, elle m'avait offert tellement en si peu de temps. Et je ne parlais pas seulement de son pouvoir. Elle m'avait donné plus de compréhension et de réconfort que n'importe qui d'autre dans mes souvenirs, mis à part Oanen et Eliana.

— Merci, dis-je en avançant vers elle. J'espère que tu pourras encore jardiner l'année prochaine.

— Oui. La cendre rendra le sol plus riche.

Elle s'arrêta jusqu'à ce que je me rapproche de la porte.

— Qu'en as-tu pensé ?

— De l'enfer ?

— Oui.

— Je suppose que c'est comme je l'avais imaginé. Froid, sombre et déprimant.

— Ce n'est que la partie que les furies visitent, répondit-elle.

— Il y en a d'autres ?

Elle sourit.

— Il y a encore beaucoup de choses que tu ignores. Et maintenant, il y a quelqu'un qui peut tout te raconter. Si tu le veux.

— Je veux bien. Tu n'as pas idée.

— Il se pourrait bien, dit-elle avec un petit sourire. Aimerais-tu rester pour le déjeuner ?

Elle ouvrit la porte et me fit signe d'entrer. La vue d'Oanen qui faisait les cent pas dans la cuisine tout en parlant au téléphone m'empêcha de lui répondre.

— La réponse n'a pas changé. Megan dit qu'elle n'a pas senti sa malveillance et je lui fais confiance.

En me voyant, il arrêta de bouger. Je marchai jusqu'à lui, l'embrassai légèrement sur les lèvres et volai son téléphone.

Je mis le haut-parleur juste à temps pour entendre la réponse d'Adira.

— *Peut-être qu'il n'est pas encore malfaisant, mais il pourrait le devenir. Le genre de magie qui requiert des âmes peut être dangereux, Oanen. Il faut le retrouver et le ramener pour l'interroger.*

— C'est votre décision, dis-je. Cependant, Oanen et moi ne serons pas ceux qui le traqueront.

— *Avec tout mon respect, furie, Oanen a accepté une position en tant qu'exécuteur du Conseil.*

Irene me fit signe pour attirer mon attention et articula « Utilise la voix. »

— *Accepter un tel rôle, ajouta Adira, signifie qu'il doit suivre les directives données par le Conseil pour...*

— Ça suffit, l'interrompis-je vivement.

Je ne parlais pas avec l'écho de la furie, juste la Megan agacée. Je haussai les épaules à l'intention d'Irene au moment où Adira reprenait sa diatribe.

— *Nous avons conscience que tu n'as pas été capable de sentir sa malveillance, cependant ça ne nous décharge pas de notre obligation de déterminer ce qu'il prévoit de faire avec toute cette énergie vitale.*

Irene tendit le bras et tapota la base de ma gorge.

— Là, dit-elle doucement.

— À partir de maintenant et jusqu'à la fin des temps, Oanen m'appartient, dis-je, ma voix résonnant du pouvoir total d'une furie. Toute tâche qu'il décide d'accepter au nom du Conseil, il l'accomplira avec moi à ses côtés. Et puisque j'ai passé un moment avec Zayn Sias et que je l'ai trouvé sans aucune trace de malveillance, je ne perdrai pas mon temps à le traquer. Jeter des sorts faits d'énergie vitale n'est pas contre les lois de Mantirum ou les lois humaines. Votre insistance et votre motivation à chasser le druide me semblent étranges. Je crois que peut-être, j'aimerais vous questionner également sur votre insistance à juger Nicolette Barchim coupable d'un crime que nous avons prouvé qu'elle n'a pas commis.

Mémé Irene rit silencieusement aux côtés d'Oanen, qui m'observait de son regard ferme. Cependant, aucune indication de ce qu'Adira pensait ou ressentait ne me parvint depuis l'autre côté de la ligne pendant plusieurs longues secondes.

— *Nous comprenons votre avertissement*, dit-elle enfin. *Félicitations pour votre ascension, furie.*

— Merci, Adira, répondis-je de ma voix normale. On se voit bientôt.

Elle commença à bafouiller, et avec un grand sourire sur le visage, je lui raccrochai au nez.

— Ça fait vraiment du bien, lançai-je. Je pense qu'elle doit se pisser dessus maintenant.

— Tu sais qu'ils vont trouver des raisons pour te garder hors d'Uttira, répliqua Oanen.

— Et ils n'en seront pas capables, intervint Irene. Nous nous servons de cette maison pour élever nos enfants depuis très longtemps.

— C'était un tour assez cool, au fait, dis-je. Les seules fois où j'ai été capable d'utiliser cette voix, c'est lorsque j'étais en colère.

— Reste dans le coin, et je t'enseignerai plein d'autres trucs cool. Certains même que ta mère ne doit pas savoir.

— J'aimerais beaucoup.

Nous aidâmes Irene à préparer un déjeuner rapide de sandwiches, puis passâmes les heures suivantes à apprendre à nous connaître. Elle était un puits d'informations et me guida dans les responsabilités de mon nouveau rôle et sur la façon dont je serais perçue par le reste du monde.

— En parlant de perception, je pense qu'il est temps que tu appelles ta mère, dit-elle.

Je fis la grimace.

— Je ne suis pas certaine d'être prête à lui parler. Elle a enlevé Oanen.

— Et je l'ai brûlé, répondit-elle en haussant les épaules. Nous avons toutes les deux fait ce que nous avions besoin de faire pour t'aider à devenir ce que tu es.

Cette fois, l'entendre ne m'enragea pas, car je la croyais vraiment.

— Toi, peut-être. Mais l'opinion de maman a été assez claire sur ce qu'elle pensait de ma relation avec Oanen.

Elle hocha lentement la tête et avança l'assiette de cookies dans ma direction.

— Moi aussi.

— Et maintenant ?

Elle regarda Oanen et lui fit un clin d'œil.

— Je peux voir qu'une simple rupture est impossible. Et une compliquée serait néfaste pour une furie qui vient juste d'acquérir ses pouvoirs. Ce qui se passe ensuite ne regarde que les dieux. J'espère seulement, pour ton bien, qu'il y aura de futures générations, car tu ne pourras pas livrer des âmes en enfer pour toujours.

Je ne pensais pas que des voyages occasionnels en enfer seraient si terribles si cela signifiait passer une éternité avec Oanen.

— Et maman ? demandai-je. Va-t-elle essayer de l'enlever à nouveau ?

— Non. Elle ne risquerait pas de s'approcher de toi à présent.

Elle s'arrêta pour froncer les sourcils.

— Enfin, peut-être pas. Tu as prouvé que deux furies pouvaient être au même endroit sans se tuer. Cependant, peut-être qu'il ne faut pas tester cette théorie à nouveau.

Ça me rendait un peu triste de ne plus être capable de voir ma mère. Et tout à coup, je comprenais pourquoi elle m'avait abandonnée.

— Elle sentait mes pouvoirs, n'est-ce pas ? Juste avant de me laisser à Uttira, dis-je.

— Elle a tenu plus longtemps que toute mère avant elle. Elle t'aimait vraiment beaucoup.

Je pris le téléphone sur la table et Irene et Oanen se retirèrent.

Il était plus difficile de composer le numéro en sachant que ma mère ne m'avait pas juste abandonnée sans raison. Mes mains étaient moites sous la nervosité. Je me souvins de chaque sentiment pourri que j'avais eu pour elle. Pas une fois je n'avais vraiment pensé à tous les repas qu'elle m'avait cuisinés avant son départ, au linge propre qui apparaissait magiquement dans mes tiroirs ou toutes les fois où elle m'avait défendue à l'école quand j'avais été surprise en pleine bagarre. D'accord, je n'avais pas eu cette impression à l'époque, mais je pouvais le voir maintenant.

Le téléphone sonna à deux reprises avant qu'elle décroche.

— *C'est fait ?* demanda-t-elle.

— J'ai envoyé ma première âme en enfer et scellé mon pouvoir.

Elle expira lourdement.

— *Je suis si fière de toi, bébé.*

Les mots me touchèrent profondément maintenant que je comprenais à quel point ils étaient importants pour elle.

— Merci, maman.

— *Maintenant, tu dois lâcher le garçon. Je sais que ce sera difficile, mais...*

— Non, maman. Je ne le quitterai pas.

— *Megan*, dit-elle d'un ton d'avertissement.

— Il y a quelque chose que tu dois savoir. Je n'ai pas tué mémé Irene.

— *Quoi ?*

Le choc tut les paroles qui suivirent.

— *Impossible.*

— Peut-être pour certains. Je suppose que j'ai juste vu les choses différemment. Elle est mortelle à présent. Mais si tu ne peux pas croire que ses actions en tant que furie sont la faute des dieux, tu devrais probablement rester éloignée d'elle. Juste au cas où.

Elle hésita un moment.

— *J'ai promis de ne pas prévoir de passer la voir. Elle a gagné ses derniers jours de paix. Mais, trouver une façon pour contourner cette livraison en enfer ne change rien au fait que tu as besoin de quitter le griffon.*

— Tu es sûre ? demandai-je. Épargner Irene était supposé être impossible. Qui dit qu'une relation avec un griffon doit être pensée de la même manière ? Est-ce que quelqu'un a déjà essayé au moins ?

Ma mère resta silencieuse.

— Si c'est une erreur, laisse-moi-la faire, dis-je. J'ai juste besoin de savoir que tu le laisseras tranquille.

Elle gloussa doucement.

— *Tu es une furie à présent. Je sais qu'il ne vaut mieux ne pas t'embêter en personne.*

Elle s'arrêta un moment.

— *Est-ce que tu m'appelleras ? Pour me dire comment ça va ?*

— J'appellerai tous les jours si tu veux.

— *J'aimerais beaucoup.*

Je raccrochai en souriant et me tournai pour trouver Oanen juste derrière moi.

— Je pouvais sentir ton inquiétude, dit-il. Puis ta joie.

— Il faut qu'on discute plus du fonctionnement de ce machin sur les émotions.

Il acquiesça lentement.

— Nous aurons beaucoup de temps ce soir. Tu es prête à retourner à l'appartement ?

— Presque. D'abord, il nous faut rendre la voiture que j'ai empruntée.

Dire au revoir me laissa un sentiment doux-amer. Elle me fit promettre de passer la voir dès que j'avais besoin de conseils ou d'information.

— Je sais que tu peux utiliser le téléphone, dit-elle. Mais ma famille m'a manqué pendant une vie entière. Je veux te voir autant que possible, maintenant. Et avec tes ailes, tu peux être ici en un clin d'œil, donc tu n'as aucune excuse.

Ce qui s'avéra être une leçon rapide sur la façon de voyager d'un endroit à un autre à travers le néant, qui n'était pas vraiment un néant, mais l'entrée du monde souterrain qui était lié à tout.

Je m'arrêtai devant la maison d'Elizabeth Sias et éteignis le moteur. La voiture, comme promis, était dans le même état immaculé que lorsque je l'avais empruntée.

— Nous sommes arrivés, dis-je doucement en regardant Oanen.

Nous avions opté pour conduire à tour de rôle au lieu de nous arrêter pour louer une chambre quelque part. Il avait roulé la majorité du trajet, ne me laissant prendre le volant que quelques heures plus tôt.

Quand il entendit ma voix, il se redressa et passa une main dans ses cheveux.

— Je vais rendre les clefs, puis on pourra y aller, dis-je.

— Comment allons-nous rentrer à l'appartement ? demanda-t-il.

— Tu choisis. Je peux voler avec toi ou tu peux voler avec moi, répondis-je avec un sourire avant de sortir.

C'était juste après l'aube, mais j'espérais qu'Elizabeth était debout.

La rue était calme tandis que je passais le portail et montai les marches de la maison. Un picotement de conscience jaillit dans ma nuque et je regardai autour de moi. J'avais l'impression d'être observée, cependant je ne vis rien. Et, soit obtenir mes ailes avait baissé le volume de mon radar à malveillance, soit il y en avait moins dans le coin.

Le rideau bougea, me distrayant de mes pensées.

Je souris et gagnai la porte pour toquer légèrement. Elle s'ouvrit un instant plus tard.

Elizabeth regarda par-dessus mon épaule.

— Tu l'as trouvé, dit-elle.

— Oui. Et je rapporte ta voiture en un seul morceau, comme promis.

Je tendis les clefs. Elle secoua la tête.

— Jette-les-moi.

Je m'exécutai.

— J'ai aussi un message, ajoutai-je rapidement. Le Conseil veut interroger Zayn. Je leur ai fait savoir qu'Oanen et moi ne serions pas impliqués là-dedans. Mais je les crois tout à fait capables d'envoyer quelqu'un d'autre. Zayn devrait se faire discret un moment. Peux-tu lui dire ?

Elle hocha la tête.

— Merci pour la voiture, et dis à ton frère que je lui suis reconnaissante de son aide, ajoutai-je avant de tourner les talons.

— Et merci pour la tienne, répondit-elle avant de fermer la porte.

Oanen m'attendait sur le trottoir.

— Prêt ? demandai-je.

CHAPITRE DIX-HUIT

— Je suis prêt depuis un long moment, répondit-il, les yeux dorés. Je pense que tu nous ramèneras plus vite.

Mon ventre se tortilla de bonheur et je pris sa main. Traverser le vide était presque instantané maintenant que je savais comment me concentrer.

Dès que nous arrivâmes à l'appartement, je le relâchai. Chaque terminaison nerveuse me démangeait, et cela n'avait rien à voir avec notre trajet à travers les portes de l'enfer, et tout à voir avec la façon dont Oanen m'observait à présent.

— Je t'aime, Oanen Quill, dis-je.

Son regard s'embrasa encore plus.

— Je ne sais pas toi, mais je prendrais bien une douche, dit-il.

Des images de la dernière fois de nous deux sous l'eau papillonnèrent dans ma tête.

— Tu es sûre que tu ne veux pas manger, d'abord ? demandai-je.

— Oh, j'ai faim, oui, répliqua-t-il.

Je savais ce qu'il voulait dire, et une seconde de nervosité me prit avant que je me rende compte à quel point c'était inutile. Tout ce temps où j'avais hésité et m'étais tenu loin de lui nous avait presque coûté notre vie ensemble.

Je lançai à Oanen un léger sourire et retirai ma veste. Il fit pareil et jeta la sienne sur le canapé.

— Tu veux regarder un film ? demandai-je en enlevant mes chaussures.

— Seulement si toi oui, dit-il en faisant de même.

Mon pouls commença à accélérer.

— Peut-être. C'est difficile de décider ce que je veux faire maintenant qu'on est rentrés et que je ne suis pas fatiguée, blessée ou distraite.

Je marchai vers lui et fus ravie de voir ses pupilles se dilater.

— J'ai entendu dire qu'il y avait des points de vue impressionnant à New York. Peut-être que nous devrions faire du tourisme, proposai-je.

Posant mes mains sur ses épaules, je me dressai sur mes orteils pour balayer ses lèvres des miennes. Il gémit et commença à m'entourer de ces bras. Je me tortillai rapidement loin de sa prise.

Il ne bougea pas pour me suivre, cependant il m'observa d'un air affamé alors que je reculais vers la chambre.

— Même s'il est tôt. Et toutes les attractions ne sont probablement pas encore ouvertes aux visiteurs. Je pense que tu avais raison au début.

Je me tournai pour regarder où j'allais.

— Je vais prendre une douche, dis-je par-dessus mon épaule. Tu ne connaîtrais pas des amis proches qui voudraient me rejoindre ?

Je poussai un cri aigu lorsqu'il me souleva et me jeta par-dessus son épaule.

— J'aime la Megan taquine, dit-il en caressant mes fesses.

— Alors tu vas vraiment aimer cette journée.

Enroulée dans les bras d'Oanen, je passai paresseusement mes doigts sur ses pectoraux et entourai son mamelon. Des images de ce que nous avions fait à répétition durant ces dernières heures voletèrent dans mon esprit et ravivèrent le feu qui brûlait en moi juste pour Oanen.

— Si tu continues à penser comme ça, nous n'allons jamais quitter cet endroit. Et tu dois manger.

Je souris et laissai les images jouer dans mon esprit jusqu'à me retrouver sur le dos, plaquée sous un Oanen très affamé.

Il m'embrassa durement et baissa les yeux sur moi.

— Merci d'avoir enfin dit oui, dit-il.

— Merci d'avoir battu le record du monde du trajet le plus rapide au magasin.

Il me sourit.

— J'ai promis pas de bébés, et je le pensais. Tu es tout ce que je désire, Megan. Maintenant et pour toujours.

Son amour pour moi emplit mon esprit.

— Et si j'en veux plus tard ? demandai-je, devenant de plus en plus à l'aise avec la forme plurielle de cette hypothèse.

— Alors, je les voudrais aussi.

— Et cela te va si on s'entraîne en attendant ?

Je me tortillai sous lui pour le provoquer. Il gronda et se laissa malicieusement tomber sur moi, son poids étant suffisant pour faire suffoquer un humain, mais pas moi.

— Nourris-moi.

Ses mots étaient étouffés par le matelas.

Je ris et plantai un doigt dans ses côtes.

— Je sais que tu dis ça juste parce que tu as entendu mon ventre gronder.

Il se souleva, me surplombant, un sourire aux lèvres. Un vrai sourire, grand et sincère. Non seulement je voyais son humeur, je la sentais jusqu'à mes orteils.

— Tu as raison, dit-il. Et je ne peux pas m'en empêcher. Ce besoin de m'occuper de toi est...

— Terrible ? Suffocant ? Nauséabond ?

— Trop récent et excitant, dit-il. Tu es à moi, Megan. Enfin. Et je fais tout ce que je peux pour m'assurer que tu ne le regrettes jamais.

Il m'embrassa à nouveau puis roula loin de moi pour se lever près du lit.

Je ne pus m'empêcher de le reluquer ouvertement.

— On joue les touristes ? demanda-t-il.

— Ouaip. New York a beaucoup de choses dont elle peut se vanter.

Il tendit une main.

— Allons nous doucher et décider où manger. Nous pouvons aller n'importe où maintenant, grâce à ma merveilleuse, légèrement grincheuse, mais complètement adorable compagne.

— Honnêtement, je suis prête à rentrer à la maison, dis-je. Je veux découvrir ce qu'il se passe entre Fenris et Eliana.

Je me redressai vivement.

— Merde. J'ai oublié d'appeler Eliana.

Ignorant le dieu nu à la peau dorée à mes côtes, je pris mon téléphone sur la table de nuit et téléphonai à mon amie.

— *Salut, Megan*, répondit-elle.

— Salut. Désolée de ne pas avoir passé de coup de fil plus tôt. La situation était un peu dingue.

Oanen parcourut mon bras d'un doigt, me rappelant comment la fin de tout ça avait été « dingue ».

— *J'ai entendu*, dit-elle avec un petit rire. *Tu as fait grincer quelques dents avec ton discours de « Oanen est à moi ».*

Je souris.

— Bien. Ils doivent arrêter de jouer avec les gens.

— *Je suis d'accord.*

— De bonnes nouvelles, alors. Oanen et moi allons rentrer à Uttira aujourd'hui.

Je me mordis la lèvre en me rappelant quelque chose.

— Dès que nous trouverons sa voiture.

— *Euh, il te faudrait peut-être reconsidérer la question.*

— De quoi ? Retrouver sa voiture ?

— *Non. De rentrer à Uttira.*

— Tu ne m'aimes plus ? essayai-je de dire sur le ton de la plaisanterie, sans pouvoir ignorer l'insécurité que je ressentais.

— *Comme une folle*, fit-elle. *Et c'est pour ça que je veux que vous alliez ailleurs un moment. Un endroit romantique et merveilleux où Oanen et toi pourrez faire tous vos trucs de couples que vous faites probablement déjà. Lorsque vous vous serez défoulés, vous pourrez revenir.*

Je restai silencieuse un moment, me sentant un peu blessée.

— Tu as peur d'être près de nous, déduisis-je.

— *Oui et non. Ça ira pour moi avec un de vous à la fois. Le fait de vous tenir à distance a plus à voir avec ma mère. Les nouveaux couples sont trop tentants. Vous renvoyez bien trop d'énergie.*

— Tu veux dire d'énergie sexuelle ?

J'aimais être enfin avec Oanen, cependant Eliana me manquait aussi. J'avais l'impression de devoir choisir involontairement entre les deux.

— *Oui*, répondit Eliana. *Ça. Et avec maman étant enceinte, je ne veux pas avoir à m'inquiéter de toi.*

Je regardai Oanen, qui m'observait avec attention.

— Combien de temps doit-on rester éloignés ? demandai-je.

— *Maman doit accoucher dans cinq mois, mais je ne pense pas qu'il faille tout ce temps pour que votre nouveau, euh... désir se dissipe.*

Cinq mois ? J'avais détesté être piégé à Uttira. Pourtant, maintenant que j'étais libre de circuler, Eliana me disait que je ne pouvais pas y aller. Je ne pouvais songer à rester éloignée d'elle si longtemps.

Oanen me fit signe de lui passer le téléphone, que je lui tendis.

— Eliana, Megan a besoin de te voir autant que toi tu as besoin de la voir. Nous resterons à l'écart deux semaines. Puis, nous rentrons.

Il me riva sur place avec ses yeux dorés puis me rendit l'appareil.

Je le mis rapidement à mon oreille.

— Eliana ?

— *Ouaip, je suis toujours là. Je suis tellement contente que le griffon tyrannique soit officiellement entre tes mains, dit-elle. Ce sera bizarre de ne pas avoir un mec qui rôde d'un air protecteur autour de moi tout le temps, mais je me débrouillerai.*

J'essayai de me mordre la lèvre à nouveau pour m'empêcher de répondre. Cependant, ma moitié joyeusement en couple qui se mêle de tout ne put se contrôler.

— On ne sait jamais. Il y a peut-être quelqu'un de tapi dans les ténèbres, attendant de prendre ce rôle.

Elle ricana.

— *J'espère que non. On se voit dans deux semaines, lança-t-elle. Avec de la chance, ma mère n'aura plus d'intérêt pour ce qu'Uttira a à lui offrir et sera retournée à New York d'ici là.*

Je souris, attendant avec impatience les détails sur Fenris et Eliana que j'aurais quand je la retrouverai.

— On se voit dans deux semaines, acquiesçai-je.

ÉPILOGUE

AVEC UN ŒIL CRITIQUE, J'EXAMINAI LA MAISON.

— Qu'en penses-tu ? m'interpella Oanen depuis sa position sur le toit.

Un short retombait bas sur ses hanches. Peu importait le temps qui s'était écoulé, il était tout aussi alléchant qu'avant.

— Je pense qu'il te faut descendre ici et me faire un massage de pied.

Il sourit, jeta le pinceau qu'il tenait dans le pot près de lui, et sauta du toit. Atterrissant avec sa grâce habituelle, il marcha jusqu'à moi pour poser ses mains sur mon ventre rond.

— Le bébé cause des problèmes à nouveau ?

— Non. J'avais juste envie que tu me serres dans tes bras.

Oanen m'embrassa puis il glissa ses bras autour de moi pour que nous regardions la nouvelle couleur de la maison. Les teintes arc-en-ciel exécrables que j'avais choisies me manqueraient, cependant il était temps d'aller de l'avant et de grandir. La légère couleur crème au beurre donnait un air moins dingue et plus accueillant à la bâtisse.

— Les choses seront différentes pour la prochaine génération dit-il, serrant un tantinet son étreinte.

— Je sais.

Nous avions parlé longuement avant de passer cette étape.

— Si ce bébé est une fille, elle sera élevée en sachant exactement ce qu'elle est.

La nouvelle version du *Livre des Furies* serait son livre de chevet. Et lorsque sa colère se réveillerait, elle irait vivre avec sa tante Eliana au lieu d'être livrée à elle-même. Aucun jour ne passerait sans qu'elle remette en question mon amour pour elle. Enfin, pas plus d'une semaine.

— Et si c'est un garçon, dis-je, je construirai un poulailler.

Oanen gloussa derrière moi et déposa un baiser sur ma tempe. Malgré son affection apparente, je pouvais sentir l'inquiétude qu'il essayait si durement de me cacher.

— Je ne regrette pas cette décision, dis-je, tournant dans ses bras pour le regarder.

J'avais à peine pris une ride. Comme lui.

Il m'avait fallu un moment pour comprendre les paroles d'Irene sur le besoin d'une génération suivante. Voir tous nos amis vieillir, alors que nous avions encore tout le temps devant nous, m'avait ouvert les yeux. Même si je me souciais du sexe du bébé, je n'avais pas peur d'en avoir un. Plus maintenant.

— Si ce n'est pas une fille, on recommencera, dit Oanen.

— Et encore ? Et encore ? Et encore ? demandai-je, taquine.

— Je suis prêt à sacrifier mes soirées jusqu'à ce que ça fonctionne.

Le ton rauque de sa voix me fit frissonner.

— Sauf ce soir, dis-je. Nos amis seront là dans quelques heures. Tu as de la peinture à nettoyer et j'ai un dîner à faire.

— Va t'y mettre, femme, répliqua-t-il avec une tape joueuse sur mes fesses. Le premier qui a fini se fera masser les pieds.

Je filai vers la maison. Ça ressemblait probablement plus à un dandinement agité, mais je faisais comme je pouvais.

Néanmoins, au lieu d'aller à la cuisine, je me rendis dans le bureau et sortis la nouvelle version améliorée du *Livre des Furies* de son étagère. Elle était bien plus épaisse que le livre d'avant et ne contenait pas que mon écriture, mais également celle de mémé Irene, de mamie Grace et de ma mère.

Je pensais à Irene, qui nous avait récemment quittés. Elle me manquait terriblement, cependant avec son aide, j'avais un lien avec les deux autres furies. À longue distance, toutefois je ne prenais aucun risque tout de même. Aussi, grâce à Irene, j'avais de l'espoir pour mon propre avenir et celui de ma future fille.

J'ouvris le livre et lus un passage que j'avais écrit pour la prochaine génération.

BIEN QU'IL soit vrai qu'il ne peut y avoir que trois furies, il n'est pas essentiel de tuer la plus ancienne génération. Il est simplement nécessaire de lui retirer ses pouvoirs en lui arrachant ses ailes. Ce ne sera pas facile de s'arrêter là. Vous aurez envie de la condamner à l'enfer pour ses crimes contre les êtres malfaisants. Mais souvenez-vous de ne pas lui en tenir rigueur pour ça. Ce sont les dieux qui nous ont fait ainsi. Et alors que nous pouvons contrôler certaines de nos pulsions, d'autres ne peuvent être réprimées.

Embrassez qui vous êtes, et obtenez vos pouvoirs quand vous êtes prêtes. Souvenez-vous que vous ne vieillirez pas tant que ce sera le cas. Vous verrez les vies de vos amis évoluer avec le temps, tandis que vous resterez au même point jusqu'à engendrer la prochaine génération de furie.

JE FERMAI le livre et le plaçai sur l'étagère. Les dieux nous avaient créées, ils nous avaient offert nos dons et nous avaient laissées seules pour faire nos propres choix. Et j'avais fait le mien. Je n'avais pas de regrets.

— Megan ? m'interpella Oanan, la porte de derrière claquant. Je pense que j'ai gagné.

— Ça veut dire que je n'aurais pas mon massage de pied ? demandai-je en sortant du bureau.

Il me lança un sourire en coin.

— Ça veut dire que je t'aiderai avec le dîner et que tu auras ton massage après.

Je lui souris.

Nan. Je n'avais absolument aucun regret.

Merci d'avoir lu *Furie Suprême*, la conclusion de la série *Le Livre de Megan*. Vous avez envie d'apprendre ce qui se trame entre Eliana et Fenris ? Vous êtes chanceux ! Je travaille déjà sur le premier tome de cette nouvelle série. Si vous voulez savoir quand j'aurais terminé, abonnez-vous à ma newsletter (en anglais melissahaag.com). Bonne lecture !

Livres par Melissa Haag
(traduits en français)

Le Livre De Megan
Instinct furieux
Divine Fureur
Furie suprême

Le Jugement des Six
Hope(less)
(Mis)fortune

Livres par Melissa Haag
(en anglais)
**Judgement of the Six Series
(and Companion Books) in order:**
Hope(less)
*Clay's Hope**
(Mis)fortune
*Emmitt's Treasure**
(Un)wise
*Luke's Dream**
(Un)bidden
*Thomas' Treasure**
(Dis)content
*Carlos' Peace**
*(Sur)real***

* livret optionnel

** écrit en double point de vue